尹湛纳希全集

泣红亭

尹湛纳希 著
曹都毕力格 陈定宇 译

内蒙古人民出版社

图书在版编目(CIP)数据

泣红亭/(清)尹湛纳希著;曹都毕力格等译.—呼和浩特:内蒙古人民出版社,2010.6

(尹湛纳希全集)

ISBN 978-7-204-10510-6

Ⅰ.①泣…　Ⅱ.①尹…　②曹…　Ⅲ.①章回小说—中国—清代　Ⅳ.①I242.4

中国版本图书馆 CIP 数据核字(2010)第 091729 号

《尹湛纳希全集》编委会

前　言

《泣红亭》是清朝作家尹湛纳希用蒙古文写的长篇小说。它以曲折的故事情节，生动的人物描写，优美的诗词歌曲，独特的艺术风格，强烈地吸引着广大蒙古族读者。

尹湛纳希（1837——1892）是蒙古族近代杰出的文学家、史学家。道光十七年，他出生在卓索图盟土默特右旗（今辽宁省北票县下府乡）的贵族世家。光绪十八年，他五十六岁时因逃乱，病逝于锦州药王庙。

尹湛纳希的父亲协理台吉旺钦巴拉是成吉思汗第二十七代嫡系子孙。一八四一年英国侵略军进犯渤海沿岸，旺钦巴拉奉命出征，是位爱国将领。他爱好文学、历史，家中有丰富的藏书。他曾撰写《大元盛世青史演义》，写到第八回因病去世，以后由尹湛纳希继续完成。

尹湛纳希博览群书，精通蒙、汉、满、藏文，还擅长画山水花鸟。他自幼生活在农村，喜欢和农民谈心，为农民画像。他认真地向民间口头文学学习，因之他的文笔具有独到的流畅与清新。他厌恶官场利禄，不愿与权贵交往，辛勤地从事写作。现已发现的尹湛纳希的遗稿约有一百五十万言。

《泣红亭》成书的时间在鸦片战争以后，帝国主义的洋枪洋炮打开了大清天朝的大门。这时，反帝反封建，渴望民主、平等、自由，要求个性解放的民主主义思潮也迅速传播开来。尹湛纳希熟悉公侯王府的内幕，亲眼看到人民的困苦，使他对封建制度这将崩大厦无可挽救的裂痕逐渐有所认识。他幻想出现一个像他的祖先成吉思汗那样有雄才大略的皇帝，"让蒙古人民懂得自己的历史，记着自己的祖宗。"（《青史演义》序）但是严酷的现实破灭了他的希望。

尹湛纳希三十岁以后，用蒙文翻译了《红楼梦》。他说："昔曹雪芹著《红楼梦》，余观此书，悲欢离合，缘结三生。嬉笑怒骂，诲醒冥顽之众；化身千百，论述补天之方。情愫缠绵，波澜翻奇；无尽相思，昭然历历。故拟招彼之芳魂，抒己之胸臆，岂着意于绮语，缀散花于短章。濡墨挥毫，万言难尽也。"（《一层楼》序）尹湛纳希从曹雪芹那里学习了生动流畅的汉语白话，大大丰富了蒙古族的文学语言；特别是他学习《红楼梦》现实主义的创作方法，深刻、尖锐地反映社会现实，细腻生动、具体形象地塑造出许多栩栩如生的典型人物。他像曹雪芹写贾府那样，写了忠信侯贲府。创作了长篇小说《一层楼》与《泣红亭》这两部姊妹篇。

《一层楼》写贲侯之子璞玉和他的表姐卢梅、琴默、盛如之间的爱情故事。这三位小姐都长期寄居贲府，从小与璞玉青梅竹马，有了深厚的感情。贲母看中了琴默，贲侯看中了盛如，璞玉之母金夫人看中了卢梅，都私下为璞玉订了婚约。璞玉却爱慕着卢梅。后来贲侯让璞玉高攀了苏节度使的小姐苏己。苏已婚后不久病死，卢梅等三人也都四散飘零。他们的爱情便以悲剧告终。

《泣红亭》是一部独立成篇的小说。以璞玉梦中寻访卢梅、琴默、盛如三个姑娘的踪迹开始，可是这三个美丽善良的姑娘已被她们封建专制的家庭订了终身。卢梅的未婚夫是一个年近半百、专营海外贸易的“洋商”；琴默的未婚夫是一个丑陋不堪、驼背口吃的呆子；盛如未婚先寡，孤独度日。卢、琴二人都眷恋璞玉，不满意家庭强行包办的亲事，在她们成亲前夕，卢梅女扮男装，星夜逃走，琴默投江遇救，流落他乡。经过种种艰难曲折，悲欢离合，后来都在杭州巧遇璞玉。盛如由金夫人作主，也给璞玉订了婚。有情人终成眷属，小说以璞玉同时娶了三个美人的喜剧结束。

《泣红亭》卷末的一首诗：

茫茫三年事，

午梦荒唐语。

若考其中实，

兔生犄角龟生羽。

作者暗示，小说男女主人公历尽辛酸后的团聚，不过是红楼一梦，荒唐之语，并非现实。作者满怀同情地描述在封建礼教桎梏下青年男女的不幸遭遇，这是那个历史时代的悲剧。作者透过爱情传奇的纱幕，对封建腐朽势力进行了无情的嘲讽与有力的鞭挞。世袭辅国公金月升为什么一定硬逼那绝代美丽的侄女卢梅嫁给鄙陋奇丑的“洋商”？卢梅为什么甘愿冒“私奔”之大不韪坚决反抗封建包办婚姻？曾对卢梅的悲惨遭遇幸灾乐祸的琴默为什么也走上以死抗婚的道路？作者用贲府这面镜子历历如绘地反映出当时社会的真实面貌。封建恶势力像铁一样的威压引起青年对幸福自由的渴望与他们在当时历史条件下所能做到的反抗，这使尹湛纳希的作品在晚清的言情小说中，特别是与那些“红楼续梦”相比，确实是更上了一层楼。作者的笔锋所向，还从各个方面痛砭时弊。如几股海盗的骚扰，就把皇帝吓呆了的描写，寥寥数笔，深刻揭露了当时皇帝的昏聩与海防的空虚。盛如的父亲孟衮太守居官清廉，死后家属要靠亲戚周济，以此揭露官场的贪污腐败。真正有才能的人隐居山林，以此抨击科举制度埋没人才等。这些都表现了作者的进步思想和这部小说的人民性。

《一层楼》和《泣红亭》这两部长篇小说，是蒙古族文学脱离开对民间传说和历史故事的依附，以当时现实生活为题材而独立成篇的最早的现实主义作品，在蒙古族文学史上占有重要的地位。尹湛纳希的小说，学习《红楼梦》，采用章回体，这在蒙古族文学史上也是个创举。他的小说情节曲折，波澜起伏，引人入胜，他对人物形象的塑造，深得曹雪芹传神之妙。如对卢梅的神情姿态、衣着打扮的细腻描写，真是十九世纪最漂亮的蒙古姑娘的绝美写照。写画眉的爽直热情、机智善谈，不仅绿叶红花，衬托了卢梅，可以说是继西厢红娘、红楼晴雯之后，成功地塑造了聪明俊俏丫鬟的另一典型形象。

尹湛纳希在运用蒙汉语言方面表现了杰出的才能。他不追求词藻的华丽，而是用明白流畅的语言，表达不同人物的身份与思想感情，都能做到言如其人，恰到好处。他那洗炼明快、幽默风趣的笔调，也很有特色，别具一格。他还善于运用蒙古文的多义词，妙语双关，耐人寻味。

尹湛纳希在蒙古诗歌押头韵的传统形式基础上，学习汉族诗歌严谨的格律，开创了蒙古诗歌的一代新风。他的诗词写得清丽婉约，情真意深，遣词用字非常讲究，高度凝炼地表达了小说人物的情思。

当然，尹湛纳希受他时代的、阶级的、认识的局限，作品中不可避免的反映出一些封建主义的糟粕，如作品中多处流露宿命论等思想。小说的结尾落入才子佳人大团圆的俗套，这也是无庸讳言的败笔。因此，对这部作品，运用马克思主义的观点取其精华，弃其糟粕，还是必要的。

人 物 表

赍侯——忠信侯赍玺，后晋阶辅国公。

金夫人——赍侯之妻。

吴姨娘——赍侯之妾，璞玉生母。

璞玉——赍侯之子。

盛如——字粹芳，璞玉的姑表姐，璞玉的第一夫人。（《一层楼》译名为圣如、圣萃芳。）

琴默——字紫榭，璞玉的舅表姐，璞玉的第二夫人。（《一层楼》译名为琴自歇。）

卢梅——字香菲，璞玉的舅表姐，璞玉的第三夫人。（《一层楼》译名为炉梅，炉湘妃。）

德清——璞玉之姐。

金绍——璞玉之姐夫。

熙清——璞玉之妹。

苏令安——璞玉之妹夫。

赍寅——赍府二老爷，赍侯之弟。

德氏——赍寅之妻。

宫熙——赍寅之女。

瑶玉——赉寅之子。

可人——瑶玉之妻。

赉夫人——责珠，赉侯之妹，孟衮太守之妻，盛如之母。

孟瑞——赉夫人之子，盛如之弟。

金公——辅国公金月升，金夫人之弟，璞玉之舅，琴默之父。

顾氏夫人——金公之妻，琴默之母。

金钟——金公之子，琴默之弟。

娜氏夫人——金公之嫂，卢梅之母。（《一层楼》译名为鄂氏。）

妙鸾、秀凤——赉老太太的大丫鬟。

玉清——金夫人的大丫鬟。

福寿——璞玉的大丫鬟。

画眉、翠玉——卢梅的大丫鬟。

凭霄、瑞红——琴默的大丫鬟。

梨香、蜂蜜——盛如的大丫鬟。

槟红、丁香——德清的大丫鬟。

莺歌、子规——熙清的大丫鬟。

元宵——赉夫人的大丫鬟。

龚高、高珍、舒谦、张裕、伊敏、黄明——赉府管家。

舒二娘——赉府管家婆。

马柱、永柱、元凯、伯林、福海——赉府的家仆。

瑶琴、宝剑、奇书、古画——璞玉的侍童。

杜敬忠——孟府赉夫人的管家。

刘功——金公府管家。

史经济——号登云，璞玉的老师。

李宪章、司田人——责侯的文客。

施凌云——字自持，璞玉的文友。

于和——璞玉的清客。

康信仁——号阮山，旅店主人，香菲的义父。

戴新民——号之善，两广总督，内阁学士，中堂、国老、阁老。琴默、卢梅的义父。

程夫人——戴新民之妻。

龙玉——戴新民之女。

芙蓉——程夫人的大丫鬟。

刘兼让——中医。

蒋士美——吏部尚书。

清桂——兵部尚书。

桂棻——吏部员外郎、主事，璞玉的把兄弟，后接责侯任浙江海防使。

宋介忱——刑部尚书。

曹永——户部侍郎。

梅欣——杭州知府。

朱英——洋商，金公包办的卢梅未婚夫。

宋涛——宋知县之子，金公包办的琴默未婚夫。

祁怀玉——和盛如没有合卺拜堂即病死。

目　录

第一回

尊圣旨贲侯进京城　理家务金公归故里

落日余辉暗疏林，
荧荧灯火映窗棂。
长夜闲暇无别事，
聊续断弦弹旧琴。

话说《一层楼》一书言道：忠信侯贲侯之子璞玉与一代女子沉缅情欲，进而喜变愁，爱成恨，年华虚度，一事无成。其所以落得烟消云散的下场，皆因在天国时候曾起淫心的报应。虽谓如此，明珠白玉尚未落水而粉碎，红脂青黛岂忍湮没于草莱。故此看官无不慨叹怜惜，同病者悲长空彩虹之易逝，好事者续一部奇书于人间。

书中说道：自从璞玉原配去世以后，曾经遣人探听盛粹芳、琴紫榭、卢香菲三人的消息，无奈三人皆似风吹云散了。从此，璞玉就像洗心革面遁入空门之人，但胸中的一块石头又不知扔到哪里！

正值春和日丽，璞玉独自徜徉，来到会芳园，桃李依然争艳，亭榭仍旧清幽；但昔日朝夕相伴的人们却一个也没有了。近日小妹熙清出阁，寂寥更甚，抚昔虑今，感慨重重。独自吟咏一段白云红叶的歌词以后，不觉困倦异常，便在绿波亭内凉席上枕着圆枕躺卧，不久进入了梦乡。

气爽喜逢佳运至，
眠多聊解寂寥情。

且说璞玉在梦中恍恍惚惚登上一座山，环视四周，大海苍茫，无边无际，自己也不知道是怎么到这里来的。但见珊瑚花、翡翠草满山遍野。奇鸟珍禽在林中啼鸣。山中杳无人迹，沿着一条清溪走到山上，山上有一座方亭，亭子绿砖黄瓦，四周围绕着朱红栏杆，却没有人行的进出口。璞玉好生奇怪，即跳越进入亭内。一看，洒扫得一尘不染，非常清净。亭上匾额题着“泣红亭”三个字。亭中有一块大石碑，依稀闪光发亮。上前细看，上边镌刻着各种图画，旁侧各有文字。第一个图是一只翠雀在树枝上跳跃，旁侧写的非诗非歌：

莫断双缘抑愁情，
一番春讯一番新。
三千里外客中客，
十二年前身外身。

还有一张琴，也很奇怪，琴上并无一根弦，旁边写道：

崖上松涛催短景，
水底玉魄幻龙珠。
应恨彩球将人误，

铁石前盟一旦无。

又有一尊香炉，盛满白灰，可不见插一炷香。旁边写道：

茅店野舍寒，

霜夜马蹄轻。

昏鸦啼古树，

危楼掷球心。

璞玉将三首诗文依次读完，因诗义深奥难解，不禁意味索然，不想读下去了。接着看些图画，有挂钟、有雕弓、有叶桃、有冕旒，或有凤、或有凰。璞玉自忖：越走越远了，还会出现青狮白象也未可知，便背着手过来观看石碑的背面。画的是一个大顽石，石上有几个字，有璞玉能认的，也有不认识的；他正将不能认的字抄在手上，忽见空中有一个功曹神大声喝道："这畜生一个人在这儿做什么！"璞玉大吃一惊，从梦中惊醒，睁眼一看是父亲贲侯，脸如重枣，须如银丝，正在俯视璞玉。

原来贲侯也信步来到绿波亭上，瞧见璞玉一个人睡在那里。他早看出近几天璞玉神色颓唐，无精打彩，甚觉不安，便叫醒了璞玉。

常言父母怜子心切，惟恐有病，谁知竟至这般田地？诗曰：

抚育恩深重如天，

检点行止正心田。

且说璞玉连忙起身跟着贲侯出园，来到逸安堂。那时贲太夫人早已归西天，二十七个月的忌期已满，贲侯仍穿缁衣。金夫人迎上坐定后，丫鬟玉清呈上一封公函。

贲侯问到："什么公函？"金夫人道："才刚龚高从外头传进，说是机要文书，赶紧呈老爷过目。"贲侯接过来一看，函封上注明："该府面交忠信侯贲玺，此件事干圣谕，不可怠慢"几个字。

赍侯看了“事干圣谕”二字不敢延误，当即拆封命璞玉恭读。

原来浙江省杭州虽说是礼乐古都，且有鱼盐之利，但无守备兵力，东海沿岸的石果、凤尾等洲上，麇集一股盗贼，先将邻近的兆宝、交门等岛屿劫掠一空，声势日盛，纵横海疆，肆意掠夺。那时高丽不能平定，镇守交战败溃。大军扼守，不教盗贼东侵。贼众又犯东南，劫掠日本、琉球等地。于时各自坚守海峡。贼料无利可得，继而西出别子门，劫掠余姚、富阳等地。与时，闽浙总督一面招民从军，协助官军荡平贼寇，一面修书遣人上京奏禀。

是时圣人在位，日理万机，人寿年丰，四海升平。圣上念贼等皆因生活无路才铤行而走险，龙颜不悦，摺尾朱批云：转饬兵部大臣，从德隆望重、文武兼备之公侯伯子男中擢拔武官统镇兵三千驻扎杭州。又因贼窝海上，并命高丽、日本、琉球务须出兵剿灭贼寇，不准互相推诿贻误。

于是兵部大臣们决定召唤世受皇上重恩的四名功臣来京师觐见。该奏摺已获圣上照准。故吏部颁发文书，星夜示谕四臣。那四臣即：孝悌公南山秀、忠信侯赍玺，节烈侯董福、义都子卜禄。

且说赍侯听了函意捋着胡子不作声。金夫人起身道喜，赍侯长叹了一声道：“唉！我们祖祖辈辈享受国家厚禄，竭诚报答皇上恩泽是义不容辞的责任，可是我年逾花甲，与其在三千里外负总兵之职，不如在原籍享用千户侯了。假若老太太还在，这事就更难了！”

当下到外边与管家张裕、龚高等商量，筹备车马行装，命龚高带家奴十余人作扈从，将留守衙门的任务交给了张裕。又命璞玉也跟随入京，好学习帝京礼仪。璞玉“嗻”地答应一声入内收拾什物。福寿听了半喜半忧，喜的是趁璞玉这次出差的机会如能得到风云际会，也可谓没有辱没家教；忧的是金夫人春秋已高，上边又没有别人，我一个人伏侍上边又支使下边，唯恐难以胜任。但责无旁卸，只得处处用心，事事谨慎罢了。思忖半刻，便叫来璞玉的侍童瑶琴、宝剑，将璞玉的寒暑行装杂物一一交点齐备。到了启程那天，责侯向金夫人道：“此去若不录用则已，录用则必定当即赴任，没有回来看家的时间了。那时候我派人来接夫人，夫人从这里赁船带上家里老少直接南下。我在汶上停舟等候就是。”说完拜过祠堂，鸣炮三响，带着璞玉坐车起程。

金夫人到二门送别，关掩大门不提。

诗曰：

三千里外请长缨，

智勇一臣跃龙门。

且说贲侯乘车，璞玉骑马跟随后面，一行十余车骑直向京城进发。当下四月天气，杨柳低垂，花开遍野，水流鸟鸣，极为清香。贲侯将璞玉叫到车前道：“这次南下不知几年，你从这儿分道先到你舅父家告别，再去看望你姐姐，告诉我南行之事，再速速赶来。”这几句话恰好投合了璞玉的心思。他一一敬诺，带上自己的仆从，分道向西，没走七八十里路就来到金公衙门前边。

璞玉原想这次亲自拜访能知道琴紫榭、卢香菲的下落也未可知，若有良缘还能见着面。他想到这里，不禁心潮滚滚，不知是喜还是悲，看到金府衙门更是感慨万千了。谁知到大门前一看，两扇大门紧闭着，一片寂静，昔日的繁华早已烟消云散了。街口的商贩看见这些人马，甚以为奇，都来观望。

那时璞玉不禁暗暗吃惊，教仆从敲门，半晌却鸦雀无声，不见人出来开门。瑶琴、宝剑齐声高喊，多时方听见有叱咤声，好久才打开角门，一个醉汉一瘸一拐地出来。璞玉勒住马缰到近前一问，这老汉耳聋且正在气头上，问了几句话都是所答非所问。马柱在他耳旁大声问话，老汉更是生气，只说了一句："真讨厌。我不知道！"说罢将门哐啷一声关上了。

璞玉见此情景又气又笑，正在踌躇时，旁边有人问道："你们问他什么事？他正赌钱赌输了没处撒气呢。"马柱向那人施礼问起金公的事。那人道："金公在两年前就携带全家老少，护送老太太的灵柩回浙江去了。这是他的看家奴才。"

璞玉听了那些话，犹如头上浇了一盆凉水，满腹的喜悦顿时消散，低头无语，别的事儿也不便再问那个人，无奈策马去往金绍家。马柱催马先去金绍家报信。

金绍家离此不远，渡水越岭不久就到了。金绍闻讯赶紧到大门前迎接。郎舅见面握手言欢。绕过大堂，只见那个贤惠的姐姐德清领着子女笑容满面地迎了出来。璞玉连忙下跪施礼，德清搀起璞玉，骨肉深情，潸泪厮见。二人谦让着进到屋里坐定后，璞玉看这三间堂屋没有隔断，堂屋上手是炕和窗，西间是卧室，东间是书房，门上挂着竹帘，墙上挂着仿欧阳询字体写的《隐士录》中堂：

智者贤达明兴衰之理，知成败之数，识安危之兆，晓进退之方，故隐居以待时机。一旦风云际会，则可位极人臣以安社稷。时运不济，亦足以明哲保身。洞察此理，修名可远及于后世也。

又见两旁的对联云：

只缘才疏生事少，

不通俗韵见客稀。

璞玉对那些文字赞叹不已。又往下看，在花梨木桌上有镇尺、牙签、书、琴，但没有金玉的饰件，更显得清雅大方。璞玉正在出神观赏，金绍笑道："该转过脸来了，人已经等久了。"璞玉连忙掉过头来。德清带着他的儿女们向北跪下，敬请父母安好。璞玉连忙侧身而立，向他们转告父母安康之后，才上炕分东西坐下。

德清道："自从那年过门到此地之后，尚未回家省亲，不知老爷、太太添了多少白发和皱纹了。听说老太太也归了西天，都是我没有造化，正好赶上坐月子，不能前去吊孝。回想起来老太太慈爱，就算朝夕烧香磕头也报答不完。熙清妹妹好吗？还象过去那样淘气吗？妙鸾、秀凤、福寿、锦屏、玉清这些人也都还在府里吗？我还没见过弟媳，没想到她已经去世了。会芳园的花草树木或恐也怀念我这个知已吧？"虽在含笑说话，但泪水已是盈眶了。槟红端茶来，璞玉一面喝茶，一面答复德清道："老太太归西的前一年，老爷、太太在京值年班，熙清妹妹也跟随到京，没成想那年扬州知府的公子没有成亲，在京物色儿媳，老爷的夙友曹大人做媒将熙清妹妹许配他的公子了。那妹夫叫苏令安，人材特别俊秀。过了年苏知府带着儿子、媳妇回扬州去了。这一离别也不知到哪一年才能见面。在京时正赶上年末，百事繁忙，嫁妆也没有怎么办齐就忙着成亲了。锦屏姑娘去年死了。在家的旧人只剩下玉清、福寿二人，绵长有病回家了。"

德清听了这些话，为熙清伤心落泪道："再也不容易见着了。”璞玉为了安慰她转过话茬儿问道：“墙上挂的字是姐夫的手笔？”

金绍笑道：“是你姐姐写的，大概想着对我有教益罢。那幅对联倒是我写的。”璞玉道：“姐姐什么时候练的这欧字体？写得真秀气！”

德清道：“我出嫁时你还小呢，我在家时就写这欧字体，可是到这儿就生儿育女，琐事缠身，手指头都木僵了，哪里还谈得上书法。我临出来时写在凭花阁墙上的字你可见着了？”璞玉笑道：“想起那些事儿可真叫人发笑。”他诉说那年熙清独自面对墙壁吟哦哭泣的事儿，德清不禁喟然叹道：“他吟哦了什么？”璞玉道：“一多半我都忘了，只记得什么‘栖桐双雀齐长成’什么‘失伴孤雀只一只，长夜悲啼无人识’等诗句了。”

德清长叹道：“时过人去，旧时伴侣都天各一方了。”正说着话，丫头们抬进饭桌酒席。金绍让璞玉坐在炕中间，夫妻二人分坐两旁，骨肉三人饮酒谈心，另在外厢款待侍从不提。

璞玉见跟随德清的丫头少了一人，因而问道：“为什么不见丁香姐姐？”德清叹道：“我刚才听你说锦屏死了，心里难受，我们丁香在今年春天因难产死了。”三人叹息了一阵。璞玉又将老爷进京途中命他探望德清的事情说了一遍。德清道：“世事真难预料，原说熙清妹妹出嫁的地方最远，我嫁的地方比她近。今天若南下，以前说远的却近了，说近的反而远了。”

璞玉趁着话题问起舅父金公的家事来，德清道：“前几年他们全家南下去浙江的事你到如今还没听说？”璞玉道：“虽说听了一鳞半爪，还是含糊不清，况且两年前南下为的是护送灵柩，也该回来了。再说为那事顶多派一两个能信得过的人也就是了，谁想到他阖家都去呢？福晋、姨娘也以为该回来了，谁知连姑娘们也一块带走呢?”

德清道:“应该说你是个薄情人。原先我们一辈姐妹是何等亲热,尤其紫榭、香菲你们三个人,和睦相处谁能比得上?你成了亲以后,就不提旧事儿了。她二人竟遭受了多少个艰难苦楚呢?”

璞玉大惊追问,德清道:“这些话我怎么如实地告诉你也是枉然。那年将紫榭许配山阳宋家以后,紫榭不从,顾氏奶奶也不依,后来宋家催促不放,金公舅舅没让顾氏奶奶作主,一口答应收了彩礼。于是琴姑娘得了病几乎死去。那年南下时琴姑娘也同行,说是到浙江再过门,想来早已绿叶成荫子满枝了。唯独那卢姑娘最可怜了。女婿是吴亭人氏,极为富有,年近半百膝下尚无子女,托一官员为媒……”不等说完璞玉便蹙眉道:“这金公舅舅不知怎的了?为什么竟与商人攀起亲来了呢?”

金绍道:“说起商人也有缘故,他也是个世代仕宦人家,但传到这朱英一代就不愿意做官,在家经营享福。这个家资财百万,钱哪里用得完,就联络洋商专门经营海外生意,自身还有一个监生的功名。”

璞玉道:“虽说是个大富商,香菲姐姐那能愿意呢?”德清道:“不仅卢姑娘不愿意,舅舅也不愿意,唯独娜氏奶奶看姑娘二十多岁了,而且病病殃殃的。没个见好,这才下了狠心把她许配出去,这样才促成了那件事儿。”

德清连忙问道:“你老是问这听那,啊啊的,酒也不喝,菜也不夹,这是怎么回事儿。”

璞玉连忙干了一杯酒,夹了一筷子菜,又“啊!”一声,德清笑道:“那朱商人的彩礼最重,什么王公大人也不能和他相比。此地不像咱们家乡,不用马牛骆驼羊,都是注重实物。彩礼中有：汉玉吉祥如意二付、珍珠手镯二双、宝石宽簪一付、自鸣钟四座、洋金表一只、赤金耳罩子一付、二尺五寸珊瑚树一架，还有蟒缎貂皮袄，各种手饰不计其数。成婚礼：金杯八个、足银一千两等等。”

璞玉道：“姐姐记得怎么这样清楚？”德清道：“送彩礼的宴席上我亲眼见的，怎么不详细？”

璞玉问道：“那你当然看见女婿了。”德清道：“我没有看见。听说女婿拜娜氏奶奶时槟红看见的。”璞玉忙问槟红：“你看那老汉怎样？”槟红笑道：“脸长的像核桃皮，一指头深的皱纹，上面还带着麻子，一只蓝玉石眼睛象嵌歪了的珠子，齉鼻子，络腮胡子从耳朵连着脖子，歪嘴还喷着臭味儿。别说卢姑娘那样水晶宝石似的人儿，就是我们丫头见了也犯恶心。”

璞玉、德清听了都忍不住笑了。金绍道：“这丫头说得太夸张了，你怎么知道他的嘴臭？”槟红拧着眉头道：“我估摸是那样，不说别的，他身上虽然裹的是蟒缎，还不像包个木头疙瘩么？”三人都笑了。

璞玉还接着往下问，德清道：“卢姑娘听说要嫁人以后，茶饭不进，一连哭了几天。知道过门的日子近了，几次摸刀寻剪子要死，都让娜氏奶奶和丫头们阻止了。画眉看着姑娘不依，吵着要娜氏奶奶退婚，挨了顾氏奶奶两次打。画眉、卢姑娘二人眼看就要走上绝路，忽然一夜之间失踪了。”

璞玉大惊失色问道：“怎么了？”德清道：“不知是怎的，在卢姑娘跟前睡觉的几个丫头、翠玉、老妈子们都一点也没有察觉。那时金公舅舅也不在家里，全家沸沸扬扬地折腾起来了。顾氏奶奶还真有主心骨，她教家人‘不要声张，想来是暂且躲躲罢了。’她立即差人连夜寻觅就近的几个地方，说来也真有点跷蹊，墙外竟毫无痕迹。金公舅舅回家以后无奈要退婚。那洋商人那肯善罢甘休！大吵大闹要告状打官司。你想舅舅是什么样的人家，哪能吃得起洋人的官司？况且更不敢提小姐失踪，因此困窘万分，一夜之间须发都急白了。后来忽然想起汉朝皇帝用假公主蒙骗单于的计策，将翠玉冒充卢姑娘嫁给了朱商人。那翠玉本来也长得不错，用珍珠蟒缎妆扮起来也真像个名门闺秀。这也是翠玉的造化，陪送了卢姑娘的全套嫁妆和四个丫鬟。听说夫妻倒还和睦，朱商人眼里把翠玉看成杨贵妃了。”

璞玉道：“卢姑娘到底怎么了？”那时饭菜已上齐，德清只顾吃饭也不说话。璞玉又问槟红道：“卢姑娘真的逃走了不成？”槟红道：“往哪儿跑呀，看来是跳井了！”璞玉一听这句话，刚刚咽下的饭菜猛冲上来堵住喉咙，两手一张，扔下碗筷，两眼翻白，身子猛地一仰，倒了下去。

欲知璞玉性命如何，且听下回分解。

第二回

秉丹心疆臣奏忠言　结金兰义友诉知音

传神好文章，
有如风云涌。
不能动人心，
巧笔有何用！

话说德清、金绍等大吃一惊，连忙急救璞玉。折腾了好半天，璞玉才吐出饭菜，并夹杂着混浊的血水。德清教丫头端水让璞玉漱口。槟红因惹下了大祸，怕的了不得，连忙上炕给璞玉捶背揉胸。璞玉睁开眼睛，也不管屋内人们是否嫌恶，便放声痛哭起来。

德清责怪槟红道："死奴才！不明真相信口胡吣，卢姑娘跳井的事儿你亲眼看见了吗？光是一只靴子掉在井栏旁边，你就能断定她跳井吗？"

金绍道："何况哪有她同画眉二人同时跳井的道理呢?"他扶起璞玉不住地劝解，可是璞玉更是大声哭号，如怨如诉，活像和尚唪经唱偈一样。德清对金绍道："别劝他了！教他痛痛快快地哭一场就自然会停的。"说罢收拾饭桌，扫擦吐物。

璞玉哭得嗓子发干，槟红端来一杯茶水道："少爷醒一醒吧！我把话说错了，卢姑娘并没有死，可能暂时去那个朱商人家了。"金绍、德清听了这种没有用的话都笑了，又安慰璞玉吃饭，璞玉说吃不下去。德清料他睡不着觉，叫他喝醉了酒，搬进书房睡下。

璞玉因赶路劳顿又加上伤心，借助几杯酒力睡到半夜，忽然醒了过来。这时窗外雨声淅沥，书房索寞，旁边睡的只有瑶琴、宝剑两个侍童。想起香菲对他的痴情，不料竟落到这种地步，好似万箭穿心，确实难以忍受。璞玉捶枕摸床，悲痛万状。刚刚又要入睡，忽而听到耳边有人哭喊："璞玉！璞玉！你好狠心！"璞玉忙睁开眼睛一看，一个女人身穿粉色绫衫，将头发草草地盘绕着，浑身上下湿透了，还淌着水滴。哭得眼肿脸胀。璞玉纵身坐起来端详半晌才醒悟，这不是那个多情厚谊的卢香菲姐姐还能是谁？璞玉大声哭泣，拉着香菲的手说："姐姐，我实在没有对不住你的事儿。"香菲也哭道："不论你说什么好听的，你也是对不起我，我要是不为你哪能到这个地步！"二人拥抱着放声痛哭，正在难分难舍之时，只听外有人摔门帘，画眉披头散发走了进来，直愣着眼睛使劲推搡璞玉，又拉住香菲的手道："姑娘该走了，跟那个无情无义的还有什么可说的?"唰的一声把香菲拉了出去，香菲放声大哭。璞玉着急地喊到："等一等！"这样一惊，才醒了过来，但还好像听见隐隐约约的哭声，侧耳倾听，原来是鸡叫了，天已放亮，赶紧起身。璞玉的脸上、枕头上已是湿漉漉的了。

早饭后，璞玉与德清一家叙别，又想经过金府凭吊香菲跳的那口井。金绍拦阻道："不行！不行！那口井在金府的西院，砌成八角形，有一丈多宽，从前用三十二个水斗打水灌池子。因为下边有活泉，水深不见底，前些年也跳井死过几个人。自从卢姑娘出事以后，每天晚上西院都有鬼哭声。金公命壅土填死了这口井，但是院子里还不断出不吉利的事儿，这才搬的家。当下院门用石头堵严，大白天也有点瘆人，谁也不敢进去。"

璞玉道："神鬼本自心生，哪有真事儿！"德清道："不管有鬼没鬼，你也别去了，况且今天还下着雨。弟弟这会子去了，不知何时再能见面，再住一宿好了。"说着德清流下泪来。

璞玉道："弟弟我也那样想，但老爷还在途中等我，不能违命，雨中赶路也很清爽。"德清知道挽留不住，从屋内拿出昨晚写好的信交与璞玉道："弟弟将这封信呈给父亲，老爷春秋已高，赴任几千里外，确实不易。弟弟也不小了，应该有衣冠男子的志气才是，再也不能像小孩子样儿！老爷、太太的一切事儿都托靠你了。"璞玉一一应诺，挥泪而别，带领随从骑马往西北方向出发。

一路上凉风习习，细雨蒙蒙，悲凉凄楚。璞玉哀痛香菲之死，用雨水泪水洗脸，真不下于唐明皇细雨过剑阁的情景。

一日，璞玉赶上了贲侯车仗的住处。原来贲侯怕璞玉追赶不上，天又下雨，这天有意早些住下等候。璞玉将金公全家赴浙江后一直没有回家，因家里发生种种不幸，无意回来的事一一禀告。贲侯叹道："继承祖业而不以积德为要者，岌岌乎危哉！"又询问德清夫妇的情况。璞玉禀告一切，即将书信呈上。贲侯拆封看阅，信中大意劝父不要南下，并盼保重。贲侯捋须叹道："姑娘不知，这也不是为父的本意！"

且说贲侯走了几天，到京师从朝阳门进城。

璞玉骑马观看京城人情风俗，居民眉清目秀，衣冠齐楚，真是物华天宝，人杰地灵。那时龚高等人已先进城，在正阳门东城根台基厂准备住处。次日清晨贲侯前往吏部报到。

原来诏令调来的还有：孝悌公南山秀、节烈侯董福、义都子卜禄，他们都依次签到。吏部尚书蒋士美老爷记名呈上，圣上朱批："四臣觐见，各自呈一份安边策表。"各部惯例，常备一木制圆牌，巡回六部衙门。圆牌到哪一部，哪一部即派人引见，朝奏有关事宜。四臣回邸各自洁身等侯觐见。

贲侯因重任在身，不能出访在京亲友。唯孝悌公等的住处在昭忠寺，离这不远，互相通风报信。在京亲友们早已听到消息，都派人前来问候。贲侯只派璞玉回拜，说明事毕之后亲自回访。

且说贲侯因有奏表一事，不敢怠慢，洗手焚香，安心定志，写出奏章一份：

盖闻靖边之策须审势察变。因力有强弱，过强不止则折，过弱不刚则曲。故权变其间，不使其折与曲者威与恩也。施威布德贵乎得当，适中者安，失当者危。强犹施威，威盛而民不畏；柔犹施恩，恩枉而人不服。故弱宜施威，强宜施恩。施恩于忠以宽仁为大；施威于警以制怒为先。否则纵掌生杀之权，于事何益！故贵在审情准衡，宜威则施威，宜恩则施恩。而后敷仁以治教化，兴义而促善行，惩贪官，铲污吏，节俭用度，爱抚黎民，教谨慎之守，传忠信之方，则盗贼边夷，必惧然而归焉。久之万众同我一心，万民同我一腹，万物同我一党，则教化宣扬，此天下永宁之计也。

璞玉侍立旁侧，研墨驱蚊，对父亲的宏谟高论，胆识过人，出语不凡，言直无畏，从内心肃然起敬。

赍侯问：“你可了解其意？”璞玉答道：“略知大意。”赍侯喜笑将文辞修正几处，把“忠信”二字改为“宣教”，即恭楷缮书齐毕。

翌日，礼部堂官员来赍侯住处通报：“明日适值我部奏事，你丑时起身，寅初至景运门等候，由部员引进。”

原来外臣初次朝见必先至礼部习礼三天，这四大臣皆多次朝见过圣上，娴熟礼节，故免去了习礼一节。

彼时圣主在上治理天下，每日起居皆有定时。寅初即起，寅中早朝，卯时批阅奏表，进早膳。若有外省巡按或兵部尚书有事启奏则召进赐见，没有则召见外臣后百官退朝。辰中皇帝莅内书房批阅疑难奏章。午时进御膳，酉末安寝。嫔妃虽侍侧，戌中由太监引出，每日如此，已成常规。噫！古之尧舜治国修身，身体力行之懿范亦无过此矣。

次日四公侯皆丑时起身，穿官服，戴礼冠，乘坐车马，自昭忠寺出发，由长安街向西.北拐，进门，过桥，在东华门外下了车马，趋步入内。此时早朝的王公、驸马、九卿、四中堂鱼贯而行。老臣坐轿，武将骑马，辉耀如繁星。吏部员外郎迎上四公侯，在前引路，绕过文渊阁，入景运门至保和殿之后聚集。朝臣都集合在那里，个个蟒袍玉带，显赫异常：

诗云：

群臣五更初待漏，

天子方进衮龙裘。

九重阊阖开宫殿。

万国衣冠拜冕旒。

日色才临容光焕，

香烟欲薰蟒豸浮。

朝罢须裁五色诏，

功名业绩垂千秋。

手捧黄缎奏表的官员恭立在乾清门阶下等候，从门内出来一员大臣将奏表一一端了进去。稍候，太监们捧出描金献盒。奏章象雪片似的传将下来。唯有督察院、大理寺的二份奏章留内尚未传下。孝悌公的奏摺觐见时方呈御览，故未敢拿出。忽见一太监急步出来站在玉阶上高声传谕："宣清桂、蒋士美二臣上殿。"群臣中二臣应声而出。众人一看：一位是身材清癯，举止敏捷，目如晨星，须发似雪，眉宇之间锁着社稷要事，两肩之上担挑江河重任，头戴红宝石顶戴凉帽丝穗，双眼孔雀花翎，身穿紫色九蟒缎袍，上罩麒麟圆福补缎马褂，足登粉底皂靴。他是经筵大臣兼武英殿大学士太子太师建威将军、兵部尚书清桂。另一位是：长方脸，稍胖，眉清目朗，鼻高须长，胸怀锦绣，语吐珠玑。头戴珊瑚顶戴凉帽，身穿仙鹤圆福补缎马褂，腰束金星宝石方金带，足登方头翘鼻靴，他是太师太傅兼文渊阁大学士、吏部尚书、内阁协办大臣蒋士美。二臣听命忙整衣冠，敛起朝珠衣裾登上乾清门玉阶，谨慎小心，诚恐诚惶，快步趋前。

那时璞玉也跟随贲侯进朝，正在赞赏宫殿和皇朝官仪，忽有一人问道："你是何人？官居何职？"璞玉连忙回头一看那人：白净脸庞，燕尾黑须，细瘦身材，秀俏的溜肩膀，水晶顶戴，白鹇圆福补缎朝服，胯上佩带金丝双荷包，俊美异常，这是吏部员外郎桂棻桂二爷。璞玉连忙施礼，回答了自己的情况。那人复礼道："从这儿再不准往里走。"璞玉看那人手里捧着椭圆形盘上的绿头象牙签上写着四臣的姓名年龄，将牙签的下段用二指宽的黄绫裹着。璞玉询问原因，桂二爷道："上奏之用。"这才知道那黄绫子是皇上手指掐拿的地方。

璞玉正在和那人攀谈时，蒋中堂出来打手势招呼，四公侯收起奏摺随他引路进去。贲侯等跟随蒋中堂经月华门又向西拐弯进了右抱厦的顺义门至养心殿。甬路两侧的石台上放着宝鼎，燃着龙涎香，奇香扑鼻，闻着使人心旷神怡。内侍卫军两翼排开，殿檐下两个佩刀的卫士向内站立。

四公侯跟着蒋中堂登上左侧台阶向内跪拜。蒋士美侧身入内，跪在御座一侧呈上名签。四公侯鱼贯跟着，每人呈上爵位，年龄履历，一一奏禀后，蒋士美将四公侯的策表呈上，由太监收起。四人在皇上面前不敢抬头直看。但见蒋士美向北跪下候旨时，花翎频频颤动不已。

皇上凝视四公侯半晌不语，批阅他们的策表。侍臣见天子无旨，用手势让退出，礼部侍郎暗示四公侯从右首下阶在乾清门外候旨。稍候，又是那个太监出来高声宣道："圣上有谕：问忠信侯贲玺，年逾六十有几个儿子？现居何职？"贲侯连忙下跪奏道："只有一子，名唤璞玉，现年一十九岁，随臣到此，尚无职位。"璞玉也跟着下跪。那太监凝视片刻方才进去。不久兵部尚书清桂出来宣称："四公侯听旨！"四公侯向北跪下。清桂传旨："圣旨：忠信侯贲玺年迈谨慎，虽属军爵，而其奏策深谋远虑，可谓社稷之臣，着原爵赴任，任杭州五记功三增勋，赐铸虎头印。公途携子必有为国效忠之意，特赐璞玉二等侍卫衔，赏戴孔雀花翎。孝悌公南山秀奏章，以国之重任，德抚远疆，亦颇有可取，着任浙江兵备道，原爵赴任，其余仍就本职。"

四公侯谢过圣恩。那桂二爷当即给璞玉二等侍卫顶戴朝服，璞玉亦向宫廷谢恩。贲侯见璞玉换了衣冠，满面含笑。璞玉顿时容光焕发，跟着贲侯走出。贲侯的亲友、同僚都来拱手道贺。

那时，红日已出，百官散朝，各自顺着近便宫门外出。贲侯父子欣喜万分，出东华门以后，家人已得喜报，又见璞玉荣获爵位，大家驱车走马欢跃不已。这次喜事有诗为证：

苍龙教子入青云，
攫取双珠鼎足分。
非借权谋跃孔雀，
雨露福泽润善门。

且说贲侯来到馆舍，龚高、马柱带家人庆贺叩拜，贲侯行赏之后，亲自前往答谢上司和亲友。不料众亲友不等贲侯到家，争先前来庆贺。此时，璞玉也去蒋、清二位大人和父亲夙友刑部尚书宋大人、户部侍郎曹永家拜贺，在馆舍迎送应酬只有龚高一人了。

这几天台基厂大街车水马龙，络绎不绝，龚高来回奔跑应接不暇。贲侯父子亦到各处应酬答谢。一连几天繁忙异常，真是人疲马乏，热闹盛况一时也说不完。

璞玉抽了个空儿去桂主事家道谢关照之情，并还回他的朝带服冠。原来这桂二爷名棻，家住东安门迤东甜水井。伯父就是兵部尚书清桂，也是高门望族。那时桂棻刚刚下朝回家，正在换衣服。听说贲公子来了，忙出来迎接，握手言欢，请进书房叙话。

璞玉道："前日承蒙提携，拜受爵位，真是感恩不尽。"桂棻道："这也是三生之缘，几句话情意相投，些许小助何足挂齿！"

璞玉道："鄙人有缘才承明公高教。自从见了仁兄以后，总是牵心挂肺，时刻不愿离开。"桂棻道："贤弟高门望族，愚兄是蓬蒿之户，岂敢承担谬奖！"

璞玉欠身道："您怎么这样说？兄长是国家栋梁，钟鸣鼎食之家，哪能跟我同日而语呢？"二人相互谦让，言语融洽，如同结拜金兰。

璞玉将要离去，桂棻握手不放，备下酒席，对酙谈心。璞玉环顾室内，虽然不太宽敞，摆设矮凳小椅，古鼎方盆，怪石奇器，极为雅致。壁上挂着管仲鲍叔牙分金图，两侧对联是：

世事洞明皆学问，

人情达练即文章。

二人谈古论今，气味相投，即想结拜义友，在红纸上写了年龄生辰，互换庚帖。桂棻二十八岁，比璞玉年长九岁为兄，璞玉举杯尽了弟弟之礼，二人效仿古人俞伯牙、钟子期，成了金石般的知音。

璞玉回来时桂棻亲自相送，拜了贲侯才回去。贲侯见诸事已毕，稍稍清闲，修书遣人返回原籍，告诉金夫人择日租船南下，自己等候铸印，领了文书即行南下，并告之父子二人双喜之事。

一日户部侍郎曹永派人禀报贲侯，"内阁学士戴中堂有一女，那天看中了贵府令郎璞玉，有结亲之意。倘若兄长应诺，我愿作媒人成全这桩美事。"这曹侍郎就是前年给熙清说媒嫁给扬州知府少爷的那个人。璞玉因前几个人音讯不明，低头不语。贲侯发怒喝退璞玉，叫进那个人说："此子业已定亲，恕不敢领情。"打发那人去了。但错过这次良机，将不知引起多少烦恼，这是后事，暂且不提。

且说过了几天，赍侯从吏部领取印信文书，并从户部领收敕建海防使衙门费用二万两银子；次日早晨将欲启程，马柱禀报：刑部尚书宋大人前来送行。

不知出了什么事情，且看下回分解。

第　三　回

百折不挠妙鸾心　一春再新芳草色

花园深处夏景浓，
潺潺清泉涌罅中。
风吹花絮随流水，
少女撩襟惜残红。

却说赍侯方欲离京启程，又有宋大人来相送。宋大人名介忱，进士出身，生得方脸矮身，眼亮如星，心明如日，忠义上报君主，恩德下达黎民，是赍侯的知己挚友。二人叙礼就座。

赍侯道："当下我奉旨远去，千里赴任，大人有何见教？"宋尚书道："我也正为此事而来。一则欢送贤侯，再则奉赠几句良言。圣上恩深，边防任重，仁兄性情严急。古人云：'水至清则无鱼，人至察则无徒'，宜荡佚简易，宽小过，总大纲而已。贤侯博古通今，应以后汉任尚接替班超为西域都护，不听班超告戒，以致西域反乱，以罪被征一事[1]借鉴为要。”贲侯欠身谢道：“仁兄金玉良言永当铭刻心怀！”又饮茶叙谈了一会儿，宋尚书方才告辞。

这就是常言说的忠臣将国事当家事一样。宋公的几句话看起来是些老生常谈，但裨益无涯。上则报皇恩之忠贞，平则尽朋友之厚义，下则为民远虑之良谋，都在这几句话里了。所以说大丈夫一举一动都包涵着深义。

宋大人去后，桂主事又来送行。那时贲侯已经启程，从崇文门出内城，往南走，向东拐，顺着广渠门出外城，朝通州大道进发。

璞玉几次请桂主事留步，他总是不依，执意要送四十里路，直到了通州运粮湖才敬了相别酒。

那时龚高先去租了两艘大船等在那里，桂主事眼看贲侯上了船，敲锣摇桨后，方才上马。贲侯从船头说了一声“贤公请便！”船已离岸几丈远。璞玉因匆匆离别义友，回首惜别不尽。

诗曰：

粉黛丽佳人，
博学恋知己；
何须辨雌雄，
思慕心肝里。

当下贲侯父子乘船南下不提。

且说贲侯报喜人一天到了原籍，在衙门前下马一看，墙上已经贴了大红喜报。原来驰报人早就报喜领了赏。那时张裕、黄明正在等候京城来人，看见来人大喜，一面打问消息，一面到里面传达。

金夫人听到璞玉受了皇恩好不喜悦，知道南下之事已定，一面收拾细软，一面安排随行人员，加紧筹备。没想到自从喜报传来以后，亲戚姑舅，男男女女，整日来道喜祝贺，真是门庭若市，车水马龙，迎送酬答，又耽搁了不少事儿。

那天传报京师来人了，说是老伊敏。金夫人叫他进来。伊敏在窗户玻璃外面请安，将京师的事儿一一禀告，呈上了贲侯的书信。金夫人看了书信才知道跟前些日子听到的消息没多大出入，随叫高珍、黄明准备船只，拟定后天起身。这时舒二娘禀报，妙鸾姑娘来了。

玉清忙出去迎接，只见：妙鸾黑发如云高高地盘着，鬓角插着一对白芍药，身穿粉绯色绫绸单衫，上罩黑色披肩，姗姗而来。蜂腰削肩，鸭蛋脸儿，玉琢似的高鼻梁，还像原先那样玉人般的美丽，只是略见清瘦了一点。

玉清笑着说："贵人来了，多日不见了。"妙鸾也说别后有一阵子没有见面了，握手问候才进屋。

那时金夫人正在三间正房的炕上坐着，地下摆了不少器皿衣物，正让丫头婆子们收拾包装。妙鸾进来向金夫人跪下请安。金夫人问："姑娘这时候来，有什么事儿?"妙鸾再跪下叫声"太太!"就呜咽地说不出话来了。

原来老太太归西，打发妙鸾、秀凤回家以后，贲寅仍不死心，叫来妙鸾的哥哥，给了不少钗镯、绸缎等东西，告诉他把妹妹挑个好日子送过门来。哥哥高高兴兴地回了家，给妙鸾看了那些东西，说了缘由。这时妙鸾的母亲业已去世，没有人护着她，妙鸾将那些东西敛起来扔了一地，哭着说不愿意当贲寅的小老婆。她那嫂子因为那年挨过妙鸾的骂，心里记仇，就撺掇他男人说："对这个丫头不动厉害的不行!"妙鸾的哥哥是个半瓶醋，听了老婆的话申斥妙鸾道："女人之道，父在从父，父死从兄，你不愿意当现成的福晋，还想找王孙公子不成？别说没有那么一个人，即便有，也没人要你这开过了的花儿！你要是愿意，还给你脸，车马送门，你要是不愿意，就用五尺麻绳捆起来送去，看你愿意不愿意！”

妙鸾一见哥哥犯浑，一言不发。她已下了决心寻死。一天她用一条绢带悬梁自尽。他哥虽说是个半瓶醋，但被惊醒，听出屋里有动静，连忙过来抢救。正是天数不尽人不易死，妙鸾寻死未成，就放声号啕痛哭。半瓶醋从此吓破了胆再也不敢轻易逼婚了。

贲寅派人去问妙鸾哥哥，他借口说老太太二十七个月的忌期还没有满，我妹妹要给老太太守孝，想等过了忌期再说。贲寅无计奈何，只好觍着脸等着。光阴荏苒，日月如梭，不觉又过了二年，兄嫂纠缠不休，妙鸾也不胜其扰。她忽而听说贲夫人要租船南下，真是喜出望外，祷告天地神灵保佑，这会子算是逃出命来了，就连忙跑进了忠信府。

妙鸾将缘由一五一十地说了以后，央求道：“老太太虽然归西了，太太您给作主。奴才誓死也不入那个火坑，情愿跟随太太南下，求求太太救命！”金夫人为难地说：“要是别的事儿我能想方设法救你，可这个事儿是二老爷亲口提的头儿，再说他和我们老爷总是手足之情，这个事儿你叫我怎么着？”

妙鸾抽泣着哀求道：“太太真的拨不开面子，暂时借我去还不行吗？太太要是真的不可怜我，我只有死路一条了。”妙鸾央求得叫人听了实在心酸，但是金夫人有贲侯将衙门交与贲寅关照的嘱咐，坚持不答应。妙鸾见事不成，擦擦眼泪，走了出去。玉清、福寿这些跟她关系近密的姐妹们，实在看不下去，刚想大家一块儿去求情，舒二娘传达：“二太太来了！”妙鸾急忙出去，走到当院儿，正好迎面碰上德氏和她女儿宫熙。妙鸾一点也不在意，只当是不认识的一样，走了过去。出了垂花门，福寿、玉清二人赶了出来拉着她的手说："姐姐慢走！干嘛这么忙？"

妙鸾不禁落下泪来，说："我是要死的人了，和姐妹们再说上几句话，日后别叫你们伤心。"说着用袖子挡住脸抽抽搭搭地痛哭不止。二人也大声哭道："虽说那样，姐姐也应当想的宽一点儿，死活可不是一般的事情。"

妙鸾道："头可以断，志不能移，两个妹妹留步，若有善缘，来世再见。"撒手就走。吓得菲棠直往后退。妙鸾头也不回，照直往前去了。

福寿、玉清难受地跺着脚说："咳！这个人真倒霉，何苦把她逼成这样！"二人不住地哭泣。正是：

世事哀愁常八九，

红粉佳人幽怨多。

金夫人启程之日亲戚姑舅都来送行。贲寅夫妻，瑶玉夫妻都先到江边等侯。金夫人拜过祠堂，家中一切交付老管家张裕、伊敏，带着家人乘车来到江边，辞别贲寅、德氏、宫熙、瑶玉、可人等，伤心地落下泪来，将家事再三拜托贲寅夫妇方才上船。高珍、黄明早已准备五只大船。行李物品昨日已经装船，家仆二三十名一齐动手，炮声轰鸣，五只大船同时起锚。贲二爷夫妻满怀喜悦而归。

且说金夫人从利津上船，走了几天，一日来到济阳。过去曾听说贲夫人的家离济阳不远，唤来家仆一问，高珍道："姑太太家从这儿往西，当地人称西河，起旱从北边走，就在吴亭府南面，当地人称南河。我们过去都是起旱，离这儿究竟多远不知道。”他们上岸一问，离这儿不过二十里路。金夫人一听不太远，当即租了车轿，带上福寿、玉清和家仆十几人朝西河出发。

却说贲夫人母女二人那年从忠信府回家后还好，祁府差人来放订礼，将盛粹芳跟祁璞玉的哥哥祁怀玉订了亲。贲夫人盘算把粹芳嫁到自己娘家的愿望已经落空，所以与丈夫孟太守商量答应了这门亲事。

不料粹芳过门时，祁怀玉迎亲道上在马背上犯了病，没能合卺拜堂。公婆没法子，让新媳妇住在别院，本想等儿子病愈后再成大礼。祁太太来给粹芳作伴儿睡觉。随粹芳送亲来的是她的弟弟孟瑞和本家两位叔叔大爷。那时孟瑞才九岁，本家叔叔大爷也不能主事，都匆匆地回家了。

那祁怀玉不知是办喜事兴奋过度还是什么原因，病势一天比一天严重，以至汤水不进。可怜那孟粹芳每日独居深院，举目无亲。因为是刚过门的新媳妇也不能多走动一步。

那祁璞玉相貌身材虽说与自己的贲璞玉略有相似，但性情举止总觉得鄙俗。祁璞玉看哥哥的病加重，对父母说：“为了侍候哥哥的病才娶了这个嫂子，她来了好像是个客人，另外住别的屋子，很不应该，应在哥哥跟前护理才是。”父亲听信了这些话，叫粹芳搬过来侍候祁怀玉。

粹芳不去则已，这一去就要了祁怀玉的命。祁怀玉看了这个如花似玉的妻子，恨不得马上做成夫妻，拉着粹芳的手，一句话也不能说，就是哭。卧病多日的人，虽说还有三分人形，却有七分鬼态，尤其他身上那股臭味，简直让人难以近前。那时粹芳好像蹲在地狱里，只是忍气吞声低声敷衍而已。祁太太怕儿子过分伤心，就宽慰道：“孩子别烦恼，你的病会好的。媳妇朝夕侍候你，也算是尽了夫妻之礼了。”说着将他拉住的手放开，那祁怀玉必是兴奋过劲儿，脸皮一皱，双眼一翻，两腿一蹬，早已魂归极乐净土了。

一家丧事，不必详说。盛粹芳无奈，依礼戴孝守灵，出殡入土以后，才算完事。

盛粹芳生在深闺，白玉无瑕，鲜花无垢，不料竟到这般地步，无端挂上寡妇的虚名，沾上洗不清的屈枉！这也是前世因缘由天定吧！

贲夫人听了这事，为姑娘伤心，亲至祁府，她明知道姑娘没有合卺成亲，好生商量，退了彩礼，连梨香、蜂蜜两个陪嫁的丫鬟一齐要了回来。

那祁太太看在贲夫人是亲近骨肉的情面上，并且儿子已死，不能让媳妇受苦一辈子，将粹芳的嫁妆如数退还给了贲夫人。

粹芳跨进祁家门槛将近一年，祁夫人始终像亲女儿对待，阖家上下无不尊敬，以礼相待。她与祁怀玉虽是一时的空头夫妻，但他死时的可怜情景也令人伤心。现在忽然离去，心里很是不安，粹芳跪下抱着祁夫人的腿哭道："太太爱怜我，媳妇理应守寡，孝敬公婆，但家母年迈，小弟年幼，不能撇下他们不管，虽然那样，我情愿为你的儿子穿孝三年，以报答公婆爱抚我的恩情。"祁夫人老两口拄棍相送，连连说："孝顺媳妇！"依依不舍。那祁璞玉几次催促嫂子同贲夫人快上车，这才匆匆离去。

这就是盛如在天上时讥笑诋毁的一次报应。正是：

　　不经一番寒彻骨，
　　那得梅花扑鼻香。

原来贲夫人的丈夫孟衮太守居官清正廉洁，不曾搜刮民财，只是自食其力。禄薄家贫，以致生前债台高筑。孟衮的丧葬费用也花销不少。粹芳聘礼过门将衣着器物典当殆尽。太守衙门也须腾出，因新太守已到。想回苏州旧居，川资不济，只得租赁民房暂且住下。

唉！先前是那等富贵人家，如今竟至衣食不济了。幸亏贲夫人有点儿体己，母女二人只能勉强度日。老爷在世时的一个管家姓杜名敬忠，人极忠厚，为人精干，一家大事全靠他一人操持。

一日，眼看是五月端阳节快要到了，该是清理债款的时刻，恰好又赶来了几个债主。一个是绸缎店的老魏，一个是烧锅铺的武连丁，一个是钱庄王老西儿。三人进家坐下。杜麻子见他们来了，一点辙也没有。那王老西儿站起来拍拍杜麻子的肩膀说："望杜二爷替我们通报一下。"杜麻子说："稍等一会，我们小主人还没放学。"王老西儿出去站了一会儿，又进来拉着杜麻子的手说："好二爷！我们路远，明天就过节，请进去回太太一声吧！"杜麻子气忿地说："回也那样，不回也那样，等着我们就行了，老是来回蹦跶什么！"那王老西儿不让，大声嚷嚷道："早晨来，说来的太早，你能不还这笔帐吗？俺们山西人说实话，还我的钱就行了，别跟我摆那个臭管家脾气！"杜麻子申斥道："我们这个衙门不是你老西儿捣乱的地方，快滚出去！"王老西儿气急败坏地站起来叉着腰，拨浪着脑袋，翘起大拇指说："我这老西儿谁都不怕，滚出去是什么话？滚出去给谁看？我们豁出命来把你这奴才揪到总督衙门告状看看。什么衙门衙门，官在是衙门，官走了还叫什么衙门！我们只知道要债，纵使官在又怎么的！你试试叫我滚！"

杜麻子气得拿起鞭子要打，他骂道："这王八羔子说谁是奴才！不像你们这杂种尿包，谁有钱就是谁的奴才！没王法了，掉了毛的臭王八蛋!”正骂得起劲儿。武连丁，魏胖子起先还给拉架，将二人拦起来劝架，后来一听杜麻子把他们也卷着骂了，就撒开手也参加了骂阵。孟瑞从里面出来看到那种情景急得要哭。孟府家人也气得连声喊叫：“打！抓!”双方对阵正在十分热闹的时候，刚要动手，从外面进来了两个人。都是缨穗凉帽，箭袖弯襟儿蓝纱衫，撒袋马褂，青缎靴子，带着火镰短刀、扇坠子、槟榔荷包，派头儿显赫非常。原来贲府的高珍等赶来报告金夫人的消息。杜麻子去过贲府几次，彼此都很熟悉，赶忙握手请安。三位债主一看来了贵人，就一溜烟地跑了。

贲夫人正在万般困窘的时刻，忽听娘家客人来了，金夫人马上要到，真是晴天一个霹雳，就像玉皇大帝赏了珍珠元宝似的，忙叫孟瑞同一个人骑马迎接。正在洒扫堂屋，金夫人的车仗已经来到，高珍压辕进了大门，金夫人在二门前下了车。贲夫人、孟粹芳施礼相迎，皆大欢喜。金夫人看他的门庭衰落到了这个地步，不禁伤心落泪。一手拉着孟瑞的手，一手握住盛如的手，强颜谈笑，进屋坐下。对金夫人来说是姑舅亲戚，对贲夫人而言是久旱逢甘霖，二人相对畅快地哭了一阵。金夫人见孟粹芳身穿重孝，暗暗吃惊，没等发话就悟到了缘故，才问近况。

贲夫人将一切经过叙说了一遍，金夫人叹道：“世道越来越不好，每家的遭遇也都出乎意料了。”她把自家的事儿，诸如熙清出阁，老太太归西，当下老爷奉敕赴杭州的事儿，从头到尾说了一遍。

老太太归西的消息，贲夫人虽说早已听到，但未能奔丧，现在听了很是伤感。金夫人仔细打量粹芳：紫玉似的脸庞更加容光焕发，红朱唇宛如樱桃，新月弯眉更加俊俏，微细的眼睛像盈盈的一波秋水。虽然开了脸，眉毛一点也不蓬起，脸皮没有变薄。红香白脸仍然照旧，燕雏鸠黄未曾变样。古谚语说："水果生熟看在皮。"金夫人仔细瞧了半晌，更觉得内里有名堂。一问缘由，贲夫人如实告诉。金夫人叹道："可怜我这姑娘，空担了寡妇的虚名，她的命也真苦啊！"粹芳泪水盈眶，借故进了里屋。杜麻子在外边收拢所有，典当东西，准备了一桌酒席。饮酒时，贲夫人问道："听说璞玉媳妇早已去世，现在续弦了没有？"金夫人答："孩子大了，也知道轻重了，他父亲叫他自己挑，直到如今还没有提亲事。"

贲夫人叹道："唉！这两个孩子的命都这么奇怪，璞玉虽说结了亲。可是媳妇夭折；这个闺女连亲都没有结就离开了，难道这两个孩子都非走这步厄运不成？"

金夫人自忖："姑太太的心还没死，想来原先我想定的娘家两个姑娘都已经有主了。何况老太太、贲老爷的心意也都看中了这个。这个丫头性情沉稳，见识深远，虽说有个出阁的虚名，可还是黄花闺女。我何不趁此良机成全这一美事？一则告慰老太太在天之灵，二则合乎老爷的心思，三则消除我儿子的怨恨，四则自己风烛残年也能得个依靠。"想定之后，叫粹芳看皇历，真是事情有缘，明天正是"宜婚嫁"的良辰吉日。贲夫人已料到嫂子的心思，心中暗喜，一夜谈家务而过。

翌日清早，金夫人出去叫来高珍授意，让他与杜敬忠商量彩礼的事情，回来从玉清那里要一条大幅哈达，恭恭敬敬地献给了贲夫人，并说了求粹芳定亲的事儿。

那时粹芳站在金夫人跟前听她们说话，一听她俩正说自己的事儿，一下子从脸红到脖子，红得像火，连忙躲开了。贲夫人接过哈达笑道："老妹子我不是不愿意，只是丑丫头不管她真假，也过了一次门。做你家的媳妇，不知合不合我哥哥的心。”

金夫人也笑道：“两个命薄的人合在一起，好在谁也不吃亏，老爷的意愿也在这儿，没有不合的道理。”二人大喜，齐声大笑。

丫鬟来贲夫人的耳旁说：“管家在耳房报事。”贲夫人忙出去。高珍将在外面与杜麻子商量好彩礼的事禀告金夫人：“奴才等商量：牲畜和酒肉数跟德姑娘的彩礼相同。折算起来为数并不多。但姑太太这儿生计拮据，奴才们的意思，就算接济也罢，将一切计算起来成宗订纳五百两银子。婚礼前没有别的事儿，这样两便。”并将昨天刚到时债主要帐几乎要打起来的事儿和准备一宿的饭菜极为困难的情形告诉一番说：“今天最好回船。”金夫人点头，从福寿那里取了钥匙交给高珍，说：“快去船上从吴姨娘那里领五百两银子来。”

贲夫人来请吃饭，金夫人进来坐下，同贲夫人母女吃饭，问她同船回苏州怎样？贲夫人道：“有现成船，本想一同走，但债务缠身，一时不能离开。并且须将老爷的灵柩运走，最快也得到秋季。”说着吃完了饭，喝茶谈心。这时高珍禀告，银两已缴给了杜敬忠，车仗也收拾好了，马上启程。

虽然贲夫人再三苦留，金夫人绝口不允，订好会面日期，告辞上轿，贲夫人在二门上挥泪相别。金夫人看见杜麻子满面春风，捧着放着十个元宝的木盒子进去了。孟氏一家手头宽裕不提。

金夫人上船走了几天，绕过山东济南府西北，到汶上汇合处，在云水茫茫中，几只船帆像几把白摺扇渐渐远去了。

欲知后事如何，且看下回分解。

①事见《后汉书》卷四十七《班超传》：初，超被征，以戊己校尉任尚为都护，与超交代。尚谓超曰："君侯在外国三十余年，而小人猥承君后，任重虑浅，宜有以诲之。"超曰："年老失智，任君数当大位，岂班超所能及哉！必不得已，愿进愚言。塞外吏士，本非孝子顺孙，皆以罪过徙补边屯。而蛮夷怀鸟兽之心，难养易败。今君性严急，水清无大鱼，察政不得下和。宜荡佚简易，宽小过，总大纲而已。"超去后，尚私谓所亲曰："我以班君当有奇策，今所言平平耳。"尚至数年，而西域反乱，以罪被征，如超所戒。（《后汉书》第三册，中华书局版，第1586页）。

第 四 回

雀传言璞公子情谊长　花笑人卢小姐见识短

衣冠本宜适名贤，
歌舞还应去鄙俗。
鹊占枝头传佳兆，
鸠噪恶声芳讯无。

话说在山东汶上县二水汇流。一支从利津县往西南沿黄河上行，经济阳之南，历城之北，至东平府。一支从天津往西南经文安县、河间府汇合在汶上。

那时水手们遥指迷雾中隐约可见的船只，正在说："那一定是贲太爷的船。"渐渐靠近就看到了桅杆木板上写着的文字，连忙摇橹到了跟前。高珍看木板上的文字，写的是"奉敕赴浙江等地缉查盐税防御海岸五记功三增勋贲"高珍将要停船，那个船上的马柱早已认出，大声说："高二哥怎么来得这么晚？我们等久了。”

原来贲侯的船在这儿已等了几天。高珍忙跳上大船，与马柱欠身施礼，来到前船。贲侯正凭舱窗看望，叫住高珍问话。高珍忙下跪，将经由济阳，在西河耽搁一天和因风不顺帆船不能快驶等情况回禀。贲侯道：“你到那边船上告诉太太不要过来，我自已去问话。”高珍“嗻”地应了一声退出。

那时璞玉正在汶上悯慈前寺游赏，龚高忙遣人去叫。半晌，贲侯才从容不迫地跨过跳板来到这边的舱里。

金夫人、吴姨娘等出舱迎迓施礼，贲侯进舱坐下。夫妻叙谈离别后的家常琐事。这时璞玉飞也似的来到自己舱里，换了礼服顶戴，跳到这边舱来，掀帘进去。

金夫人只见他：头戴宝顶孔雀翎帽，身穿虎补缎长袍，项带朝珠，神彩奕奕，容光焕发。璞玉下跪叩拜，母子是天伦之情，金夫人、吴姨娘无不感恩掉泪道：“老太太要是还在该多高兴啊!”因提到去世的老太太，贲侯也悲伤流泪。

吃罢晚饭，金夫人将孟氏家里败落的情景和自己做主与粹芳定亲的事儿，如实述说了一遍。贲侯为妹妹叹息道：“那个事儿你们母子俩自己商量好了。”贲侯吃完饭去那边舱里。璞玉进了后舱，福寿笑脸道喜，并说了粹芳的情况。璞玉笑道：“世事每每不遂心，想要成的成不了，不想成的反而那么容易就成了。”又说：“她虽效仿卓文君再嫁，比翼双飞，但我哪里有司马相如那样的爱慕之情呢!”他们说罢睡了，一夜无话。

次日清晨五更，锣声一响，诸船依次向东南方的邳县开来。那时正值五月夏天，酷暑炎热，纹风不动。船只顺流而下，如同脱缰的骏马，一天到清河、淮阴，到了大江，前面就是靖江。金夫人曾听说侄女琴紫榭和这个地方宋知县的儿子宋涛订了亲，便把璞玉叫来，备下四色礼品，叫他上岸去瞧瞧。到浙江以后，好去告诉顾氏奶奶。

那时快到大暑气节，巴掌大的云朵也能下起大雨来。忽然狂风大作，倾盆大雨骤然而下。借宋朝诗人苏东坡的《望湖楼醉书》一诗来记这场大雨吧：

黑云翻墨未遮山，
白雨跳珠乱入船。
卷地风来忽吹散，
望湖楼下水如天。

雨骤风狂，大江卷起几丈高的波浪，船只像一片树叶子一样颠簸起来。水手们失声变色，忙拨船移入河汊。贲侯问故，水手道："大江的风浪不能与小河相比，常常有翻船的危险。"那个当儿璞玉、马柱等租小轿，朝着靖江城西门而来。

马柱到县衙一问，说正是这儿，将礼物交了，有人进去通报。璞玉到来，门子迎进，请到东边书房。那间屋子肮脏鄙俗不堪。对门的桌上供奉着关老爷，东墙上横贴《八仙过海》，西边有水墨丹青的钟馗，两边是万年红纸上写的对联：

财源似水滚滚到，
宝贝如山垛垛堆。

真是吉祥极了。屋里散发着一种难以描述的怪味臭气，闻了使人恶心要吐，也不知是什么仙气宝香。这时马柱从春凳底下用细棍挑出一双破棉袜子，扔进里屋去了。璞玉看了这般情景不禁暗想，这样的屋子紫榭来了也真没法儿住！正在地板上踱步，那位宋衙内出来了。

众人一看：身材极矮，驼背，跛足，招风大耳，兔唇豁嘴，行走不便，一瘸一拐地蹒跚而来。旧诗有一首《驼背咏》云：

人生残疾前世缘，
唇长覆胸耳蒙肩。
恰似负重不见日，
翻身转侧始望天。
横卧便成麻字辫[①]，
蹲下活象弓卸弦。
可怜数尽归西日，
最宜犁辕做木棺。

两人施礼就坐，宋衙内道：“不不不知贤贤贤弟来，原原原谅，失失失迎……”璞玉才知道他是结巴，便道：“路过贵城，特来看望表姐，以尽姻亲之谊，不揣冒昧，来到尊府，望祈恕罪。”

宋衙内努劲哼叫着：“你你你姐不不不知怎怎怎么，只只只说是不不不见。我我我说说了多多少次才才成成成了。”

璞玉道：“假如姐姐身体欠安，就不必惊动了，我以后再来看望。”说罢忙起身告辞。那宋衙内着忙劝阻：“等等等，她她要要见见呢，我我进去，催催催……”又是努劲哼哼着，蹒跚地走出去。

瑶琴、宝剑全都笑了，璞玉蹙着眉头制止他们叹息不止。一会儿，宋衙内来到院门口挥手喊到：“七七七请请请！”璞玉无奈，强捺住悲情入内，到了紫榭的住房门口不禁“哎哟”失口叫了一声。

宋衙内行走缓慢，他让璞玉走在前头。璞玉一掀门帘就见紫榭跪迎。璞玉惊愕回礼跪下，定睛一看，原来是那个羊肚子脸，铲子下颏，扁鼻子的凭霄。璞玉“哎呀”一声，凭霄摆摆手掉下眼泪。宋衙内努劲哼哼，刚要登上台阶，忽听有一人喊

"知县叫!"无奈回身又蹒跚而去。璞玉问凭霄:"琴默姐姐在哪儿?"凭霄更加抽泣道:"大爷问我们姑娘做什么?您好生坐下,我将琴默姑娘的事儿从头告诉您。"

看官!说起金府的事儿话很长,等凭霄说,还不如让我从头说起。

正如:

奇文流传沉珠玉,

说尽实情铁石销。

将话回到二年前说起:建邑营的金公嫂子娜氏,那年从贲府回来,卢梅姑娘的病又犯了。金公去汤泉疗养时应允把她许给吴亭府洋商朱英。后来虽然香菲不乐意,娜氏见女婿的家是百万富户,才下了决心收下订礼,定亲宴上看过女婿的人无不掩口失笑。娜氏虽知女婿配不上姑娘,但因"一言既出,驷马难追",料也无法挽回,只得以"男才女貌"来宽慰自己。

一日时值阳春,风和日丽,花荫寂静,鸟鸣柳垂,使人烦恼。香菲手拿针凿不胜春困,随手拿起一本书一看是《薄命图》,更是使人添烦,放下书,想找紫榭下棋解闷儿。到门前一看,瑞红正在房檐下小碟子里研磨颜料。她瞧见香菲辗然而笑,揭起红毡门帘。香菲不解她的笑意,进屋一看,紫榭正在外间窗旁墙上挂一张纸在绘画。

香菲笑道:"姐姐的画已有功夫,但不过是璞玉的徒弟,那还谈到有点什么长进!"紫榭听到香菲的声音,回头一看,放笔,大笑不停。香菲凑近一看,画的是一个人发须蓬乱,一只眼睛碧蓝色,嘴唇斜歪,满脸是点点梅花瓣儿的鬼怪相。

香菲笑道:"姐姐要画为什么不画圣贤,要画这个十不全?"紫榭正压不住笑,凭霄从后门端茶进来,瞅见香菲瞧那张画儿,对琴姑娘瞟了一眼，二人讪笑不止。凭霄将杯子里的茶摇幌地洒了一半儿。

紫榭更是摁着肚子大笑，笑得说不出话来。香菲大惑不解，干坐在一边儿，知道她们笑里有点跷蹊，但她还是笑着问什么原因。这时画眉找姑娘正好进来，听见她们笑，又看墙上挂着的那张姑爷朱洋商的尊容，香菲却坐在旁边愣问是谁。瑞红她们看见画眉又大笑起来。凭霄把茶杯递向画眉，使个眼色，让她向那画儿敬茶。紫榭笑得仰面一躺，不能动弹了。画眉看见她们如此讥笑香菲姑娘，实在压不住一时的性子，心头冒火，眉角生烟，冲过去将画揭下，用两手揉成团儿摔在凭霄的脸上。骂道："你们找不上汉子就供奉他的像，早晚烧香磕头也行，在我们面前这么耍笑给谁看！"凭霄也发火变脸道："画眉你少逞强！你护着你们姑爷好了，干嘛撕我们姑娘的画儿？"画眉更是火上加油，气汹汹地说："谁的姑爷？是你的姑太爷！"

香菲原来想责怪画眉过于冒失，后来一听他们的话茬儿也知道了八九成，虽是怨气冲天，也还不出嘴，喝住画眉道："干嘛生这份闲气？她们要画就画，跟你有什么相干！"一边说，一边把画眉拉走了。

紫榭怪自己一时淘气，没想到惹出这么一桩事儿，忙压住笑，喝住凭霄。香菲回家后，画眉不等香菲说，就将她们的欺负耻笑哭诉一遍。香菲一言不发，往后一仰，连声痛哭。

画眉道："她自以为和宋家儿子年龄相仿，哪知也是一个丑八怪！"香菲哭道："不要再说各人遭的孽了！"香菲自此水米不进，几次要自尽寻死。后来料到自己逃不出火坑，想要去死，画眉劝他说，可以再想活路。一天值班婆子传达："画眉的父亲在外厢，要见画眉姑娘。"

原来画眉姓罗，卖给金府当了丫头。父名罗挺，年近古稀。少年仗义疏财，将家产荡尽，以至后来将独生女儿也卖了。中年以后贩马幽燕之地。现在虽然年迈，仍是英姿勃勃，膂力过人。当下到江南卖马，顺便看望姑娘，就为姑娘告了假，在别人家见了面。父女多年不见，悲喜不提。罗挺看姑娘长大了，但见两眼红肿得像对桃子，细问其详。正好那时画眉被顾氏打过几次，又替香菲懊丧，满腹委屈无处可说，现经父亲一问，就一一诉说，说到主婢二人没有活路可走，就投在父亲怀里大声痛哭。

罗挺听了这些冤屈，白发冲冠，银须怒竖，星眼圆睁，内心迸发出济弱扶倾的正义感，眉头一皱计上心来，宽慰姑娘道："好闺女！别发愁，我有一计！"在画眉耳旁如此如此，教诲一番。画眉想来，这个着儿虽高，香菲那样庄重的人，绝对不会依从，又想起了一个胁迫之计，与父亲将所需用具和日期暗暗商议定妥。罗挺想来此地不宜久留，打发姑娘回衙门，自己去筹划用具。

画眉回家后，香菲道："你说要找别的活路，找到了吗？"画眉道："虽有活路恐怕姑娘不会依从。"过了几天罗挺又来，从外头递给画眉姑娘一个包袱，缝得很缜密。夜间画眉拿到无人处打开，香菲偷偷跟去一看，是男装二件，靴子两双，书生方巾一顶，侍童帽一顶。香菲生疑，问这些东西是哪来的。画眉笑道："我父亲将家里存的东西给我带来了。"只是笑着没有说别的。

一个月的时光如梭而过，眼下到了三月下旬，吴亭府来人说明婚期订在四月初。娜氏时常来让画眉收拾姑娘的细软。香菲已经料定，与母亲再诉肺腑也无济于事，实在为难，就同画眉商量怎样死法。画眉道："上吊虽能保个全尸，但姑娘前几次都被发现了。现在嬷嬷、妈妈们早晚提防看守比防贼还严。我的主意，死在屋里必定让他们发现，不如等他们睡了以后，去跳衙门西院的八角井。"

香菲点头，约定二十日的夜间去死。又过两天，香菲将嬷嬷、妈妈们用酒灌得酩酊大醉，也硬叫翠玉喝了几杯。等大家全睡熟以后，悄悄起床到外间。画眉这时已经女扮男装。身着青布箭袖袄，头戴滚边儿白毡帽，真叫俊俏，手里还拎了一个包袱。

香菲大惊，悄悄问："你为什么这样打扮?"画眉道："这是我阿爸拿来的东西，不管好赖，跟着姑娘死时穿在身上，一则表表我孝顺父亲的心，二则象征来世不当女的，投生为男人。"香菲听她说得这般凄凉，不禁泪水如雨。披散的头发也顾不上梳理，二人偷偷儿开了西院小角门，进了那荒芜瘆人的西院。

那时正是三月下旬，院里黢黑，到处影影绰绰的，十分吓人。原来那里曾死过几个人，都嫌忌讳，长时期没有住人。可怜香菲这位千斤小姐，平时连从这屋到那屋也是丫鬟不离身，在夜光皎洁的夜间点上几个灯笼，还说害怕的人，今天遇着这个不遂心的事儿，决定要死。哎！真是泪如绵绵秋夜雨，恨似南山不断云。那时阴暗处忽听打哨声，画眉大惊喊道："哎哟！姑娘，鬼叫!"香菲毫不理睬，锁着弯眉，咬紧牙关，撩起衣裾，朝向八角井飞也似地跑去。

原来画眉父女约定，下旬没有月亮，罗挺以打口哨为信号，画眉会意，击掌接应，尾追香菲问道："姑娘真的想死?""不死你叫我入那个活地狱?"画眉下跪道："姑娘，我不是那个意思！我听古人云：死或重于泰山，或轻于鸿毛，姑娘这死是重，还是轻?”香菲眯着眼睛道:“我到如今没工夫想那些,你不叫我死于轻,还想于什么?”画眉说了真心话:“我的意思是姑娘和我出北墙,和我同样女扮男装,骑上我父亲牵来的那匹马,不如暂且找个活路,再作打算。”

香菲翻脸道:“画眉你要我辱没祖宗,玷污门第,做出一生也洗不清的丑事,你这可是安的好心肠!我与其逃跑躲起来,哪如死了干净!”说罢甩开画眉要走。画眉早就料到她会说这么几句话,磕了个头说:“姑娘一定要死,也要听听丫头我说一句话。原来叫我活着侍候姑娘,没有叫我死了也跟着您。人各有命,姑娘现在要死,我还得找个活路,让我亲眼看着姑娘去死,心里还真不落忍。”说着就站起身来。

香菲听了那话,也不便生气,就说:“我是要死的人了,连亲骨肉都不要了,还要你做什么,你去就去吧!”画眉拉着香菲的手道:“虽说那样,一时的主奴情深,等我去后姑娘再死!”说着将香菲拉到北墙豁口。香菲看墙外有个老汉牵着两匹马站在那儿。那人身高肩阔,额宽耳大,一手持棍,挎着佩刀,相貌不凡。画眉拉着香菲的手松开,越过短墙,骑上了马。香菲眼看丫鬟要去,自觉虽说生在富贵之家,但幼年丧父,还不如画眉,仰天哭号,将要返回。画眉大叫:“姑娘觉得这么死干净吗?依我看,不但不干净,还有三不可:一则我们奶奶没有别的子女,后事全托靠你了,你现在这么死,对上不孝;二则姑娘跳井,虽说冰清玉洁,但别人说你有见不得人的毛病,怕人揭短才寻死,对己不智;三则姑娘死了,那些婆子、丫头,从翠玉开始都逃不了株连,多少人要受刑讯问致死,你这样死,对下不仁。这个不孝、不智、不仁的短见,将金石洁白之身背上千古洗不清的恶名,所为何来呢?眼下上策是与婢女暂避锋芒，等那事了结之后再回来也不晚。”

香菲闻听此言，暂避锋芒为上策，寻死果真是毫无价值，心里一口闷气堵住，喊声：“哎哟！”昏厥俯卧倒地。

正是：

智言惊我梦中客，

重拳击醒醉中人。

且说画眉见姑娘的心已经软了，忙跳下马跨进墙内，趁姑娘昏厥，打开包袱，给香菲换上男子衣服，脱下她脚上的两只靴子，一只扔在井旁，一只扔在井里，将香菲扶出墙外。罗挺心里着急，连忙扶她上马。那时月高三丈，照得道路清清楚楚，画眉也骑上马，罗挺撩起衣襟，提着棍子，在马前引路，大踏步地奔向前方。

软香嫩玉《一层楼》之后，不料竟引出浩然正气的英雄豪杰，岂非怪事！

翌日，翠玉早起看香菲睡处只剩下被褥，不见了姑娘，还以为一时走出屋外，忙披衣出门。脚底下“叮啮”一响，忙拣起一看，是姑娘带的宽簪子，大惊“哎哟！”一声，众婆子接连醒来，赶紧到处寻觅，可是无影无踪。大伙都吓傻了，乱乱轰轰地一窝蜂跑到娜氏奶奶屋里。

娜氏正在睡觉，一听姑娘失踪了，料定已死，“哎哟！”一声，不省人事。

看官先莫着急，听我慢慢道来！

①麻字辫——蒙文 ᠮ 字的形状。

第五回

八角亭赋诗悲往事　金山寺投江识所归

赤日炎炎夏昼长，
轻罗小扇深殿凉。
漱罢冷泉吟新句，
墨云急雨透纱窗。

且说众人匆忙扶起娜氏。顾氏也听到了消息，以为香菲暂且躲避在附近村庄也未可知，忙派人去找。忽然翠玉像泪人似的哭着进来道："不必找了，姑娘投井了！"娜氏惊问："跳的哪口井？"翠玉说："西院井。"娜氏喊："完了！完了！"忙起身往西院跑去。后边跟着顾氏，紫榭等也随着而来。翠玉指着拾到靴子的地方说："在这儿找到的。"

娜氏从井台上往下一看，原来这口井特别宽阔，从井底用大块条石砌成八角形上来的。因为年长岁久，石缝里长出的灌木郁郁葱茏，画眉扔的靴子正好挂在灌木枝上了。娜氏瞅着那只靴子，想来跳了这口井不可能侥幸活着，就象万刀剐心，大声哭道："你把我这无依无靠的扔下走了，我这老糊涂的留着这条命干什么！可怜我的心肝肉！我逼死了你，你稍等等我，我跟着你去呀！"哭着撩起衣襟，朝井沿儿跳过去，众婆子急忙抱住。

紫榭劝道："奶奶先别哭，我看卢梅并没有死，人跳井为什么还脱了靴子？这是画眉布下的迷魂阵，妹妹年岁小，上了坏人的圈套了。我看在她没有走远之前，不如派人去找。"

娜氏奶奶听到画眉的名字，又想起这姑娘为人忠诚，为了护着卢姑娘受委屈挨打两次的事儿，更是伤心，捶胸顿足，大声恸哭："我的姑娘呀！你为什么不想想我这老弱病残？为什么不想想我这孤苦老人？今后谁来埋葬我这把老骨头？今后我还依靠谁？"哭来哭去，如醉如梦。众婆子丫头想起平日卢姑娘的好处无不落泪。四处寻觅的人陆续回来，都说无影无踪。

后来金公回家，亲自来到西院勘察痕迹，在墙豁口找到香菲的一只耳环，又看到豁口外面的青草有踩扁了的，湿土上有两匹马蹄的印迹，跺着脚说："谁知道我们这样的人家竟出了这种丑事！"从此死了心，再也不寻找香菲了。

一日，紫榭听说娜氏病重，前来探望，听了几句不顺耳的话，回来之后，想起这件事儿都是从自己淘气开玩笑引起的，愈想愈感到不安。加上最近父亲又收了山阳宋家的彩礼，心里难受不已，来到西院八角井上痛哭。又想自己这一辈姐妹手足，当下卢梅离家不知死活，今后自己的遭遇也不知怎样。尽管我自己的机遇比她强，为什么在一家子里不称心的事儿都轮到女的！卢妹妹事到头来，干脆死了算了，为什么要私奔，留下恶名？想来想去，口占一诗，教瑞红拿过笔砚来。八角井上原先有一座破亭子，三面敞开，北边有墙，就在那石灰墙上题道：

残灯短香前生烬，
红颜命苦竟如君。
私奔丑名谁能辨，
何如投井葬香魂。

题毕坐在残垣断壁上吟哦流泪。

那时想娶香菲的朱英坚持不退婚，金公巧使移花接木之计，让翠玉冒充香菲出嫁过门，此时正在婚宴，此院无人极为寂静。瑞红过那边儿倒茶，凭霄告假去看热闹，紫榭跟前没有一个人。天色渐晚，太阳落山，到了黄昏时候，紫榭方才起身，忽而从暗林深处听见有人低声呜呜哭泣。紫榭大惊，忙走下亭子台阶，急步走去，那东西"嗖"的一声从后面追了过来。紫榭吓得魂不附体，也不顾靴高底厚，苔滑路窄，拼命地跑。从旁边又来了一个高个子穿白衣裳的无头人，振臂欲飞似的往南跑了过去。紫榭一连碰上两次惊愕，吓得浑身冒出冷汗。刚跑到小角门，瑞红、凭霄二人嘻嘻哈哈地出来，正好到紫榭的后面喊一声"去！"。

原来跟着紫榭后面的是一条大狗。紫榭才压住气喘站住脚道："刚刚还有一个大白东西往南走过去了，你们俩去看一看！"两人毛骨悚然，无奈过去一看，在老松树下边远远张望，见有一个五六尺高的穿白衣的东西正在那儿站着。二人大惊，同声呼喊着跑回来。这时正好有一个锁门的婆子提着灯笼前来，听见她们的喊声，笑道："真有鬼了？"她拿了一根木棒，领着她们近前一看，原来是香菲平常喂养的一只大白鹤。香菲去了以后，失掉了主人。前些日子翠玉惦记小姐还喂喂它，谁知这两天被抓了起来，要替卢姑娘出嫁，她哭着藏都没处藏，那还有工夫喂它！那只白鹤饿急了到院子里找食吃，误将紫榭当成了主人香菲，而紫榭误把它当成鬼了。哎！鸟也可怜！昨夜栖巢白羽鹤，何处能觅饲鹤人。

紫榭一连几次的愤懑和虚惊，自觉周身无力，不思饮食，以至卧病不起。顾氏奶奶朝夕煎药诵经，百般调理不提。那边娜氏也卧病不起，几次寻死觅活，放声大哭。西院自从香菲投井以后，院子里的人说听见魂哭鬼号，草木皆妖，上下也病祸不断。家仆几个人都死于疫疠。金公烦恼不已，决心南下回浙江原籍，安顿家务。初秋，全家从宁津县吴桥镇乘几只大船顺流南下了。

这时金风驱暑，玉露迎凉，两岸疏柳婆娑，秋蝉鸣噪烦人。幸喜启碇以来眼耳清新，胸怀宽阔，也许还是离开凶宅的缘故，娜氏、紫榭的病逐渐痊愈了。

金公心里松宽起来，自己带着家眷占前面大船，顾氏和婆子丫头们在中船。娜氏、紫榭和丫头们坐在后船，家仆男女老少又坐两只小船，绕过夏津进了大运河。

水路平安，不觉走了十几天，一日遇着顺风。诸船正在扬帆飞驶，一只小船迎面射了过来。

一个人站在船头高声喊道："来者莫非辅国公金老爷?"这个船上的水手们答应"是!"那船横在船前，那人跳到这条船上。

原来遇上顺风，船走得很快，这时已经到了山阳附近。金公派浙江修缮房屋打前站的船，上月到了靖江城。宋知县得了信儿，算了日期，估摸金公要到来，派儿子宋涛拜见岳父母，先来的是报信船。按理说宋知县知道儿子的长相，应当让他回避，怎么反而派他来，不是太愚蠢了吗？不是。那宋知县也是科举出身，本着“丑女婿免不了见岳父母”的道理叫儿子来见面的。

那个人禀明来意，金公道：“你回去告诉：姑爷暂不要来，晚上在停船码头见面吧！我们不是也要去嘛。”那人“嗻！”地答应一声，跳上船走了。原来紫榭的船在最后，这些事儿她并不知道。晚上快到停泊水埠，紫榭推开舱窗，书桌上放了一瓶桂花，眺望天光水色，鼻闻馥郁袭人的花香，心里怡然自得。那时红日将下山头，几朵彩霞飘浮在天边，半边天的红影投在江面，景色真是宜人。紫榭卧病刚起，想赋诗一首记这个赏心乐事，叫瑞红用小筒汲水，忽见旁侧停泊了一只船。

凭霄从紫榭背后惊笑道：“姑娘请看那个怪物！”紫榭抬头一看，一只大船头上一个人穿官服戴礼冠跪在那里。形状非木非石，说他是鬼，比鬼还丑，说他是魅，比魅还陋。紫榭看了虽然没笑，在凭霄、瑞红二人的挑逗下也忍不住掩嘴笑了，点头叹道：“唉！天上本是圣洁的地方，为什么要叫这样一个鬼魅投胎人世引人发笑呢！”

瑞红道：“这里又出来了卢姑娘姑爷的配对儿了，把他俩合在一处真可说举世无双。”凭霄高声大笑道：“这一个莫非是那一个儿子！”三人一同谈论那个丑鬼的嘴脸，纵声笑了一阵子。

那时娜氏去到中船不在这儿。金公坐在头船，看了女婿的面容不禁大为惊讶，后悔收了彩礼，默默地一言不发，船就过去了。宋涛一直跪着，眼睁睁地看着三艘大船从旁侧驶过。

金公气急败坏，他想：如果见面说话，还不知会露出什么难以容忍的丑恶本色，便派人去说：“传老爷的话，按理要请姑爷见面，但大船里有老太夫人的灵柩，不便举行喜庆。姑爷尊容已经见了，暂且回去，到家后代向老亲家请安。”可怜宋衙内，敬跪良久，还没有得见上一面。家人扶他，驼背又抽了筋，努劲挣扎着进了船舱。随从家人抬了三桌席送到这边船上，金公无奈照原样还席，行赏随从。

到了晚饭时间，娜氏回到自己船舱，紫榭等三人正在笑。婆子抬进酒席，凭霄问道：“旁边停的是什么船？上边跪的那个丑八怪是什么人？”众人当中有一个快嘴的笑道：“你们别笑了！那怪物正是你们天作之合的姑老爷。”紫谢正举起筷子夹菜，听了这话，连心带肺一齐涌了上来，假装不知道也不行了，两手发抖，面色如土，差点将碗筷扔了下去。

正是：

活人尝胆汁，

甘苦只自知。

讥笑他人者，

自有被讥时。

从此紫榭不进饮食，无人时就低声哭泣。瑞红、凭霄也无精打彩，先前那些笑声又变成哭声了。

紫榭料定活着不能逃脱这场灭顶巨灾，并且几年前的良缘已成画饼，抱怨自己当时错把璞玉的深情厚谊当做少恩薄情。回想往事，柔肠百转，又无可挽回。父母既然将自己交给了阎王，空留此身又有何用？不如一死了之。一则可以摆脱进那活地狱。二则也可以报答知己的深情。但又想弃父母而去亦似不孝，踌躇半晌。又想到古谚云：“犹豫义难成，果断名易留”。父母狠心把我活着交给阎罗，那我死了去地狱又有什么牵挂！虽说如此，母亲慈爱，昊天罔极。我留下自己画像，好在她怀念我时拿出来看看，可能得到一些安慰，拿定主意，就准备颜料。先前讥笑他人的彩笔将给自己描绘美容了。

却说宋衙内自觉无味，翌日五更时分早起回靖江城。金公船只也起锚南下。

话说琴小姐想画个自画像，从抽屉里取出各色颜料碟子放在船舱窗前桌上，又找出几张二尺长的雪浪宣展在桌上，拿玉尺压住边儿，打开水晶宝镜照着正面，坐在沉香椅上。瑞红点上清水，研磨赭石白粉。紫榭手持彩笔，先往镜内端详自己，水晶镜里格外标致，云鬓金钗增添美妙，弯眉凤眼更加俊俏，玉琢长鼻宛如悬胆，樱桃嫩唇红似珊瑚，斜倚削肩披霞帔，粉袖稍盖白磁手。

紫榭看了如此神色，心碎胆裂，自思：古人云红颜薄命，确乎不错。自己这般柔嫩姿色怎能不经风浪！虽然留下画像安慰父母的忧愁，但只恐忧愁比现在更增加罢了。执笔描绘，很快画出粉面朱颜，两旁绘出一对春山，轻笔淡墨点出了一双秋水明目，抹完朱唇鬓发后，叫凭霄抬起看看，有几分相像。瑞红道："画得尽管好，总不如姑娘本人。描绘绝代佳人的面貌也真难了！"

紫榭问："那个地方不象？"瑞红道："两颊红粉过浓，眉尖不高。"紫榭往镜里再比较端详果然那样，就将画了半截的像揉成一团扔到水里去了。瑞红叫苦道："不合适，姑娘再画就是了，为什么扔了呢？"紫榭道："再画就是了。那有什么呢！慢说是一张纸，就是我这个人也不在话下呢！"说完，目不旁视，心无杂念，郑重其事地再画了一张，果然栩栩如生。

照镜一笔一挥泪，

几度叹息复怅然。

画完后，用两根针把画钉在镜旁的横档上，又与自身比较衡量，确与自己毫无差别。回身又问瑞红、凭霄，二人同声说："这个画像现在真像姑娘了。"紫榭道："画得太美了吧！我真的这样？"凭霄笑道："纸上姑娘的神情怎能比得上真姑娘！"紫榭把画像摘下来铺在桌子上，越看心里越伤心，想留几个字表示意思，想了一会儿，得韵一首，蘸笔写在像旁，题名《赞花》：

妆罢对画立婷婷，
白玉无瑕谁认清。
倩影正临秋水照，
卿须怜我我怜卿。

写完不禁鼻里发酸，两眼泪水如同雨水流淌，画像上已经沾上斑斑泪痕。瑞红忙将画收起，幸亏只滴在下半截的纸上，没有漶漫了脸上的粉黛。紫榭靠在椅子上，往后一仰，哗哗的眼泪如涌泉。唉！贤慧良缘今已绝，似此柔情有谁知。船到瓜洲，金公传令，诸船抛锚。

原来金公老家离这里不远，老太爷的灵柩就停放在江西岸的扬州平山堂，想与太夫人的灵柩合葬，先遣家人明日在金山寺为老太太之灵请三十六名僧人诵经做佛事。晚上在江边放盂兰盆河灯。

翌日，因太夫人的灵柩还放在船上，金公不能离开，叫顾氏等到金山寺祷告烧香。管家们将老爷的大船同小船留在这儿，其余四只船皆鸣锣移至西南方。那时微雨绵绵，秋风习习，金山寺掩隐在烟雾苍茫的金山顶上。顾氏的船在中，娜氏、紫榭的船在西，家人的船在东，并驶在江中，将要到达时忽然狂风大作，波涛汹涌。

娜氏、紫榭二人坐在窗边一看，江水滔滔，江中往返的船只时近时远，那巍峨的金山忽上忽下，忽沉忽浮。水手们忙把船连锁起来，抛锚稳定。娜氏两掌合十道：“我们一直都在大宅深院里住着，哪里见过这般风浪！”

紫榭料想不久到了浙江，就寻找自尽的时机，道：“如若看破红尘，眼前的些许危难何足挂齿，投身狂澜大波，也就与登了莲花净土一样！”娜氏伤心道：“真是这样，但你的卢妹妹却不知在哪个世界了。我和你去中船告诉二太太，在金山寺给老太太做佛事，也给她念念经，回来后让你写一首长诗，描写大江景色怎样？”紫榭道：“我知道大太太有了诗兴，写了一首诀别长诗，回来给您看。”娜氏以为她必是写与卢梅的诀别诗，不禁热泪盈眶。二人同来中船，娜氏对顾氏把想给香菲做佛事祈福的事说了。顾氏那时正为家事心里恼火，听了这几句话，想起这两天紫榭茶饭不进，绷着脸，常常偷着哭，正思谋好好训斥几句，趁这机会发挥道：“女孩子应在从小不懂事的时候，早早许配人家，就算了事。等稍大一点儿懂了事儿，就挑呀选呀，噘嘴甩手，越发不懂规矩，拿死活吓人，一点也不顾父母的脸面。古话说：‘嫁鸡随鸡，嫁狗随狗’。说的是知书识字，晓古通今，可是就不知道眼前的什么叫‘三从’，什么叫‘四德’！只有大太太才给那个不成器的丫头念经祈福，要是我的丫头那样，不用说念经，连纸都不烧！”

听了这些话，娜氏老是直睖着眼睛看紫榭，紫榭反而毫不理会，仍旧说笑，坐了一会子出去。娜氏看她出去也起身说：“等一等，我也走。”刚出舱门，紫榭早已上了跳板，飞也似的走过去。船上的一个婆子喊道：“姑娘慢点儿，跳板不宽。”紫榭嘴里使劲说了一声：“这有什么！”忽听得“扑腾”一声，全船人同声喊叫：“不好了！”

正是：

玉骨与秋水同白，

芳颜随寒风永去。

那时几个船上的男女老少和水手都吓得丢了魂儿，大喊："快捞人呀！"娜氏两手摊开，张开大嘴只喊："看！怎么样？"顾夫人慌忙出舱，浑身颤抖，叫道："快救人！不惜重赏！"管家们防止姑娘进入大船底下，忙将三只船挪动开。从瑞红、凭霄到诸婆子同声放开喉咙大哭。顾夫人吓得眼睛泛白，一滴泪也流不出，只是大声叫嚷，叫多少个水手跳下江去寻找。

欲知琴默小姐性命如何，且看下回分解。

第 六 回

望长江顾夫人哭闺女　吊陷塚璞公子得石匣

明月升天际，
江上清风吹。
文章味隽永，
知者竟是谁？

话说顾夫人要救姑娘，乱嚷乱哄了半天，叫好多水手下水打捞了很长时间，还是无影无踪。眼看太阳下山，云雾弥漫，分不清东南西北。船只汇集一起，水手们都来向管家禀报：“这个地方正是金山龙潭，急流险湍远近有名，失足落水万无生还，应禀报太太：明早派一二人顺流下去寻找尸体，或许能够找到。眼下万人下江也是徒劳。”管家们只好将那些话回明太太道：“请太太宽心，这也是大姑娘的劫数罢了。”顾夫人听了那话，不禁放声号哭。从娜氏到丫头、婆子无不哀泣。全家伤心，上下悲凄，连晚饭也没顾上吃，彻夜不安。尤其凭霄痛不欲生，几次要投江自尽，幸亏瑞红等苦苦劝阻才算停下来。顾氏听了更加悲怆，把凭霄叫去教诲道："你的主人不幸失足落江，这也是前世注定的劫数，生死有命。把你先放在大太太跟前，明日到家后我一定给你找个终身依靠，不必如此颟颟顸顸的毁掉自己。"凭霄哭道："婢女受姑娘恩遇，情同母女，现在情愿跟琴姑娘同去九泉，伏侍姑娘！"说完在地下打滚儿号哭。娜氏道："你要遵循二太太之命，不要焦躁，等找到姑娘的尸体埋葬以后，你再死也不晚。况且看小姐的相貌，不是短命的人，将来可能救活也未可知。"众婆子拭泪，照着这几句话又劝了二太太一番。

顾氏哭着对凭霄道："你起来，我到金山寺烧香后再往四处派人寻找，没有找不着的道理。"正在悲愁之时，管家从舱外禀报："金山寺长老率领众和尚出来迎接太太，说：'烧香早些上来。'庙里又备了几顶轿子等侯在江边。"顾夫人道："有劳长老，先请回寺，我随后即来。"叫他们先回去了。连忙梳洗整衣，众婆子吃了些东西后一齐登岸。又叫来一个管家道："你快坐小船先到老爷跟前禀明小姐的事儿，从那里多找些水手沿江寻找姑娘尸体。"说了又哭道："船上的如若找到了姑娘的尸首，好好为我们埋葬。我们在寺里为老太太诵经后也增资为两个姑娘祈福。"那管家"嗻!"一声答应，租一只舢板飞也似的驶去。顾氏和娜氏将随行人员一半留在船里，领着一群丫头婆子上了岸。坐轿不久，到半山腰的大庙山门。庙上众僧知道来了施主，撞钟敲鼓举行法会。

顾夫人轿子抬进山门到天王殿前下轿，长老向前合十施礼，从甬路上引路直登大殿。正中供奉过去、现在、未来三世佛尊，佛案上的斗大晶钵燃着长明灯，祭案上都是宝香和净瓶，满殿的五百僧侣同声高唪《大陀罗尼普度经》，灯火辉煌，香烟缭绕，实在引人起超度红尘，遁入空门的遐想。

顾夫人先敬供三炷香合十祈祷："敬托祭祀之福，愿六轮众生普渡苦海。献第一炷香恭祝我们归西的老太太得生在极乐净土；献第二炷香祈求让我们夭折的姑娘们迅速转生；献第三炷香祝愿我们老俩口和全家男女无病无灾，太平安康！"祈祷完毕，对众婆子道："这是我们江南地方的头等禅林，蓬莱仙岛也无过于此了。"

娜氏带众婆子依次燃灯烧香，默祷了自己的心愿。凭霄忽然"天啊！"一声悲啼，哭得涕泪滂沱，力竭声嘶，昏厥过去。

顾氏、娜氏等都忍不住同声哀泣。众婆子劝凭霄道："你别哭了！何苦叫太太们伤心。"瑞红也哭着将凭霄拉走了。

主持僧邀太太到方丈客室献茶。顾氏率众来到方丈客室一看，疏竹曲池，古木静斋，格外深邃雅洁。顾氏问："原订为三十六僧，现在为何请了这么多位？"长老笑嘿嘿道："佛法无边，多多益善哉！"顾氏想为姑娘们唪经超度也是一样，命管家们按僧散发布施。喝完茶回去，长老送出山门，横持拂尘辞别道："夜间放盂兰盆河灯，再唪经一次不是更好吗？"未等顾氏开腔，一个管家接过来道："索性放一百天的灯怎么样？你们这些长老的大慈大悲，太过劲儿了吧？"长老听了呵呵一笑。

顾氏等叫那个管家留在这儿晚上放灯，坐上轿子下山。刚上船时，家人传达："老爷从瓜洲渡口找到了姑娘的遗体，想同老太太的灵柩一起在平山堂埋葬。"顾夫人急着去看，叫船快点走，她俯瞰那波涛汹涌的长江，实在憋不住放声号哭。娜氏也是个爱哭的人，忙从旁边助威。几个船上的丫头、婆子们齐声大哭。声音随风飘扬，有高有低，有粗有细，从远处听来还甚悦耳动听。

原来金公在瓜洲停船，那天早上去金山寺进香时，正是安葬太夫人灵柩的日子，将要起锚，顾夫人派的人来到这里报告了小姐掉到江里的事儿。金公大惊，顿足叫苦，痛哭了一阵子，忙叫水手们寻找。因为安葬太夫人灵柩的事儿也不能误，忙往江边走去。一个家人飞跑前来禀告："在江口沙滩上找到了小姐的尸首。头发散开，脸上身上沾满了泥沙，两手带着金镯子、明珠耳坠，伙伴们都说是咱们大小姐，请老爷去看。"金公听了这话，心肝都碎了，皱着眉头道："是就是吧！我还看那个薄命的姑娘做什么？你们快去买棺木，雇人抬到平山堂，我将她葬在老太太跟前就是了。"那人领命，"嗻！"一声走了。

金公船靠岸，雇人抬太夫人的灵柩，自己步行，不久到了平山堂旧坟茔地。家人前天来掘了墓穴，准备停当，金公哭拜了父灵，与母亲灵柩合葬，添土成坟。刚举哀完毕，一群人抬来了紫榭的棺木。金公看了泪下如雨，在太公太夫人墓旁挖个坑草草埋葬，立了个石碑，记上了名字。

那时日已偏西，起了风，刚要回去，家人传话："太太来了。"从山麓两顶小轿飞跑上来。金公哭着迎上前去。顾、娜二夫人下了轿，先哭拜了太公太夫人墓，来到紫榭墓前，顾夫人高声哭喊，喉噎气憋，昏厥倒地。金公忙扶起，老俩口手拉手痛痛快快地哭了一场。

正是：

　　人生万事皆无味，

　　　白发反送黑发人。

金公一看丫鬟凭霄手里捧着一个紫檀木小匣，跪在墓前哭。

询问缘故，瑞红道：“这里面是姑娘平时写的诗画和用的针线，都是她最喜爱的东西。留下来反而引起太太的悲伤，想一齐埋下，不料没有赶上才哭。”金公点头，不胜悲痛。因近处有石工，拿来一个石匣，装在里头埋在墓前。

家人禀报：“日将落山，到船上还有二里路。少爷也快来迎接了。”金公念子心切，催众人坐轿上车向江边而来。

原来金公有一子，名唤金钟，年方十八岁，比紫榭小三岁。在浙江的从弟金星汉无子，才收养的。现在星汉去世，金公子听说父亲要来，与老管家刘功修缮旧居庭院，诸事繁忙，耽搁了不少时间，今天刚到瓜州渡口迎接，恰好老爷太太不在船上。刚刚登岸，金公骑马先到。金钟忙跪在马前迎接，金公看儿子长高了，由悲转喜，进船舱里坐下。随着顾、娜二夫人到来，看儿子器宇不凡，知书习字，心里略感宽慰。

次日早晨，起锚之前，金钟上平山堂叩拜祖父母和姐姐的墓回来，随同父母回浙江。日偏西前到了江南岸，金公家人备了车轿马匹等候迎接，至友亲朋也都来了，亲戚见面悲喜不提。不久都进城，到衙门前一看，家院修得如同新建一般，金公大喜，与亲戚宴乐三天。

从此秋尽冬过，又到初春，不料山阳宋知县为给儿子娶媳妇，托本城大都县知县，与儿子宋涛同来。按理金公将姑娘落水一事说明，以退婚为宜，却怕家丑外扬，与夫人商量。顾氏早有把凭霄嫁给的意思，按着以翠玉替香菲出阁的先例，将凭霄代紫榭出嫁了。

这事对顾氏来说，将凭霄当小姐嫁给官宦子弟是无比的恩典，但对凭霄来说哪里谈得上恩典，只是无限的痛苦罢了。金公虽是官高望重，胸怀宽广，毕竟没有读过书才出了这般纰缪。

不想那宋涛虽然长得丑陋不堪，却有君子善心，将凭霄看成水月观音菩萨，尤其他还有一个迎合女人心理的本事，不到一年就生了一个小男孩儿，孩子不像父亲，五官面貌很像母亲。宋知县看了知道宋家有后，放心舒怀，将孙子看如至宝。凭霄知道大局已定，在枕席之间说明真相，那宋衙内毫不在意，搂抱着凭霄说："既使是琴默小姐，哪能比得上你?"因此，只是瞒着宋知县罢了。

贲侯进京前的二年间有这么多事儿。这是《一层楼》之后，《泣红亭》之前的故事，凭霄讲的哪有我说的详细！

正是：

说尽实情铁石熔，

奇文流传沉珠玉。

却说凭霄将紫榭死去的事儿从头到尾粗略地叙说之后，璞玉听了五脏碎裂，实实难忍，忙辞别凭霄出去。将上轿时，那宋衙内挣扎着出来喊道："饭饭饭也不不不吃……我我我……还没完，失失失……迎。"璞玉没等他说完，拱手说一声："再见！"就坐上轿，催轿夫快走。出了城门，放声大哭，说了声："哎哟！我的姐姐！"就涕泪滂沱，泣不成声，嚎哭起来。两个轿夫吓得魂不附体，飞也似的奔跑。瑶琴、宝剑追不上，气喘吁吁的，还连声哈哈大笑。马柱勒住马喝道："大爷哭，你们不赶快跟上，笑些什么?"瑶琴笑道："那宋衙内迈一步放一个屁，真熏得受不了。"宝剑说："那不算什么，他挣扎一次放一个屁，你准没听着。"马柱也被逗笑了，催促小子们快走。从山阳城门到河边有五六里路，璞玉连声啼哭，看见大船方才停止，擦了脸，敛了声。两个轿夫抬到河边，璞玉下轿。轿夫从马柱手里接过轿钱，离开了哭鼻子大爷就走了。

璞玉进舱，向金夫人哭着详说了那些事儿，金夫人为两个姑娘伤心，也哭了一场。

翌日清晨，风住雨霁，大船鸣锣南下。那时正值六月天气，南风徐拂，遥送两岸荷风，香气连绵几百里，渐渐进入江南了。

正是：

天涯浮云乡关远，
满江繁花涟漪香。

一日经过高邮湖，到了江都附近。江都即扬州。五记功三增勋与节度使官职相等，从扬州以南都属管辖之内，地方州官县官得报，到江边迎接。

那时贲侯业已差遣龚高去杭州筹办衙门事务。扬州苏知府的儿子苏令安是熙清的姑爷，也备了礼品来迎接岳父。那时码头上船只麇集，岸上车马无数。众船中有一艘大船桅杆的旌旗很整齐，大纛在风里飘扬，时卷时展，看不清上面的字，只有“奉敕”二字看得清楚，想来是贲大人的船了。先派人禀报，苏令安上了大船，跟着高珍进舱一看，多少官员坐在那里。

贲侯见了女婿心里喜欢，苏令安向前双腿下跪请安，还替父亲苏知府单腿下跪请安。贲侯站起握手问：“老亲家好!”苏令安又向众官员施礼见面。贲大人笑道：“这是贱婿，请诸公赐教。”众官员欠身微笑说：“不敢当!”苏令安生得俊俏洁白，举止文雅，众官道：“衙内真不愧是大人之佳婿。”

贲侯对璞玉说：“将妹夫引至后船与你母亲见面。”璞玉“嗻”一声带苏令安出去。

众官见贲侯有事，不宜久坐，起身要走，贲大人送到船舱门口，众官频频说：“请留步。”等众官出去，进舱已是灯火辉煌、满船通明了。

苏令安将熙清眼下不能来，到杭州后再来请安的事儿说了以后，到前舱与贲侯谈到深夜方歇。

翌日，众官遣人持手本宴请贲大人、苏少爷去平山堂赴宴，贲侯允诺。早饭后带领公子和东床，回拜众官来到虹桥渡口，众官早在那里备了画舫等候。贲侯下轿，见了众官，坐上画舫溯流而上。满江水光潋滟，荷花习习，两岸的画栏飞檐，松亭竹楼，环山沿水，相与掩映。还有垂柳连绵，蝉声鼓噪，画舫争流。那些青山白塔，飞鸟在断云里翱翔，眼前美景真是绝妙的一幅工笔画。不久到了平山堂下，众官先登岸等候。画舫在水榭旁边停泊，贲侯登竹桥上岸，与众官游览一会儿，又凭吊了欧阳修的遗迹，坐在正厅饮茶，一个戏班子来彩排戏剧。那苏衙内专爱清静，不好热闹。戏一开演就是《丰年鬼弄》[1]等热闹戏，苏令安起身离席说："乘一会儿凉。"走了出去。璞玉也跟了出来，一同到水边栏杆上看了一会儿钓鱼，又登竹楼纳凉，苏衙内就躺在竹椅上睡着了。

璞玉下楼，观赏清幽景色。走去时，仆从问道："少爷上哪儿散步？"璞玉笑道："散步就是信步走走，随意闲溜跶才叫散步。如若事先定了去处那就不叫散步了。虽有好山清水，还有什么兴味！"大家低声笑答"对！对！"

璞玉倒背着手，信步闲逛，顺着平山堂正面小路走去。

那时正值三伏天气，晴空万里，烈日当头，像在火炉里一样。侍从都汗流浃背，又渴又热，扇着扇子，气闷喘吁。走了不到二三里，到了一个旧坟茔地，满地杂草丛生，有二尺多深，那些坟堆儿不少已经坍塌了。璞玉看了又叹息。永柱热得忍不住道："少爷回去吧！这草丛里的热气熏着不是好玩的。花厅阴凉的地方不坐，大热天在旧坟地里有什么可看的？"璞玉道：

“你们要是热得受不了，坐在那边松树底下休息一会儿！我在这儿转转，倒挺痛快，不觉得热。”又转到一个大墓前，这墓不甚坍塌，只是墓碑稍稍偏斜了一点儿。上面写的是：“辅国公封赠三品通议大夫金如山夫妻之墓”，璞玉惊愕自忖：常听说舅老爷名讳如山。但不知为何在这儿？又看前面的石桌，有一半缠绕了许多山竹、藤萝之类的野花野草。璞玉对这位长眠九泉的尊长，总觉得有点崇敬之情，便叫仆从们去取香烛果酒，说要祭奠坟墓。马柱笑道：“大爷真会要笑，咱们为什么无故给别人的坟上供？况且买香烛果酒必得进城，这里荒郊野外上哪儿去买？”元凯道：“大爷真想磕头，我垒起一抔土放在石桌上，大爷磕上几个，尽一份心好了。”说完就用佩刀刈草，将一抔湿土垒在石桌上。伯林又折了一根粗草插在土包上笑道：“这叫草香。”璞玉撩起衣襟跪在墓前磕头，众人站在他后面没有不笑的。小侍童奇书也笑道：“那边还有一个小姐坟，大爷索性拜遍这块坟地，我们也算把他们的坟墓都祭扫了一次。”璞玉真的跟着奇书去看，右边有一小土墓，已经坍毁不堪。前边有一小碑，写的是：“金氏舍女琴默之墓”。璞玉没见这几个字还不打紧，现在亲眼目睹，就是铁石心肠也泪零，几步向前迈去，跪在那短碑的前边高声大哭。

这一哭真似节妇孟姜女哭塌了万里长城，义臣成纪叫苦唤散了敌兵。先笑的那些人听了这哭声也无不伤心。众人劝阻扶起璞玉，见那坟墓塌陷不已，璞玉用自己的衣襟搬土。众人知道他的意思，各自用刀挖土。瑶琴、宝剑、奇书、古画四人搬土时满脸汗水，泥污满面，眼睫毛上也沾了土。永柱、马柱、元凯、伯林、福海等人更不用说，两手、衣襟沾满了土，睫毛、眉毛、胡须上也都是泥。真是人人怪样，面面相觑，哈哈大笑。

元凯问伯林道："你们跟了老爷十年，尝过这个滋味吗?"马柱道："你们今后记住，跟着大爷游玩时必须带好铣、铲、筐和扁担。"元凯对福海笑道："你妈死了就请大爷去，少不了添土帮忙的人。"说笑之间墓堆已高，挖土的坑深了不少。璞玉看坟已堆成，教侍童们在四处山坡上采来各色各样的草花野果，摆在墓前，躬身道："姐姐集玉骨冰容、贤慧明哲于一身，而蹉跎一世。红颜无缘结知己，青山有情葬佳人。桂容檀质，虽化烟尘，在天仙灵，定能知晓。弟献心香一瓣，望姐来飨!"未等说完，左腿陷在土里，踩蹋了一个土坑。众人忙将松土掀开，一看，坑里有一个石匣。璞玉忙道："别乱动，怕是琴默小姐的遗骨。"众人道："不是。"打开石匣盖儿里面装的是一个紫檀香木小匣。

璞玉从匣里得到何物，且听下回分解。

①《丰年鬼弄》——即《丰年五鬼弄》，是《孤本元明杂剧》中的《庆丰年五鬼闹钟馗》一剧。其中有五鬼一齐拥上，扯衣抱腿，与钟馗相打的情节。民间有钟馗打鬼的传说。这出演的是钟馗要打鬼，反而被鬼给耍弄了，所以引人发笑，是出热闹戏。

第七回

怀古述今平山堂　仗义施恩孟尝店

晴空无云冷清晨，
湖滨落叶漾桦纹。
静听鸟语声悄悄，
小婢昵母诵奇文。

且说璞玉站在取土的坑洼里行礼，忽然松土塌陷露出石匣，打开石盖，得了一个紫檀木小匣，抬起来很轻，不象装的金银宝石，想来是纸绢之类。上面用小铜锁锁着。璞玉交给瑶琴抱着，将石匣放回原处，培土掩埋。恭恭敬敬地又施礼道："姐姐留给我的东西业已敬收，璞玉回家后，当裹以锦缎，饰以金玉，朝夕用名香甘茶相祭，以报知己。望祈姐姐芳魂莅临以飨！"说完依照原路归来。永柱道："阿弥陀佛！这该歇会儿了。"伯林道："先别念佛，这路上旧坟很多，你不如趁早准备锹和筐，以便添土。”说笑着来到竹楼近处。贲侯家人来请姑爷吃饭，苏令安才下楼，抄背着双手看竹子。于是偕同璞玉赴宴。仆从们在水边洗手、擦脸，给璞玉掸扫衣裳上的泥土。璞玉陪着苏令安在东桌下首吃饭。贲侯给戏班子行赏。宴会散后，众官喝茶，贲侯起身，领着公子和女婿向众官道谢，说：“老夫不才，何以报答各位明公这般厚谊！”众官里青州王太守忙拱手道：“大人为国干城，朝廷栋梁，属官理应聆听教诲。”互相谦让，来到水滨。家仆已吃完饭，在虹桥备了游艇，贲侯说声“打搅！”上了游艇。众官在水滨列队施礼。贲大人忙在船上还礼，顺流而下。众官坐了各自的车轿，各归任所不提。

贲侯刚到大船上，高珍禀报：“浙江舅公爷派刘功来给老爷太太请安。”贲侯叫他进来。刘功跪见后，将金公派他来请安的事儿说了，还说因从城边路过，请姑太爷赏光。

贲侯道：“你回去代我请舅老爷安，传明我的意思，不用说从城边路过，就是从远路而来，多年不见，也应前去看望。但我到任日期已近，路上逆风误期，现在应该日夜兼程赶路。你到后船问太太，她愿意去就去，我带璞玉先走。”刘功领命到了后船，在舱帘外面请安。

金夫人一见娘家来人，悲喜交集，叫刘功坐在舱外，对金公一家近来的事儿和现在的景况一一探问，一直到了掌灯，才叫刘功回船。

次日金夫人与贲侯商议决定路过娘家探亲，让刘功先走。大船往南进发，过了瓜洲，到了扬子江南岸。金公从浙江派儿子金钟带着车轿前来迎接。金夫人离开大船进了城。贲侯从丹阳分道，朝太湖方向前进。

这时璞玉才得了工夫回到自己的舱里，拿出那个紫檀木匣，配了钥匙，将小铜锁打开，里面喷出一股幽香，馥郁满舱。这股香气袭入心肺，穿透骨髓。上边放的是一个锦绣包，外边裹了一个扁绦带。那包里都是零星的纸张，有的有字，有的没字，上边的一张纸上写的是：

金风冷飕飕，
芳草解心忧。
题诗与红叶，
思君断肠愁。

且说璞玉看了那首诗，牵肠挂肚，坐卧不宁，猛然而起，捶案叹息。暂不看诗，将锦绣包打开一看，幽香更浓。上边还有没有做完的扇坠子和双蝶飞舞的靴掖子各一件，刺绣异常精致。下边还有一块洋绸的条巾，一角上用蓝丝线绣了两行诗。璞玉用手提起一看是：

红心巧透针尖绣，
心随花线意缠绵。

那时璞玉的心肝真如针穿线引一般。自忖：这些东西琴默姐姐不是想给我，还给谁呢？这是她心思深沉，庄重韬晦，不露真情，不形于色的缘故。我竟没有领会，枉负了她一片金玉之心，越想越懊悔。将针线、字纸在原处放好，又翻出了些文稿。有写完的，有没有写完的，还有涂抹过的。其中有一首《楚江清》词[①]，从头到尾一看是：

困睡鬓云乱，
懒把妆镜窥。

读罢怅然道："玉人寂寞，苦竟至此。"又往下看时：

任东风自把春情吹，
任东风自伴春思飞。

读至此，不住掉泪道："这话的意思是怨我，又爱我。那时我毕竟年幼，愚钝无知，对这样一颗火热的心，都不曾理会，只当作平常的小词。多么委屈了人！"又看了最后一段写的是：

戊辰九月，序属三秋，雁阵哀唳于长空，丛菊放香于遍地。促织悲秋，寒蝉露泣。余病方愈，于贲府海棠园内与璞君酬唱。其时雅兴畅怀，知音在目，秋阳映窗，柔肠百转，良辰美景，不可再逢矣。遥想会芳园叶已黄，来山轩山色改。叶再发，山再青，焉能再来？新填小词，书之于后，聊记往事云尔。建邑琴紫榭识。

璞玉看了，心情如何，是不言而喻了。那时船在江中行驶，雪浪银涛有如滔滔鼎沸。璞玉眼望江流叹息道："大江浩渺，知音几何？海枯石烂，此心不移。"说完又拿出下边的一张纸，一看，是那年紫谢写的《七巧图赋》，又赞叹了一番。

掏到匣底，又找到了一个绢包儿。打开一看，有一卷川连纸，上边没有字迹。璞玉纳闷，这是何物？往下一放，只有一卷素纸，没有别物。自思：这卷纸想是姐姐心爱之物，不然为什么用绢裹住？往上举起透亮一照也没有什么暗藏笔迹。正在悒悒不乐，枯坐在那里。古画进来斟茶。璞玉叫他将这卷纸包起来。古画将纸从一头儿卷起，刚要卷完，从里面掉出来一个纸卷儿。古画忙拣起一看，是一幅美人图。他笑道："原来是幅美人图。"璞玉忙接过来看，是一幅半身的美人像，画笔极为工细，定睛一看：长方脸比玉还要白，细修眉比春山还要青，均称的鼻梁比玉雕还秀丽，樱桃朱唇比画的还要美。脸色洁嫩、发光黑润。活像那个火热的、纯洁的、亲爱的琴默姐姐。璞玉顿时高兴得手舞足蹈，忙叫来奇书、古画两个小书童。叫二人揪着两头儿，自己深深地鞠了一躬道："亏心的小弟璞玉敬见。

香魂不远，请您看看愚弟!”行礼完毕，端端正正供在桌上，叫宝剑汲取太湖水，煮了龙井茶，将画举高，用针别在舱壁上，敬献了一杯茶放在前边。再细端详，衣摺虽用笔勾起，墨未漶漫，手里拿着一本书，斜立旁观，两个眼角微微抬起，神定气足，和活人一模一样。一侧有细笔小字云：

妆罢对画立婷婷，

白玉无瑕谁认清。

璞玉点头叹道：“真的！真的！你的一片诚心除了我还有谁能知道?”往下：

倩影正临秋水照，

读到这里，鼻子眼儿里发酸，道：“唉！唉！可惜！如此仙姿竟无人爱慕，也只有自己怜惜自己了。”接着往下看：

卿须怜我我怜卿。

读罢，泣不成声，忍不住两道泪水交流，伏在桌上抽泣不已。

这太湖一名具区，一名震泽，因范蠡由此泛舟，又名蠡湖，周围三万六千丈，外围有三洲，是江南第一大湖。沿岸有七十二个石峰，象桅竿一样，耸入云天。湖内蛟龙奔腾，日月浮动。那天诸船沿着太湖东岸南下，敞开舱窗，以备远眺高峰。这湖面极为宽广。湖上一阵清风吹进船舱，不料将那幅画像刮起，顺着窗户飞出去了。那时璞玉正哭得如呆如痴，一看这阵风刮走画像，惊慌万状，高声喊道：“喂！快去把琴默小姐从水里救出来，如果淹了她，我也要投水了!”一面说着就顺窗户跳出来踩着跳板。众人吓得魂不附体，忙将璞玉抱住道：“大爷别踩那个跳板，先进船舱，我们去找。”几个人坐上舢板去四处寻找。璞玉怕老爷听见才停了脚步。舢板上的人们说：“刚才我们看见从舱窗里飞出去一张纸，估摸着没有刮出多远，恐怕还在大船里。”众人说着到处寻觅，忽然马柱喊道：“在这儿！在这儿！元凯快来拿！”马柱一边走，一边喊，一边递，笑道：“琴默姑娘藏在船尾板子下边了。”

璞玉忙接过来一看，没有沾污泥土，角边儿也没有撕坏。璞玉面色转为正常，对画像道：“姑娘受惊了！这都怪我璞玉疏忽大意。”再要展开画像，伯林道：“风力很急，大爷暂且收起，将来回衙后在书房里慢慢细看吧！那儿没有风浪，也让姑娘安生一会儿。刚才大爷随便翻翻，差点让琴默小姐唱了一出《钱玉莲投江》②的戏。”璞玉笑道：“我在画上题诗一首，报答琴默小姐交给我的心吧!”

那时苏令安早已离去。贲侯独自看书，听到人声噪杂，派舒谦来问，元凯道：“少爷的《兰亭帖》被风刮走，差点掉到水里。”

璞玉寻思半晌写道：

空明如水月临窗，
凄厉霜风未损妆。
遥祝玉人应无恙，
轻罗淡饰燃瓣香。

写完，吟了一遍，照旧用空白纸包上，外面用绢包上。又将匣里的东西一一整顿好，合上盖儿锁住，两手捧起放在枕边，叹息道：“琴默姐姐真是深闺香躯，千金重谊，虽已玉殒，仍爱我为知己，将手迹留给我了。若对别人，哪有这般厚赠l”正在沉吟不已。

正是：

恩仇两事从何辨，
千年万载有根源。

却说金夫人入了浙江城，见了娜氏嫂子和金公等，住了一宿。因要赶路，不能久留，乘轻舟追赶大船。不几天，在嘉兴西边，吴江水汉上赶上了贲侯。

那时，先去杭州准备衙门事务的龚高，迎上前来禀报："杭州城内居民稠密，没有盖衙门的空地，若买几处商址民宅，价格昂贵，商民也不愿意。与杭州知府梅老爷磋商，在他衙门的西街，城西门内有位布政司赵老爷今年夏天升调京城，衙门锁着无人。赵布政司进京时嘱咐家人说：在京供职不知几年，宅院应该租出去，以免失修。我找到他的管家薛老二面谈，他们衙门的房舍有一百多间，每年租金一百两银子。衙门西边还有一座新修的花园。亭、台、楼、阁、水榭全都有，这里还有八十来间房子，全部租用也是一百两银子。奴才同他去一看，房子不算太旧，一共七进的院落一直从楼台到衙门前全是整砖漫地。花园规模比我们的会芳园还要大一方里多，占了城西北角的小一半地。奴才想，老爷在公余之暇应有个散步休息的地方。我还价两院一共租金一百两，薛老二不让。幸亏梅老爷帮忙，赏了我们二人一顿饭，他自愿做中人共同磋商，立了合同。在那儿住一年以后，再找地皮修衙门也不迟。"

贲侯道："一年二百两并不算贵，我们在这个地方多则五年，少则三年。修不修衙门一样，修建费用向下任官按原价算罢了。"派龚高先去打扫衙门，并且代向城里官员问候。

次日贲侯刚到西门，杭州城闽浙总督派副参将游击钱伯松等二三十名以及从都统到什长近百名职官带车轿，举手本前来接拜，十分热闹。到了城北江边，杭州知府梅欣及税务督察等都来迎接，从江边到城北门聚满了兵马和看热闹的平民，真是围得水泄不通。贲侯向平级官员道谢，又握着梅知府的手，谢他帮助筹备衙门之情，并说到城里后再一一回拜。众官等欠身谦让先去。唯有下属军吏留下，前拥后卫，扶贲侯上轿，进城时鸣炮三声，震撼全城。四街挂起红灯，新设的贲侯衙门前早已张灯结彩了。

贲侯在江边会见众官的时候，璞玉护送金夫人和家眷的车仗已经来到，龚高等在衙门前等候。盐税属官等也举大红手本，站在路旁。高珍背着新铸的官印骑马走在前面，进了大门，贲大人的轿也到大门外面。众官员、笔帖式等一齐跪下举手本迎接，又是鸣炮三声。那时盛况一时也说不完。

正是：

双喜临门前，

五福降庭中。

从此贲侯每日无暇，或访问同级官吏道谢应酬，或整饬下属官吏和笔帖式，或选拔壮丁加以训练，或众官设宴招待，或回请答谢。这些事足足忙了一个月。最可喜的是：圣旨万里下达，贲侯来到之前，琉球、日本、高丽遵旨出兵，西关、丰泽等地的小股匪贼俱以扫清，沿海地方业已太平了。虽然那样，仍需常备不懈。贲侯常常亲临校场练兵。因梅知府衙门派人进京之便，贲侯修书托天津史登云先生转达，将诗文旧友李宪章、司田人请到这里来。

璞玉跟随父亲，不得空闲，心里虽想去看看西湖佳景，暂且也不能去。

俗话说：花发几枝，枝枝争荣。我的一只秃笔怎样同时写出几桩事来！当下将璞玉父子至杭州暂且放下。再从月明星稀之夜的前事续谈起来。

话说那薄命多难的卢香菲，那天夜间被画眉质问的“三不可”难住，女扮男装，骑马往北走了一夜。天亮时辰到了一座大山脚下。罗挺勒住马，叫两个姑娘下马，从怀里掏出剪刀，铰去她们前额的头发，两人互相编发辫，梳成男发，摘下耳环，面面相觑，相对好笑。

且说她俩再上了马往前走去，香菲叹道：“咱们盲目瞎撞到什么地方才能落脚?”罗挺道：“小姐放心！从此到京城不远，画眉的舅舅住在顺承门外，暂且先到那里再说。”香菲早已听说，母亲娜氏的弟弟也在京城任国子监祭酒。去画眉舅舅家的时候，也可以拜望自己的舅父。因这话正中下怀，扬鞭前去。

那日正是暮春时节，梧桐绿叶正茂，杜鹃展翅伤春，路上极为清静。一日来到了武清县地面，不料画眉从卢姑娘要嫁朱家起，日夜操劳，又一连几次忍受冤气，闷结在胸。现在又有几天马背劳顿。心中和香菲一样烦恼，朝夕下马以后还要服侍主人。并且看老父步行心中难过，鞴马，驮行李，操劳过度，以致酿成一场大病。

原来画眉是个刚强性子，怕主人和父亲焦急，咬牙忍受，逐渐病情加重，勉强到了住店，头晕眼花．趴在炕上起不来了。卢香菲一摸画眉浑身火热，心里极为焦急，仰天长叹，泪下如雨。正是：福无双至，祸不单行，卢香菲无奈解下画眉的衣带，整好包袱，铺上店房的毡褥，让画眉慢慢躺下，又给她脱了靴子，将要下炕，画眉忽然翻身大喊：“渴死了，想喝凉水!”香菲也不等店小二，自己拿碗到院里井旁，从担水人的桶里舀了一大碗凉水，抬起画眉的头，叫她喝。画眉却闭上眼睛说胡话。香菲急坏了，摇幌枕头，叫她喝水。画眉抬起头闭着眼，把一碗水喝了个干净，心里稍见亮堂，睁开眼睛看见香菲在枕边端着碗侍候，面如白纸，憔悴不堪。画眉见此情景，在枕头上连连点头，伸出手来拉住香菲的手，只说了声“姑娘!”别的什么也说不下去了，只是哽咽抽泣。香菲也对着她哭。罗挺刚刚卸下驮带，看到小姐这般心善，心想：难怪我的闺女这么真诚地爱着姑娘。

那夜香菲没吃饭，也睡不着，守在画眉跟前。画眉通宵未眠，只说梦话，忽而发热，身烫得像烈火，衣服全扒掉，被子全蹬开；忽而说冷，连连打哆嗦，香菲给她又是盖，又是苫，毫不觉得累，急得浑身是汗。

原来画眉是侍候香菲的人，如今香菲却成了服侍画眉的人了。次日下起了大雨，画眉的病更加沉重，只得在店里又住了一天。

罗挺不愧是江湖侠客，在客店前屋打牌没有进来。那雨越下越大，房檐水溜联珠一般。四月的天长如年，画眉卧床呻吟不止。香菲一会儿也不得安生，坐也坐不住，只好站起身来，下炕踱步，又回头摸摸画眉的头，问她吃饭喝茶。唉！香菲之苦，可得而知。勉强熬到黄昏，雨才稍停，云卷山头，风吹雨丝，落叶飘飘扑打窗纸。满院落花，零落成尘，雏燕衔泥，穿梭门前。

罗挺散了牌局，吃了晚饭，掌灯后，香菲胡乱吞了几口饭，掀开被子一看，哎哟！画眉面色变青，咬紧牙关，已经气息如丝了。香菲知道病情严重，扔下碗筷搂住画眉大声问话，可是毫无反映，真像万箭扎心，忍不住高声痛哭。

正是：

严霜专欺独根草，

灾祸偏找薄命人。

古谚云：“福至祸去，苦尽甜来。”香菲之苦可谓尽矣。她悲切的哭声不料打动了一位义士的心，祝福她从此遇上救星，步步高升。

欲知后事如何，且看下回分解。

①《楚江清》词——这首词是琴默写的词，谱的曲，向璞玉表达了她的恋情。全词是：晨起寒透袖，博炉素手偎。困睡鬓云乱，懒把妆镜窥。叫小鬟，小鬟哪！快去关高门，慢点儿撩绣帷。那彩蝶为谁把栏杆绕？问狂蜂因何故弹我的窗扉？任东风自把春情吹，任东风自伴春思飞。（见《一层楼》）

②《钱玉莲投江》——传说宋朝王十朋之妻钱玉莲，继母逼其改嫁给富人孙汝权，玉莲不从，自投于瓯江。南戏《荆钗记》即演的这一故事。

第八回

康员外客店收义子　程夫人船舱抱螟蛉

珠玑耀文采，
交辉云与虹。
醉卧闻花气，
恍悟墨香浓。

这店名叫“孟尝旅社”，店东家不是别人，就是璞玉小时的蒙师史经济，人称登云先生。原来璞玉不读书时他回到原籍，此地离天津不甚远，常来照料店业。店房主人姓康名信仁，号阮山，年逾花甲，家有十万之富。方圆十里，人称康员外。夫人孙氏也是六十开外，膝下无子，只有一女，名唤彩金。彩金也不是康员外亲生之女，是前妻钱氏死后，续弦孙氏时带过来的。虽说这样，康员外爱的比亲闺女还亲。招赘的女婿名叫张郎，算是管家兼儿子。这都是无后的人没有办法的办法。康员外盼儿子又娶了两个小妾。一个唤瑞娘，一个叫德姐，都也是二十岁左右。那天因张郎放肆胡闹，踢蹬家业，康员外生了不少闷气，骑上马领着家童来到孟尝店里解闷儿。正好碰上登云先生也来这里，知音见面，分外喜欢。那天下雨，打了一天牌，与登云先生剪烛听雨，谈心消闲。忽然听见哭声，到了当院顺声来到窗前。往里一看是个小后生，生得非常俊俏，头戴小黑帽，身穿箭袖青衫，面如白玉，眉似春山。正抱着炕上躺的一个人哭。康信仁心想：这个男孩为何长得比画的还好看，别说在冠带群中少见，就是在裙钗队里也难寻！他抱着那个人哭必有缘由，我进去问问，若能帮他一把，也是积德之事，有何不可？这样想就清了清嗓子，上前敲门。罗挺开门，康信仁拱手问道："这位年轻相公为什么哭得这样悲恸？"卢梅抬头一看，是一位年过六十的老人，头戴小黑帽头，身穿便服，眉长须白，目涵智慧，面带慈容，真是一个江湖侠义、通明世事的老人。卢梅忙起身施礼道："病人是从小跟我的书童，正要同赴京城，不料路上染病，现在看来已是性命难保了。误了功名事小，途中死别同伴，痛苦难当。"说着又掉下泪来。

康信仁站起身抚摸病人，还有一丝微息，喉中有痰，憋闷的厉害，看他的脸色，还有治愈的希望，忙道："事到如今，相公何不早说，我们店里就住着现成的大夫，你哭也没有用，还不快请大夫诊治！"说完就出去，通过登云先生，请了他的老朋友刘大夫来诊视病人。

看官还认得这位刘大夫吗？此人就是前些年在贲府给璞玉、香菲二人治过病的福建人刘兼让。他行医走遍天下，今天又巡诊到了这里。这就叫不是无缘不聚头。刘大夫诊了脉，向罗挺道："不要紧。这是时瘟小病。只是当时没有及时治疗，热毒内蕴，没有表散，这才气郁憋滯。今夜一服药，管保平安。”卢梅道谢。罗挺忙拿来笔砚，大夫挥笔开了药方出去。刘大夫问康信仁道：“这小相公有点奇怪，我在什么地方好像见过似的。”想了半晌忽然问登云道：“那年我在贲府看过病的那位小姐不知是贲府的什么亲戚？我越想越觉得与那人一模一样。”史登云笑道：“天下同名同貌的人不少。这个相公要是同那位小姐的兄弟相像也就超乎流俗了。”他们两人的话康信仁记在心里。

那夜罗挺照方抓药，让闺女服下一帖。这药配伍可真好，到五更前画眉觉得有点憋气，出了一身透汗，不久，眼明心宽，头也不疼了。

卢梅看药力见效，祷告上苍。只是对那刘大夫在诊脉时频频看自己，有些怀疑。现在想起，这人就是那年在贲府给她看过病的刘大夫，不觉惊慌失声。罗挺忙问道：“画眉病好了，你应该高兴，为何反而惊慌起来？”香菲说了刘大夫仔细端详她，怕刘大夫认出来的事儿。罗挺道：“这有可能，如果他真的来问，我们就如此这般地搪塞过去。”两人商量定了。

这时画眉感到轻爽无比，起来喊着要吃饭。罗挺大喜，给她喝了热粥。卢梅也有了笑脸，洗漱编辫，吃些东西，刚收拾碗筷，昨天的康老汉领着刘大夫掀帘进屋。卢梅忙起身让座。刘大夫再诊了脉，道喜说：“病毒已消，现在应该注意保养才是。”说罢向卢梅施礼。

卢梅拿不出脉礼，看了罗挺一眼，罗挺也很难为情，勉强说道：“我们相公家境贫寒，赶路多日，川资已尽，不知如何是好？”康信仁道：“老夫情愿相助，不要说大夫的脉礼，就是相公进京的盘缠也担在老夫的身上。”说完从随身囊袋里取出两锭银子共十两，谢了大夫。刘大夫谦让不收，说：“员外积此善德，我这走方之人不能分担一点吗？”推让了半晌，收了一半。

登云先生来请刘大夫，说有人找他看病，刘兼让告辞出去。卢梅站起身，对康信仁资助银两表示感谢。康信仁问道：“请问相公尊姓大名，何地人氏，此去北京，有何贵干？”

卢梅从容不迫地回答道：“贱姓卢，名叫君英，吴亭府遥岭人氏。二老双亡多年，靠老管家罗公度日。家父在世时曾任县官，学生自幼读了家父遗书，今年已十九岁。母亲娘家在京城国子监，想找舅父寻求出仕之路，不想在贵店里侍童患病。”康信仁看他出言清朗，声叩金石，举止文雅，相貌俊美，愈瞧越喜，点头称道：“原来是贵家公子！老朽有句不知高低的话，不知公子意下如何？京城乃是纷争之地，公子携带一老一病去投奔素不相识的亲戚，也不容易。如蒙不弃，我比贵府罗管家还硬朗一些，做伴同去更好。我想与公子结为盟兄弟，而年龄悬殊。我今年六十四，至今无子，只有一女。心想要点功名荣耀门第，而赘婿俗鲁，不学无识。现在看了贵公子的丰貌，实在钦慕，窃念义结金兰则马齿已增，想义结父子则不自量力，是以发愁。当下贵侍尚须调养，如与老朽同去寒舍，身体康复后同往京城，费用全由我负担。如果功名有成，荣耀门庭则一生夙愿已偿。如果有辱公子则恕老朽失言，罪甚！”

那时卢梅的川资已尽，又遭灾难，困窘已极。看了罗挺一眼，他也频频示意点头。卢梅忙起身道：“老丈仁慈之言出自肺腑，学生感恩不尽，何必太谦。现在就叩拜父亲。”说完施礼，康信仁欣喜若狂，连忙扶起道：“已是这样，人重信义，在于内心，不在虚表。”以礼相还。到了外面，备下几桌酒席，一面又派人叫来车轿。

全店上下和史经济、刘兼让都因老员外收了义子，大家前来贺喜。店内外张灯结彩，吹管奏乐，热闹起来。

不久车轿来到，康阮山又让大家吃饭，父子二人同桌吃饭。画眉有病坐轿，卢君英坐车，罗挺骑马，同康信仁来到他家。

康员外住的安乐村距离客店不到十里，没有一个时辰就到了。他们下车下轿入内。员外家财委实富有，院套家宅不亚于侯门。员外向夫人孙氏告诉收了义子的喜事儿，将卢君英唤进内宅。孙氏见卢君英器宇不凡，心下喜欢。女儿彩金看了，故作害羞，回避躲开。瑞娘、德姐频频杏眼投情，笑脸邀欢。全家上下无不欣喜，唯有女婿张郎一人不乐，见面后只欠了欠身子就躲出去了。康员外收拾书房让卢君英同侍童住下，合家上下设宴庆贺。

卢君英派罗挺进京，打听舅父的消息，画眉的名字改为华如锦，在安乐村养病不提。

正是：

青林飞鸟理翠羽，

去舟丝弦唱新声。

却说本书第一回说过，想给璞玉作媒的户部侍郎曹永说的是内阁大学士戴中堂的小姐。戴中堂名新民，号之善，原籍在杭州城外西湖边上，进士出身，曾任两广总督。晚年在苏州又任了一职，以清明才智著称，圣上垂恩，传旨即升京师。

却说戴中堂与夫人程氏老年无子，只生一女，名唤龙玉，从小聪慧过人，十三岁时琴棋书画无所不通。戴新民夫妇待如掌上明珠。那年进京时，龙玉芳年十九，想趁此机会选个女婿，同船赶路。七月十四日到了瓜州遇上狂风。戴新民租的是多年失修的旧船，大风中桅杆吃不住劲儿折断下来。这也是天数，龙玉长在深闺，没有见过风浪，正和一群丫鬟站在大船边上看雪浪似的波涛。那折断下来的桅杆正好倒了下来，把龙玉扫进江底去了。

那时戴中堂夫妇从舱里看见大船在江心如同簸箕般的颠簸，连声呼唤请小姐进舱。忽听崩雷巨响，大船几乎要翻，男女老少齐声叫苦。戴新民大吃一惊，连忙出去问出了什么事儿，龙宫已将他的明珠龙玉夺去了。他仰天大哭起来。程夫人一听也昏倒过去。俗话说："彩云容易散，宝物难久留。"为桅杆击中的唯独掌上明珠莫非就是这个道理！

吹断桅杆，扫落龙玉小姐的那股大风，正好是顾氏等人去金山寺烧香时山脚下遇到的那股大风。琴紫榭投江也正是那一天，同在一个时辰。两船相距四五十里的地方接连两个姑娘掉进水里。一个怨天，一个因人。也就是俗话说的："事有因，话有缘"吧！

且说众婆子扶起程夫人，戴新民雇了水手下水打捞姑娘，众水手果真将姑娘找到了。只是披头散发，浑身泥水。黑夜间看不太清了。全船上下大喜，都说姑娘找到了，忙抬进后舱。

戴新民听说姑娘找到了，稍放宽心，忙问性命如何，众婆子回话："虽然嘴里鼻子里塞满了泥土，但心口上是热烘烘，心也在跳，不久可以救活。"戴新民向天祈祷，重赏水手。因奉敕进京日期紧迫，要连夜赶路，就鸣锣起锚。

程夫人知道姑娘已淹成那样，不忍目睹，交给一二名有本事的嬷嬷、妈妈. 赶快揉肚子空水。自己在中船里念佛祝福。

众婆子一齐动手，将姑娘来回翻动，脱下沾了泥土的湿衣裳，将头朝下空水，忙到了五更天以后. 小姐"哎哟"了一声。众婆子大喜，忙给老爷太太报喜："小姐救活了！"程夫人听了两手合十，高声念佛，合上双眼，凝神入定。大家忙给小姐喂吃的，往鼻孔里薰药，还给她吃了琥珀抱龙丸，用盐水搓洗了身子。小姐才又睡着了。

天明之后，一二个随身丫头来看小姐。一端详，容貌变了，鼻子稍长，脸庞稍宽，眉目相仿，只是耳朵下颏不大一样，大家又惊呆了。

这小姐哪里是龙玉！就是那个命不该绝，死而复活的琴紫榭。她跳进江里，两眼紧闭，耳内如闻雷霆万钧之声，两股水柱像两枚箭镞似的射进鼻孔，直通脑后。她咬紧嘴唇，呼吸堵塞，身不由己地随波逐流，神智业已不清，不知飘流到哪里去。时浮日寸沉，不知飘流了多少里……。忽然鼻孔里发痒，连着打了几个喷嚏，忽而呻吟着睁开眼睛，一看，身子又在船舱里，满眼都是陌生人，不少婆子和丫鬟围站在她的周围。心里依稀想到大慨死后来到阎罗殿了。一看墙上有阴影，撩起衣袖一瞧，针脚清清楚楚。她自忖：听说死人的灵魂没有影子，手捺在土上没有痕迹。船舱没有土，没法识辨。站起身往回走，一个婆子忙拉住道："小姐上哪儿去！您的相貌怎么一下子变了？"

紫榭道："谁是你们的小姐？我是投江的女魂，你们不要认错了人。"那婆子道："不是死人的灵魂，这分明是在阳间。刚才我们小姐掉到江里，打捞救活的是你，你究竟是什么人？为什么投江？"

琴紫榭想，要是说出真实姓名有损于父母的声誉，就信口胡诌了一个理由。那婆子去向程夫人回明了这些情形。程夫人听说不是自己的姑娘，睁开眼睛又是念佛，又是哭。戴新民听了这个情况，到后舱来看紫榭，虽然不是自己的亲女儿，濡湿的粉面如同带露芙蓉，俊俏的长眉好似朝霞青烟中的柳枝，不是碧波龙宫女，定是苍穹云里仙。问话叙谈之后，来到夫人住处说："哭也没用，幸而老天赐给咱们一个女儿，品貌才智不亚于我们姑娘。如果收为义女，也可欢度残年。"便叫来一个婆子，教了几句话，派到后舱去了。

那婆子来对紫榭道："我们老爷太太春秋已高，只生了一个小姐别无子女。昨天小姐落水，打捞搭救中找到了你，不能不说前世有缘。老爷对你非常喜爱，大难不死，必有后福。趁此良机想收你为义女，不仅你从此得了富贵，我们老爷太太也又重得了小姐，这真是两全其美。这是我们替您想的，不知姑娘你意下如何？"

紫榭自忖：身虽未死，说起活路也没有比这再好的了，无奈道："这些话是你的意思还是老爷太太的吩咐？如果是老爷太太的意思，我是个灾难深重的人，正盼望这样，还有什么不行？"那婆子高兴地去了，不久回来，众婆子丫头七手八脚的给紫榭梳妆打扮，换上新衣，搀扶着来到中船，与老爷太太以义女之礼参拜。程夫人一见紫榭，也真有缘分，心里十分喜爱，握着紫榭的手问这问那，就象亲女儿一般。只是刚刚受惊遭殃，心里悲愁不尽。当问起琴紫榭姓名时，戴新民抢先道："我看这姑娘举止端雅，谈吐不凡，绝不是平常人家的闺女。我们丢了姑娘，又得了姑娘，就如同得了自己的姑娘，名字应该还叫龙玉。"紫榭施礼道谢。从此琴默就成为龙玉了。

那时，金公家人将龙玉的遗体却当作紫榭的遗尸，金公亲手葬在平山堂；这和琴默当了戴新民的义女，同是一天发生的事情。

正如：

孔雀巢中栖彩凤，
碧桃柔枝接李苗。

且说戴新民夫妇到京城一年多，龙玉小姐将戴新民夫妇视同亲生爹娘，老两口更加喜爱龙玉。龙玉这时已到出阁年龄。戴新民放眼满朝各位公卿的儿子，想找个与龙玉姑娘般配的才貌双全的女婿。可是大凡贵家子弟不是“金玉其外，败絮其中”，就是骄奢淫逸，行尸走肉。有的在人前虽然装得像个良家子弟，但背地里却是偷鸡摸狗之徒，没有一个看得上的。他在疆臣子弟中看中了璞玉，曾托同僚问过口信儿，以后又托户部侍郎曹永去问过贲侯。璞玉不知内情，错过了良缘。这就叫差之毫厘，失之千里。

光阴荏苒，日月如梭，又快过了半年。龙玉跟随程夫人出过一两次门，对她的出众才貌，众口交誉，名声在外，一连三次高门贵府前来说亲。这些都是贵人达官，又与戴新民交情深厚，不知许配给谁家。他忽然想起古人彩楼投球选择女婿的方法，决定照此办理。这个消息传出之后，有些才貌的青年哪个不想竞争一番！谁不希望让彩球投中自己！尤其那年还是大比之年，开科选士，各省英杰进京赶考的有好几万人。戴新民早起登楼，焚香祭拜天地，命龙玉登楼抛掷彩球。

龙玉俯瞰楼下，万头攒动犹如佛经中描绘的大千世界，万佛来朝。她又羞又愁，像轻吟低咏似的哭了。

那时恰好康信仁带义子卢君英进京，从正阳门入城，看戴中堂府前大街上人山人海。卢君英不知出了甚么事儿，带着华如锦向前走，罗挺在前面分开众人，也到了楼下。

戴新民从清晨等到午时，小姐就是不扔彩球，连人也不看一眼，于是请夫人上楼催促。程夫人登楼一看，小姐双手抱着彩球，低低抽泣不止。程夫人道：“我的闺女！这到什么时候了你还哭。天晓得！”说完，用手使劲一推小姐的手，那个彩球脱手而出，飞到楼檐上，再飞落下来。

众人欢呼声浪如同大海狂澜。说来也是奇闻，那彩球从空中掉下来，不落在千万人的头上，恰好打中了卢香菲，把她的帽子打歪了。管事的见彩球击中了一人，登时管弦奏乐，丝竹齐鸣，国老衙门的人向前冲了过去，拉住卢君英的马缰绳，就往府门里走。

画眉一见大声高喊："要干什么?"众人喧哗呼叫，像军队爆发了战争。罗挺还没有闹清楚怎么回事，怎么这个衙门大白天抢姑娘，不禁怒发冲冠，虎眼圆睁，银须飘动，举起梢子棍，劈头盖脸地向衙门打了进去。

欲知后事如何，且听下回分解。

第九回

假姻缘喜极变忧　真姐娣乍合又离

春去人间芳菲尽，
秋来嫩柳色更青。
家国烟云多变幻，
绵绵不断唯有情。

话说卢君英住在安乐村的几个月里，上下和睦，内外融洽。华如锦的病早已痊愈，她聪明过人，和众姨娘没有合不来的，尤其与张郎的女人彩金特别好。那彩金原来是个不正派的女人。她先看中了卢君英才貌出众，早已有了垂涎之心。起初她假装躲闪，但是暗送秋波，时时挑逗。卢香菲是一个清白敦厚的小姐，不理解她的那些举动，总以手足之情理喻，以正色谨慎避开。彩金大为扫兴，把风情转到华如锦身上了。画眉已经知道彩金的心转到自己身上，只是暗中发笑，故意顺风迎月，以暖还热。彩金看到那种情景，全身酥软，如同热锅上的蚂蚁，早晚呼唤华如锦，总是问这问那，说不尽温存。卢君英也不好阻拦，只怕华如锦被发现露了馅儿，谆谆告诫了几回。

不料卢君英刚刚应付了彩金的花钓，又被瑞娘、德姐布下的香网套住了。要想打破这个温柔阵仗，还真不那么容易。

一日初春天气，康员外出门收租要帐，家里特别闲静。卢君英身穿玫瑰面儿羔皮袍，上面套着草霜色的马褂，头戴小圆帽，迈着方步进去给孙氏请安。华如锦从后面看着笑道："现在学的走路样子真不亚于五陵贵公子了。"康阮山的正房五间，西头的两间是通间，从窗户前面到西墙是一盘大炕。那时正是二月，白天短，夜间长，孙妈妈早饭后没事儿，自己在炕沿上朝北坐着，叫女儿彩金朝东坐着，地下放着两张椅子，两个小姨娘瑞娘、德姐坐在椅子上，四个人玩纸牌。当中地上放着一大盆通红的炭火，屋里亮亮堂堂，暖暖和和。卢君英进来向孙妈妈作揖并深深地请了个大安，问声："妈好！"孙妈妈摘下眼镜看了一眼笑道："大相公不要多礼，快来给我看牌。"彩金、瑞娘、德姐等站起来笑道："大相公请坐！"彩金伸手揽住君英的肩膀，说："我这儿宽绰。"叫他坐在炕沿上，歪着身子，瞟着媚眼道："大相公冬天还带麝香？真好闻！"卢君英笑道："是皮袍里的樟脑味儿吧！"彩金大笑道："潮脑吧！什么樟脑？如果说"张恼"有味儿，应该在我身上。"二位姨娘想起她的丈夫叫张郎，都笑了。彩金又让卢君英靠里坐，说来说去自己索性把胳膊肘儿都扎在卢君英的怀里，问着，说着："扔这个！"，"留那个！"假装问牌，说个没完。卢君英知道她吃早饭时酒喝多了，满脸涨红，手直哆嗦。抬眼一看德姐老是盯着看他，粉面泛红抿着嘴笑，君英怕叫别人瞧见不大雅观，慢慢往后捎着挪地方。彩金看卢君英直往后捎，非常扫兴，抬头一看华如锦正站在门口，蹙着眉头，脸上显出不高兴的样子，看了一眼彩金就出去了。彩金以为他递了眼色，坐也坐不住，忽然说：“请大相公替我打牌吧！我输得太惨了，换一下手气再来。”将牌交给了卢君英，出门去了。趁孙妈妈往下分牌的时候，德姐往彩金的背影使了个眼色，捂着嘴朝着卢君英笑。卢君英看着这两个人拿他取笑，只顾打牌。瑞娘又对卢君英瞟了一眼，从桌子底下用她的三寸金莲，悄悄踩在卢君英的脚上。唉！治国齐家者不能不引起警惕。规诫有言：

嬉戏酒色，
万恶之源。
男女混杂，
百弊丛生。
上下不分，
胡乱摸索，
漫说贞洁，
规矩何在？
切忌切戒，
家训当严。

且说卢君英正没有脱身之计，听见屋外有人高声打嗝，一撩门帘，张郎进来了。他身穿灰色洋绸面儿羔皮袍，马褂扣子也没系，敞开对襟，头戴白毡帽，脚上趿拉着双梁棉鞋，嘴里叼着短杆粗烟袋，大模大样地站在门口大声道：“阿弥陀佛！这么早就干起来了？”望见卢君英坐在那儿，不乐意地背上双手，站在瑞娘的背后。卢君英看他那种俗不可奈的神气，将手里的牌扣在桌上道：“这本来是彩姑娘的牌，她说要歇一歇，出去这么半天也不回来。现在请姑爷给看一下，我去看看。”张郎很高兴地坐在炕沿上。他那嘴里的葱、蒜、酒、烟混杂的气味一并喷了出来。

德姐在卢君英后头喊道：“大相公！叫大小姐快点回来！”卢君英答声“是！”就来到书房前，一听，屋内传出低笑声。卢君英大惊，停步一听是画眉的声音，更是吃惊，暗想：不知这个奴才跟谁发生了无耻的勾当？从窗户缝往里一瞧，华如锦坐在椅子上，那彩金却坐在华如锦的怀里，转过身去用双手托着华如锦的脸，将前额顶在他的前额上，真有难舍难分的劲头儿。画眉双手搂抱住彩金，就是笑。彩金齉着鼻子撒娇，哼道：“看你是个棒小伙子，怎么这么无能？”画眉笑道：“我不是无能，就是胆小。”卢君英看到这般情景，心下焦急，叫人发觉了不知会出什么事儿。忙退了几步，跺脚，咳嗽，急步向前，叫了一声华如锦，刚要进门，彩金红着脸，理理头发擦着卢君英的肩膀走了出去。

卢君英掀开门帘进去，华如锦猫腰大笑。卢君英将刚才的事儿责备了几句，道：“我们是万不得已才这样冒险，你跟那无耻的女人动手动脚怎么能行！假若一旦露了真相，你要不要我的命！”正在埋怨，画眉笑道：“相公放心，我有一个哄她的绝招儿。”卢君英看她既不害羞，又不慌不忙的样子，不禁噗嗤一笑，“呸！”地啐了她一口，告诫她今后万万不可这样。

正是：

颠狂柳絮随风去，

轻薄桃花逐水流。

且说过了几天罗挺从京城回来说：“卢君英的舅父前些年调到外地当官去了，不在京城。”不久康员外也回来，合家欢乐。

康阮山督促卢君英读书，这是大比之年秋闱将到，说他亲自要带着卢君英进京赶考。卢君英无法，只得跟着进京。

那天京城真是热闹，卢君英骑着马，带着罗挺和华如锦，进了正阳门，谁想到被哪个惹事的彩球打中了。康阮山坐车在后面照顾行李，还不知道出了这么档子事儿。

那时国老府家人不问分由，拽住卢君英的马缰，就硬往府里拉。聚集在楼下的三公之子和诸生以及看热闹的人都知与自己无缘，各自散去。

华如锦急得大声嚷嚷。罗挺毕竟是个粗人，一看他们不讲道理，怒气冲天，抡起梢子棍，将守门人打倒了，就照直往里闯。到了二门，府总管们大怒道："从哪儿来的粗野老汉如此无理！快抓起来，打!"一声布置，家人同时动手打了起来。罗挺气急了，喊声如雷，撂倒了几个人，奋勇向前，已打到大厅前面。总管们着了急，集合了四五十人，手执拦门棍，黑蟒鞭，从四面如同雨点似地抽打起来。古语说："双拳不敌四手"，他的梢子棍被一根拦门棍打断成两截儿。罗挺已是赤手空拳，虽然寡不敌众，仍手拿断棍，势如猛虎，左右开弓。正在酣战，忽然皮鞭抽在他的双眼上，眼睛里直冒金星，栽倒在地，棍子棒棰一齐打下来，众人将他按倒绑上了。

罗挺仍是喊声如雷，不肯屈服。那时，国老府家人拉着卢君英推推搡搡进了垂花门，关在内书房里，两人把门，不叫出去。华如锦被关在大门之外，急得要哭。这时正好康阮山的车辆到来。华如锦忙将这事哭诉了一遍。康阮山毕竟是个见过大世面的富商，心里很宽，知道其中必有缘故，下车到中堂府报事房询问。总管们看康阮山穿戴不俗，举止端雅，不敢怠慢，教他坐在客座上问了姓名。康信仁说明了来意，问讯为何捉拿我的儿子和随从。那总管说了选姑爷的事儿，还说罗挺不讲理，到府里乱打乱闹，不得已才暂时把他抓了。

康信仁道："那么我现在到了贵府，为什么还不放人?"那总管忙着去放，罗挺不让，高声嚷道："要绑我，别放我。这儿从皇上到三公九卿六部都在，送哪儿就送哪儿，我要去问问我犯了什么法!"叫嚷不歇。康信仁只好自己去说了好多好话才放了。

罗挺松绑后，还不认输，吹胡子瞪眼，还想找人分个雌雄。总管们忙进去将康信仁的事禀报戴新民。戴新民早已听说卢君英的翩翩丰度，心中大喜，到外面书房请康员外叙谈。侍者出去说："有请康员外!"华如锦忙跟着康信仁进去。总管们准备好酒席，款待随从和车夫。戴新民给罗挺亲手敬酒赔礼，幸而罗挺的伤势不重，才息怒饮酒。

且说戴新民虽是大官，并不自恃官高爵显，见康阮山进来，站起身来施了半礼。康信仁先发活，将送义子到京城求功名的事说了一遍。戴新民谦虚地慢慢笑道："古话说'无缘不相逢'。我们二人名气相似，年龄相仿，说你无女，我也少儿，我养了一个义女，你也收了一个义子。很多人向我的姑娘争着求婚。老夫难以抉择，这才用投彩球来选女婿，正好扔给了你的儿子。这也真是天作之合，千里良缘一线牵。按老夫之意，必须结亲，莫负天意，不知员外意下如何?"康信仁道："此乃天作良缘，大人垂青，只是山林老朽不敢高攀。如若大人真有此意，小民万幸，但因未见犬子，还不知他的意思。"

戴新民忙传命，从内书房请新额驸。家人跑去将卢君英请来。卢君英瞧见两位老人对面坐着，没有办法，只得依次施礼，躬身下拜。

戴新民看见新姑爷面如美玉，顿时喜形于色。康信仁当面将刚说的话对儿子一五一十地说了，并且说自己已经应允。卢君英听了大惊，华如锦他俩面面相觑，目瞪口呆，束手无策。

康信仁说完话施礼，并命卢君英向前叩拜。戴新民忙还礼，起身接受卢君英的叩拜。康信仁问下定礼和合卺日期。戴新民道："事不宜迟，明日就举行婚礼。"

康阮山不胜欢喜，从行李车中取金银锦缎等呈纳彩礼。戴新民大喜，一看好事已成，叫现成的乐师奏乐，让卢君英入内，换穿蟒袍新衣拜见程夫人，阖家上下见新姑爷英俊无不欢喜。

那日宴毕，戴新民不让新姑爷和姻亲住往别处，当即打扫本府东侧一座宅院，请康信仁父子在那里住下。康家的人见此美事都喜得手舞足蹈。唯有卢君英、华如锦、罗挺三人如坐针毡，一刻也不得安生。俗话说"哑吧吃黄连，有苦说不出"。晚上，卢君英对华如锦皱着眉头道："这事都是你惹的，现在看怎么办?"华如锦笑道："现在怎么办，我知道吗?这叫娶老婆嘛。"

卢君英又急又笑道："你这短毛秃丫头！总是开玩笑，我不知道这是娶老婆?但娶了……"往下不能说了，只是跺着脚发愁。华如锦又大笑道："你问娶了怎么办?只有'顶'呗。"卢君英很着急，快要变脸时，华如锦才在她耳旁低声道："到那时，这么这么，就没事儿。"卢君英思来想去也没有别的办法，到时候再说。人愁犯困，和衣睡了。

次日吃过早饭，那边院子里管弦齐鸣。国老府家人来请新姑爷，给卢君英换了衣服，请到大堂上。说贺词的赞礼穿着红衣，头戴簪花出来，将新女婿引入正堂。堂上悬灯结彩，地铺红毯。司仪唱礼，新婿叩拜岳父岳母。后堂奏起细乐，众丫头将小姐用红缎蒙头搀了出来。

那时满堂锦缎辉映，香烟缭绕，喜气盈盈。司仪让新郎、新娘并肩站立，向父母叩拜，相互礼拜后，奏乐送进洞房。

原来在小姐绣房前边东侧修了排月楼，作为洞房。卢君英进来坐在东席；婆子们扶小姐坐在西席。停乐以后，众人退出。喜娘揭去新娘头上的大红蒙缎，新郎新娘面面相觑，二人同时都吓得一怔。

卢君英自忖："这明明是琴紫榭姐姐，但不知是怎么来到这里的？天下有相貌相同的，但怎么这般相像？听说古时孔子貌似阳货，真的这样？"如此揣测，看了几次。龙玉小姐因新女婿频频观察自己，也偷眼看去。只见那相公头戴绡呢镶边大翻沿红缨春帽，身穿石青长褂，足蹬粉底乌缎靴。柔嫩白脸如琢玉，苗条身段画中人。真是眉藏三江之秀，眼含二泉水清。如若世上真有这样的美男子，璞玉还往哪儿站！只是举止之间流露似曾相识之旧情，心里更是忐忑不安。不久花烛双点．喜宴呈献。两位新人同是含羞，合卺大礼，草率收兵，只是象征性的吃了晚饭。丫鬟端来两杯茶，关门退出。

正是：

山穷水尽疑无路，

柳暗花明又一村。

却说卢君英起身坐在椅子上，手里端着茶杯，灯下环视屋内，陈设摆饰之华丽精致如同天上人间的殿堂。绿纱窗前红烛辉煌，透明的芙蓉帷幔，影影绰绰，玉人半倚在象牙床上。那种明朗可爱的姿态，真是难以言传。心上发愁：今宵洞房花烛夜的良缘，这样的红颜女子不知应该怎样对付。她如果是位贤慧的女子，还可以借光凑合一夜。如果是个强悍女将，卢君英的花枪必然败下阵来。思来想去，愁锁弯眉，放下茶杯，倚着椅子，靠了一会儿。

那时外面打过二更，案上的花烛结了二寸长的灯花。龙玉小姐看到这个情景，无奈用鹦哥儿似的嗓子叫丫鬟剪灯花。外间里的丫头齐声应“嗻!”进来了。喜娘进来剪了灯花，催促新姑爷早点安歇。卢君英笑着，叫她们先去。华如锦从窗外看着这样儿不是事儿，在房檐下清了清嗓子，将卢君英唤了出来，说悄悄话：“相公为什么这样羞怯，别露出马脚，假装着点儿，应该有个怜香惜玉的派头儿。”正在导演训练，龙玉小姐听见外面咳嗽的声音，又见卢相公走出去，就悄悄起身，来到窗前，透过玻璃一看，月明如昼，在外面的两个人虽然乔装打扮总像女人，从面容神气越看越像似曾相识，张来望去，恍然醒悟。瞎！这不是画眉吗？心里就有了主意。

卢君英、画眉二人见深夜无人，从容不迫地商量难言之隐，不觉忘了伪装，不知她俩的女人形象已经被人察觉了。商量了好半天，卢君英才清了清嗓子，端着架子大摇大摆地进去。喜娘催促卢君英早些就寝。卢君英摘帽脱衣，婆子们脱下小姐的外衣扶进帐内。卢君英叫大伙退出洞房，关上门，手持红烛进入罗帐。再三端详，就是琴紫榭，不是别人，更加疑惑。几次想开口问问，又自忖：“如若是紫榭姐姐，没有不认识我的道理。我如冒昧开口，反而露出假相，可不是闹着玩儿的。”窘得红着脸微笑，将蜡烛放在小桌上，挽起袖子，轻轻地握住小姐的手，低声问道：“小姐乏不!”

龙玉大羞，站起身，用圆袖遮住脸，再次打量了新女婿的脸，忽然放下袖子道：“我看相公的口齿语调绝不是南方人，并且你没有男人的模样，你是何地女子？为何这般打扮？快说!

不然我告诉父母，把你送到衙门审问。”小姐凤眼一动不动地盯着卢君英。卢君英真害怕了，脸涨得通红，勉强压住心跳，强作笑颜，用手压住小姐肩头道：“夫人何出此言？我分明是个须眉男子，顶天立地的儿郎。你若怀疑我无能，待会儿让你知道真的！”就用双手扶起龙玉。龙玉早已看出破绽，握住卢君英的手道：“如果你是须眉男子，耳朵上为什么扎了六个耳朵眼儿？我替你说明白吧！你就是建邑的卢香菲。你乔装打扮来这儿骗谁？”

卢君英更是吃惊，若不是紫榭，她怎么知道我这么清楚具体！我现在若不说明反而被她压住，就沉下脸道：“小姐你以为我不认识你是琴紫榭——琴默吗？但不知你怎么到了这儿？”琴默知道了卢君英就是卢香菲，笑脸变愁容，双手抓住卢香菲的手，“哎哟！好妹妹！你从那儿来？”说罢泪如泉涌。卢香菲知道龙玉就是紫榭，历尽苦难之身又遇到亲骨肉，不禁悲痛，抱住琴默的腰，姐妹二人在戴中堂府内大哭一场。

正是：

二朵浮萍归大海，

人生何处不相逢！

且说两位小姐的眼泪真心实意地流着，哭声也越来越按捺不住。喜娘和婆子们不知道为了什么，新郎、新娘都大哭起来，非常惊异，卸下窗户，安慰二人，问是什么原因。程夫人听信儿也赶来了。卢香菲知道不能隐瞒，就把实情哭诉一遍，只是没说父母的真实姓名。程夫人听了那些话，憋闷得喘不过气来。众人都说新姑爷变成女人了，戴新民沉下脸捉住华如锦从外面进来。

欲知后事如何，且听下回分解。

第十回

山遥水隔无阻义友　真情既清诬陷难当

红桃暮春发，
黄菊初秋开。
既是同根物，
迟早待时来。

且说众婆子哄嚷着，新姑爷忽然变成女的了，咱们姑娘急得直哭。戴新民大惊，抓住华如锦询问。卢香菲不等她说，忙将刚才对程夫人说的话，照样说了一遍。说华如锦也是女子，让画眉脱去外罩的长袍，现出一个俊秀的女郎。

那时，罗挺料到今天晚上必定要出事，在东院客房向康阮山把实情原原本本地说了。康阮山起初大惊，继而大急，最后大惧，对罗挺吵嚷了一通。事不宜迟，忙到中堂府去请罪。

戴新民毕竟是个有度量之人，喝退侍者，宽慰康阮山道：

“老员外因无后所迫，一时疏忽，这个事情还是从老夫选婿引起的。虽这么说，你的假义子还是我女儿的真妹子，也算是缘分吧！我的女婿是假的，你的儿子也不是真的，这都是我们二人晚年遇到的不幸罢了。夜深了，请先回馆舍，明日再叙。”

康员外心上的一块儿石头总算落了地，他再三感恩谢德，赔情施礼，方才回去。

当夜卢香菲向琴紫榭说起别后的各种事情，又听了紫榭的种种遭遇，从此姐妹二人消除猜疑，比在家时更加亲热。卢香菲又诉说义父母的深情厚恩，询问如何报答。早上琴紫榭去求戴新民。戴新民寻找门路，想给康阮山找个诰选州同。康阮山说年老了，坚持不愿当官，最后将这官衔给了张郎，他十分满足，向戴中堂道了谢。

起程时，卢香菲不愿离开姐姐，紫榭也不肯放她走，她将康信仁请到内书房辞别道；“深恩大德无以报答，但愿二老寿比松柏，德姐、瑞娘盛如芝兰!”给孙妈妈、彩金和两个小姨娘送了珠宝重礼。

康阮山垂泪辞别，带着罗挺出了京城。康阮山是江湖侠义、通明世事的老人，虽然被闺阁小姐所瞒，引起误会，闹个笑话，但这次的误会却遂了他毕生的夙愿，给女婿找到了官衔。以后两个小妾又生了两个儿子，都读书成名。这就是“积善之家必有余庆”。

康员外回家设宴庆贺，唱戏请客，阖家欢乐。张郎穿戴了礼冠朝服，谒见州县长官，荣华体面不提。康员外派罗挺宴请登云先生——史经济，店里的人说他前些日子接到书信，收拾行装，带着两个伙伴去杭州了。

原来杭州梅知府派往北京的人，持贲侯信函找到了史经济。

经济看了信，一则与贲侯是旧友，二则多年思慕江南山水，见信正中下怀，等候司田人到了，二人一同租船南下。

京城戴新民居官多年，年迈多病，又想为女选婿，决心得便在圣上面前告老还乡。不知戴新民寻求安闲，“老妻画纸为棋局，稚子敲针作钓钩”的心愿能否实现，暂且按下不表。

却说史经济、司田人乘舟南下，一路平安，正如唐朝李太白诗云：

朝辞白帝彩云间，
千里江陵一日还。
两岸猿声啼不住，
轻舟已过万重山。

一路无阻到了杭州贲侯衙门。门吏都认识史、司二位先生，忙请到外书房敲云板禀报。璞玉听说老师到了，连忙出来拜见。

那时李宪章早已来到，也在那里，相见大喜。这外书房在二门以外东侧。它的对面是官员早晨聚会的地方。舒谦出来道：“老爷在花园香玉斋与知府梅老爷下围棋。禀报先生们来到，老爷说直接请进无妨。”

史经济道：“若有外宾，我们进去不便，稍候何妨！”说罢饮茶。璞玉再三催促说：“梅老爷也是尊贤敬才的人，老师即应进去。”于是在前引路。正要进二门，司田人见二门外停着知府的轿车。院里站满公差，想是知府快要出来了。进内一看，大堂两侧的房屋约有五十来间。厅堂高大，院套宽敞。西房的后院有几间抱厦小厅，是贲侯会客的客厅。厢房墙角的方形绿门是花园的东南门。匾额上写的是“逸园”二字。园内景色汇聚山林佳景，山弯水曲，颇具田野之风。对门西边的一列飞檐画阁、明窗回廊、是文人墨客盘桓的地方。一墙之隔的几间华丽房舍里住着李宪章。

璞玉引客至西北方，走甬路通过“竹筠书屋”，走过“逸芳草亭”的东边，渡过“绿野平桥”，绕过老陨石的西边，穿过竹林，再往上走，到“晓宓山堂”前面一看，贲侯与梅知府二人带领一大帮人打着阳伞，从北边友竹山房的山路出来。史、司二位先生忙前去施礼。贲侯也忙上前还了半礼道：“贤友风尘仆仆远道而来，辛苦了。”梅知府也站住脚说了几句话，向贲侯笑道：“这叫做德不孤，贤有朋。远客乍来，不能像前几日清闲无事，请侯爷留步。”贲侯不让，一定要送过平桥，梅知府再三谦让，才令人将知府的马牵来，从花园的便门出去。等梅知府上马后，又叫璞玉护送。这才与史经济等人握手。到桥附近的“晓宓山堂”坐下，饮茶叙话，说别后思慕的心情。

司田人抬头看室内，是用革丝、茧绸裱的隔扇，半间隔断的三间通屋，墙壁上挂满韩、柳、欧、苏等名贤的字迹和诗文。地上放了一张大铁梨木八仙桌子，上边放着文房四宝和法帖、图书。外面檐下种满花树，一尘不染。贲侯身穿靠纱长衫，腰系白玉宽带，坐在北窗下的细床上。过午阳光映照脸上，更显得红光满面，神彩奕奕。小童站在旁侧，用白羽扇扇风，银须飘拂，真是“福养颐，德养体”的大臣。

贲侯向司田人笑道：“与贤友一别多时不见，见先生丰采朗润。正象古人所说：‘龙马之神，海鹤之颜’了。”司田人忙欠身道：“山野草民岂敢，明公过奖！唯恐屈辱大人芝兰之馨，松柏之节。”贲侯道：“老夫蒙圣主恩赏，任重才疏，朝夕所虑唯恐有负圣上重任。今承贤友不弃，望祈指教。”史经济、司田人忙站起躬身道：“草芥之人，才疏学浅，但承明公重托，怎敢知无不言言，无不尽！”宾主言顺心合，设宴飞觞，不觉红日落山。

从此贲侯待登云先生为咨询客宾，留司田人掌管印信和文书，李宪章辅导璞玉读书，各司专业。李宪章与璞玉更是情投意合。璞玉的书房在花园西南角上，就在李宪章书房的南面，二人朝夕相处，诗歌唱和，促膝谈心。

一日适逢春暖，璞玉早起，到正房给父母请安。贲侯、金夫人正坐在里间飞罗帐边商量家务。璞玉进去跪拜请安后，站在一旁。金夫人道："我去年经由济阳路过西河，看望姑奶奶。她的姑娘盛粹芳因女婿夭亡，从婆家回门，她跟璞玉一样命苦。那时我做主给璞玉订了亲，叫高珍拿五百两银子当作彩礼。这事儿曾禀告老爷。但因以后事情多，再也没有提起。姑奶奶说去年秋天回苏州，我们到现在还没有派人去看望。儿子也快到成年了，最好即时商妥，以今秋完婚为宜。老爷我们俩老了，盼着早点儿抱孙子，不知老爷意下如何?"

贲侯道："我也是这样想。前些时候在京城，曹侍郎来找我，说戴学士的女儿想给璞玉，我随口答应他了。没想到你儿子不愿意。从此公务缠身，一点也没有闲空儿顾家事。今天你这样说也很好。婚事成了也可以告慰老太太在天之灵。当下就差高珍、福海二人去苏州，一则问候妹妹，再则谈妥此事，择吉日完婚。"

金夫人大喜，早饭后叫来玉清包装送去的东西。贲侯也吃了饭，到衙门去办公。璞玉跟着出去，到了大厅后，回到自己的西厢房，福寿忙打帘子。

这时，璞玉心想刚才的事儿，一代之美琴紫榭饮泣黄泉，卢香菲生死不明。现在想起粹芳的事儿，有的多么幸运，有的多么冤屈……他不理会别的，只是靠倚着被褥，两手叉在后脑勺上，躺在那里一言不发。福寿问："端饭？"璞玉摇摇头，打开书桌上的小紫檩木匣，拿出琴紫榭的那幅画像，挂在对面墙上，不出声地暗暗掉泪。

福寿看了这个情形又好气又好笑，无奈劝道："老爷太太心思一样，派人去苏州了，喜事就在眼前。无缘无故的，大爷伤什么心呢？"璞玉抬头一看，福寿身穿红洋绸面棉袍，上罩粉色线绸坎肩，脖子上围着白川绸汗巾，梳了两根抓抓辫，鬓角插着白银四瓣水仙簪，鬓边插着并蒂芙蓉，乌黑的头发绿辫绳，白脸青眉，容光照人。

璞玉笑道："你今天哪来的兴致这么打扮？"福寿笑道："今天早上听说大爷大喜，特地换上新衣裳，给您道喜。"璞玉绷起脸说："什么喜事？无非旧怨变新愁而已。"福寿问："这新愁又从哪儿来呢？"璞玉不禁站起身来说："你坐下听我说，我们四个人从小的情谊，要说别人不知道也罢，你还不知道原原本本？现在两个死了，活着的又是出过门的，许配我这个孤独的人究竟有多大意思？况且她的意志不坚，我俩成婚以后，她虽想举案齐眉，我没有心思张敞画眉！这样又有什么脸面见九泉之下的她俩？"福寿道："那么这事儿你想怎么办？"璞玉道："以我之见，我已经娶过一次了，再娶不娶，不那么要紧。屋里有你一个人代劳也足以了。省得盛粹芳姐姐和我以后眼牙不合，也不辜负那两位死去贞节的姐姐。"

福寿正了脸道："大爷这说的是什么话！我们不管怎么好，也是丫头，有点儿小心勤谨，也都是本份的事儿，又有什么功劳。你们家的名望不小，口后生儿育女，延续香烟更是大事。总得门当户对，明媒正娶。"

璞玉认为这些言词不堪入耳，听不进去，胡乱吃了些饭。

从垂花门出去。绕过大堂，走西厢房的前边，进了逸园门，又经书吏办事处，顺着长廊从明窗轩前边过去，进了大圆形的月亮门，走入学仁馆。

原来这个书房在逸园西南角假山前边。三间通房，前出廊，后抱厦。东北山前还有三间小房，内设屏风，是午睡的地方。学仁馆西墙根，面对园门向东伸出两间小楼。从楼上南墙小窗俯瞰，城西大街集市正在眼下。楼上是藏书，楼下住着璞玉的侍童。璞玉进来时瑶琴正站在檐下喂鹩鸰，宝剑扫地，奇书在屋子里擦桌子，古画在东边梧桐树下扇炉烹茶。璞玉进屋后坐在东窗的书桌旁，想起刚才的事，更觉索然无味。又想自己一生没有知己，幸亏在深闺里遇见一二知音，可是知己夭折，何以自已如此无缘！粹芳姐姐虽说是温良恭俭，但论起文墨，又怎能与紫榭、香菲二人相比呢？曾听人说苏杭二州是出人材的地方，可是自己来到杭州将近一年，遇到的望族高门子弟也不少，为什么就连几个能谈得来的也没有呢？想了又想，满腹的抑郁顿时化为诗句，拾起现成的笔砚，挥毫而就：

知音知心何以少，
衷肠热忱谁能晓？
好古每为世俗讥，
薄今却被他人恼。
失群孤雁绕青山，
志诚精卫寻海淼。
漫道笔砚能抒情，
不如潇湘焚诗稿。

写完刚放下笔，李宪章从外边进来，坐在对面椅子上，看了诗大笑道：“公子不要目无天下贤士，我来时和一个年青友人同租一船。那人貌若圣贤，眉宇之间英气射人。挥笔成章，易如掸尘，经过核试，他的才华不在公子之下，只是人特傲慢，常白眼看人。”

璞玉喜道：“有这样才子何不早说，是否戏言?”

李宪章道：“真有其人，他姓施名凌云，字自持，因兄弟排行老三，人们都称他施三爷。他家境贫寒，又因与总试官对抗，连个秀才也没考中，靠舅父度日。他的舅舅傅教授是一个趋炎附势的人。他虽依靠舅舅生活，却住在离城十里的西湖孤山。他也以为杭州没有文章对手，整天独自游山玩水，赋诗作歌，聊以自慰。他虽贫居闹市，将王侯高门、金玉富贵视同草芥粪土。”

璞玉道：“我与学兄交往多日，老学长知道我求贤心切，有这样的奇贤，何不早日带来见我一面?”

李宪章道：“富贵之家无才子。他若知道了公子的情况，怎肯轻易来!”璞玉笑道：“他的看法也是偏见。古时周公为武王之弟而才学堪称圣人；曹子建为魏王之子，吟诗七步成章。这些闻名于世的人都不是贫寒之家出身吧1老学长明日转告我的话，想必他能欣然而来。”

李宪章道：“公子有这样的决心，不妨我今天去一趟。”二人说着喝了茶。李宪章信步出了城，顺着西湖湖滨，直奔孤山而来。西湖四面环山，山势高低回曲正是游人散步的地方。屏障西湖南北的是岭，岭侧有两个高峰，长堤将湖水分成里外，连着长堤有六桥。处处是奇景，时时有鲜花。

文人歌女，画楼彩船，歌台酒楼的欢乐一言难尽。前贤诗词有几首：

花开红树乱莺啼，

草长平湖白鹭飞；

风日晴和人意好，

夕阳箫鼓几船归。

——徐元杰：《湖上》

又

毕竟西湖六月中，

风光不与四时同；

接天莲叶无穷碧，

映日荷花别样红。

——杨万里：《晓出净慈寺送林子方》

又

山外青山楼外楼，

西湖歌舞几时休？

暖风薰得游人醉，

直把杭州当汴州。

——林升：《题临安邸》

又

水光潋滟晴方好，

山色空蒙雨亦奇。

欲把西湖比西子，

淡妆浓抹总相宜。

——苏轼：《饮湖上，初晴后雨》

李宪章缓步慢行，欣赏湖光山色，到了孤山一看，环山叠翠，画堤如置几案，一湖如镜，清涟如漾晶盘，四周豁亮宽敞。考其山支水叉，非近而远，路尽而桥接，似浅而深。正在欣赏施自持徜徉留连的地方，拐过山角，路尽见村，来到柴门前。

施凌云听见犬吠，开门出来，见李宪章握手言欢，进了茅舍坐下。李宪章抬头一看，三间屋子都打了间断，西间是卧室，东屋是灶间，堂屋是客房。对门桌子两旁有两把椅子，北墙挂了一轴画，上面题字是：

寒毡铁砚秃案云梯
明月香桂黄卷青灯
玉堂夜雨金马春风

下边画的是五柳先生放鹳图。两侧对联是：

先为稻粱书文字
只缘蠹禄填丽词

除此之外，屋内空空荡荡，一无长物，家徒四壁。李宪章正在观看，施凌云笑道："老兄莫怪我说大话，我看这杭州城虽大，城里城外诗人墨客成百上千，可是真正能论诗的没有一个。"

李宪章道："自持兄的眼光未免太高。莫怪小弟冒昧，天下之大，非无才人，只是你见闻有限，没有遇上而已。"

施凌云道："我确实孤陋寡闻，可是仁兄遇到的才子究有几人?"李宪章道："我到过的地方也有限，不能妄自揣度天下的才子。只论眼前，贲海防使的公子贲璞玉就是才华少年。"

施凌云问道："仁兄何以得知他是才子?"李宪章即从璞玉少年时写的《白云》诗谈起，又诵读了他的一些时艺文章，一直谈到今天早晨写的感怀诗。施凌云听他这样说，不觉喜形于色，道："杭州城真有这样的才子，我怎么没听说过。"

李宪章道："自持兄乃饱学之士，何不与他以文会友，一试其才？日前本省应总试看了他的诗文赘道'可惜生在世袭之家，不是科举正途出身，这才得了个'恩荫'。"

施凌云道："若说起恩荫，也就太不体面了。你看，富贵之家出身的有才之人，谁不愿意正途出身去争头名状元？"宪章道："虽说那样，有真才实学的毕竟与完全靠祖上恩荫的不同，你不信我的话，什么时候同我去一趟就知道真假了。"

施凌云道："小弟平素最不愿出入于权势之门。"宪章道："璞公子尊贤重才，你不要误解。"施凌云道："真若如此，可否相约见面？"李宪章道："文人诗酒无约，可乘兴即去。"谈笑欢洽又喝了几杯，住了一宿。次日早晨李宪章带着施凌云，二人缓步慢行，携手攀谈，沿路傍花随柳，朝城门而来。

欲知后事如何，且听下回分解。

第十一回

凌云诗骄遇蠢客　宪章酒傲激狂生

沐浴虔诵《光明经》，
却下珠帘榍檀清。
娇嗔小鬟迟饲鸟，
恼人莺语太叮咛。

却说李宪章用几句话激动了施凌云，二人一同出门，沿着西湖湖滨走去。这时迎面过来一个人。此人头戴绡呢大檐新式春帽，身穿青贡绸棉袍，上套灰天鹅绒马褂，脚登白粉厚底半高鞫夹靴，胯上佩荷包，浑身是最时行的打扮，口里嚼着槟榔。快步走来，把帽檐上起楞儿的红杠扣在后脑勺上。此人面容消瘦苍白，燕尾黑须。他姓于名和，杭州城里的闲人，整日奔走在繁华场所，出入于歌女群中和阔佬宴上，他善于揣度人心，曲意逢迎。看见施凌云便道："三爷上哪去？您舅舅傅老爷今天在苏堤请客，等你去作陪，快去吧！”

施凌云没法，向李宪章蹙眉道：“仁兄先走一步，今天小弟不能遵命了。”说完和那人要走。那人向李宪章躬身陪笑。李宪章还礼，简略地应酬几句，施礼相别。当下暂不提施凌云陪于和往苏堤走去。

李宪章独自回来，见了璞玉道：“我见着施凌云了，用几句话激他同意来见公子。不料在半路上碰见了他舅舅派人来叫他，这才分道走了。公子何时有雅兴，我再去。”

璞玉道：“小弟我求贤若渴，那施公子若有真才，很想立刻见面，有劳学兄，最好近日再去一次。寒舍虽然岩穴僻远，但愿效仿赵国的平原君大宴十日。”李宪章道：“那我就改天再去一趟。”

正是：

世俗结朋逐名利，

高贤交友求真知。

且说又过了几天，李宪章又到孤山，见施凌云道：“今日天朗气晴，自持兄真该找璞玉一谈。”施凌云欣然允诺，叫老仆看家，就和李宪章徒步走了出来。施凌云问道：“仁兄来了几次，璞玉公子是否知道？”李宪章道：“怎么不知，都是他一再催我来的。今早我出来时他说：‘施兄若有真才实学，我愿给他牵马执鞭。若是不学无术，那就不如不来。鄙陋遮不住，拙劣难久藏，如若徒有虚名，败在我的笔下，就太不知趣了。’我回他说：‘自持兄是鸟中凤凰，文中龙虎，焉能败于你手’！”施凌云冷笑道：“李兄过奖，一见便知。”二人说着来到城西门，看见一个怪人。

那人生得脸平，头偏，小耳朵，塌鼻梁，乱眉毛，金鱼眼，背稍驼，身极胖，胡须稀疏，声音沙哑。此人姓甄，因他家房后有八棵枫树故号八枫名光。为人极其狡诈，今秋会试得了恩贡副榜。他的父亲也有些名望，住在城内。甄八枫平日忤逆不孝，不守本分，时时向他父母寻衅生事。父母将他赶了出来，分居另住在城西门外。老婆娘家有钱，所以他仗财欺人，结交恶友坑害良民。

那日他正倒背手闲站。见李宪章、施凌云二人走来，向前拦住问道："李先生从哪儿来？路过我的门口儿，怎么也不进去喝杯茶？"李宪章以前跟他有点认识，无可奈何地笑道："我去请施三爷一同过来，不料巧遇甄兄。太阳老高了，我们进城办点要紧的事儿，不能到府上拜访，有罪！有罪！"

甄光问道："施三爷岂非傅教授的令甥自持兄乎？"施凌云道："正是，仁兄何以知之？"甄光笑道："文章一道，自然一气贯通，为何不知？二位仁兄可是去城内贲公子家？他是军门之子，富贵之家，兄等当然要去拜见，小弟会试名列前茅，只因没有权势，才受人冷落，否则为何过家门而不入乎？二位仁兄远道而来，必定脚乏，可否光临茅舍喝杯茶？"

那时李宪章从清早来回紧赶，又乏又渴，笑道："自持兄久仰大名，无缘进谒，今日幸遇，礼当趋府拜见。"甄光立即让路。施凌云见了他的人品，听了他的话，踌躇不想进去道："凌云素昧平生，岂敢叨扰？"李宪章道："既是斯文同道，有何叨扰可言！"便拉着施凌云的手进了堂屋施礼坐下。甄光斟了茶，随后就摆上酒席。

要问甄光为何这么殷勤？原来甄八枫在此地是个徒有虚名的才子，有人还给他捧场。不料想从北方来了一个贲公子，虽是武职门第，但是确有才华。他的名气逐渐传扬出去，尤其是总试官应大人在众人面前极力称赞璞玉，以致全城众口交誉。甄光又是嫉妒，又是气忿，就想找一个才子当自己的帮手把贲公子压下去。有一天，他跟傅教授说了这个意思。傅教授说："要找这样的才子，只有我的外甥施凌云，但他的性情孤傲，很难拟交。"今天无意巧遇，正对甄光的心思，所以格外尊敬，刚端上茶就斟上酒。

施凌云看甄光并无书生风度，举止粗鲁，酒摆上来也不推辞，谈笑风生，喝了起来。李宪章又从旁频频夸奖甄光，说他和璞玉相比不分上下。施凌云信以为真，喝至酒酣耳热，诗兴大发，向甄光道："小弟愧承仁兄谬奖，饮酒岂能无诗？"甄光以为他有了诗意，想要赋诗，当然乐意道："知己相聚，如不赋诗，何以记事？"便教书童拿来文房四宝道："方寸之纸，尺幅之绢，不能尽意，就在墙上写吧！"施凌云道："题壁也好，但你我与其分写，还不如联句，更有兴致。若羁延时间，或不合韵律则罚以金谷酒数如何？"

甄光一听，叫他联句，大为惊慌，但也无法拒绝，只得勉强应道："如此甚佳，但诗随情生，望自持兄先起句，小弟到时候看看光景，有了兴致就不难了。"

施凌云道："那么恕小弟占先了。"于是蘸笔写上题目：《春日入城访友忽逢八枫兄邀饮唱和》，开始写道：

鸿雁声声哨雁跟，

写完将笔递给甄光道："这回该轮到老兄的班儿了。"甄光道："我倒不是推辞，写诗贵在一气呵成，若是换了口气，诗句就会拗口，到颔联时小弟再接。"施凌云说："也行。"又拿起笔在墙上连写了两句：

入城访友到郊村。

士遇英豪当知拙，

写完又将笔扔给甄光道："现在该老兄联句了。"甄光接过笔，抓耳挠腮思索沉吟，施凌云催促说："太慢了！该罚！"甄光一听要罚，赶紧辩解道："若是花鸟山水，联句也还容易，这联旬有'大'、'小'等涵义，就太难了，小弟甘愿受罚一杯。"

施凌云道："该罚三杯！"甄光道："三杯也行，我想看看老兄如何联法。"施凌云接过笔写了两行：

酒逢雅量难却樽。

烂漫飞花邀客兴，

甄光不等施凌云开口，赞道："联得好！我想了半晌也没想到。奇才！奇才！"施凌云微微一笑道："急就之章，何足挂齿。刚才老兄说，花鸟之句易联，这联已出了花，现在该你接着联了。"

甄光道："花是花，但因有'客兴'二字是写由花引起的，那就更难了。还不如让我再喝三杯，施仁兄索性一人完篇好了。"施凌云道："叫我一人写完，那么李兄应喝三杯。"宪章道："为何罚我？"施凌云道："罚你三杯还算你的运气，快喝！如果诗写完之前你喝不完，还要再罚。"李宪章无奈喝酒。施凌云又拿起笔，一直写完了最后三句：

寂静鸟雀睡昏沉。

唱和本宜相对句，

诗人妄语独自斟。

写完把笔一扔，哈哈大笑，说声："打搅了！"就往外走。甄光阻拦道："天色还早，主人的诗才少，酒还多，何不再坐一会儿？"施凌云道："主人不是杜陵诗客，我何敢充当高阳酒徒！"

李宪章道："主人盛情难却，如何就走？"施凌云道："归心急切，失陪了。"说完甩袖而去。

甄光很难为情，追随李宪章赶到大门，施凌云已经走远了。

李宪章看甄八枫羞得脸上青一块，紫一块，替他忍不住道："施老三虽然有点才学，喝了酒也太过于傲慢了，可恶！"甄光恼羞成怒道："不识抬举的畜生！把自己当成什么东西！这都是你招来的祸，你瞎了眼不成！为什么将这头畜生领到我的门口？"

李宪章连忙陪罪道："是！是！都是我和他一道走的罪过。"甄光大怒，大声嚷道："这光棍敢要笑我！我说了你和他一道走有罪吗？你平素也自以为是读书人，为什么这样无赖！"说着发起酒疯，像是用头写字，拨浪着脑袋，挽起袖子，像要打李宪章。正在困窘万状，这时从里面跑出一个书童，说声："娘子叫你快回去！"甄光马上销声匿迹、俯首贴耳地跑去了。

李宪章这才脱离了这场飞来之祸，急步进了城门。觉得心头还在惊跳，不禁发笑。到了逸园，进了栅栏门。这时璞玉已经等了好久，不大耐烦，将要进去，一看李宪章面色如土地进来，迎上前去问道："那位姓施的客人还没有来？"宪章摆摆手道："说来话长。"进屋稍微休息，将路上的遭遇，从头到尾地说了一阵子。璞玉听了笑个不停，细细盘问，频频发笑。宪章把施凌云刚写的诗，从头到尾念了一遍。璞玉逐句细听，觉得新奇，大喜道："如若这样，那施兄确实有才，名不虚传，我岂能失之交臂。望学兄再去一趟，必须将他请来，叫我见上一面。"

李宪章闭目摇头道："此人性情与众不同。他一连遇到两次波折，再也不会轻易来了。前两次要来，听说登富贵之门，很不乐意。况且我夸奖甄八枫时，说他与公子不分上下，现在又去，他对上等的已经领教，对下等的恐怕不敢再领教了。”

璞玉道：“既是那样，我怎能错过这样的高人，不然我亲自去拜访。”

李宪章道：“你亲自去找也是枉然，他定然避而不见。”

璞玉道：“我听了他写的壁上题诗，实在仰慕之至。学兄无论如何，请他来此会晤。”李宪章皱眉想了半晌道：“现在此人只能感之以博学敏思，而不可夸之于金玉富贵。公子要想拢络此人，我倒有一计，只有如此这般，不愁他不来。”说罢在璞玉耳边低声说了几句。璞玉微笑点头，叫来马柱、永柱等人，照计而行。

正是：

漫天布罗网，

专等痴人来。

且说施凌云离开甄八枫家门，回来冷笑道：“李宪章为何如此愚蠢！今天我差点儿上了他的当。今后绝不轻易跨进富贵人家的门槛。一生宁可无知己，如若寻求富贵，与这些草包为伍，还不如文章扫地。心里这样想，从此在家闭门读书，再不轻易出门。

一日，春已过，昼已长，暖风拂面，施凌云偶而推窗，忽有一人来访。

施凌云一看是于和，二人施礼相坐闲谈。于和问道：“前日来的李君又来看望仁兄没有？”施凌云笑道：“前日来过，说起来也真热闹。”于和问道：“有什么热闹？”施凌云把李宪章骗他到甄光的家里，甄光连一句诗也不会做的事儿说了一遍。又笑道：“可叹李宪章也真孤陋寡闻，看一个甄光就把他当做才子，认识一个贲公子，又说他是才子。他见识的才子何其多，他的目光又何其小也。”

于和道：“原来如此。那些无耻之徒专会在富贵人家谄媚，我刚才来时路上见他和一个才子在万柳堂看柳听莺，饮酒赋诗，想效法五柳先生陶渊明之游，还不知如何附庸风雅，欺世盗名。”

施凌云早想去万柳堂前闻莺游赏，今天听说那里游人甚多，问道：“万柳堂离这儿有几里路?”于和道：“从此往东北走不过三四里路。老兄若有清兴，我们一同前去如何？一则听听黄莺鸣啭；二则看他怎样帮衬那个冒名才子作势骗人。真有假冒，我们公开指出，揭穿他们附庸风雅的假象，作为一桩笑料如何?”施凌云点头要去，二人一同出门。沿堤跨桥，说说笑笑走了一阵子，果然有一带柳林，朝雾猕漫，郁郁葱葱。这一带柳林长约一里，疏密相间，有的俯卧水面，有的斜傍山岩，有的靠奇峰，有的覆小桥。翠柳浓荫的地方有一个亭子，北边有墙挡住，四周环着的红栏杆上面可以坐人。每年暮春，风和日丽，莺歌如织，游人若市。那天游客有在地上铺红毡白毯的，也有在树下摆起高桌子的。侍童扇火烹茶，少女弹琴奏曲，十分热闹。于和、施凌云二人顺着人少的地方游逛，来到亭旁一看，果真那个姓李的老兄在亭内大摆宴席，和一个少年对饮。东边还有两个空位，像是等待没来的客人。桌前敬酒的都是非常漂亮的歌女，还有四五个歌童奏着细乐，十分高兴。施凌云站在一棵大柳树后面细细端详那二人的举止。李宪章一再劝那个少年喝酒，只喝得酒意醺醺，诗意盎然，教家仆备来笔砚，站起身来在亭子屏风上题诗。写的字有手指头那么大。施凌云看诗：

线线金丝垂碧空，

澄蓝翠绿簇春浓。
好风有情能识路，
时吹莺曲过亭东。

施凌云不禁惊喜，此诗笔墨俊秀，堪称行家。正在暗想……一个标致的歌女拿着一方白绫，求那少年题诗。那少年毫不推托，蘸笔构思，将那个女郎看了两眼，一挥而就，微笑着投了笔，又和李宪章喝酒。那女郎道了谢，拿了绫子到亭侧一张条案上晾墨，早有一些闲人围上来看。

施凌云趁机挤入人堆儿里去看绫子上的字，写的是五言律诗：

绝代无双色，
暖人心自怜。
春山秀眉黛，
新月当玉簪。
娉婷梨花白，
婆娑倩柳弯。
轻歌复曼舞，
欲语怯羞言。

施凌云看了不禁失声赞道："好诗！好诗！真才子也！"李宪章和那少年佯作不知，搳拳饮酒。于和忙把施凌云叫过来责怪道："老兄叫嚷什么？老李听见了还不笑话你？"

施凌云道："那少年是谁？诗写得清新雅致，我怎能不叫好！"于和道："你的眼光向来很高，怎么看了这两首诗，就不由自主地说疯话？"施凌云道："我从来不会装假，好就说好，坏就说坏。这两首诗写得真好，你别怪我。"

于和道："你知道这两首诗是真是假？是新是旧？"施凌云

道："这两诗都是应景抒情，那能是假的或旧作呢?"于和道："也许如此，我还要试试。"施凌云道："怎么试?"

于和说："我有办法。"他从歌女中叫了自己认识的一个叫青凤的道："我看那少年文思捷敏，这儿有一把扇子，你拿去请他能否给写首诗。"青凤笑道："于二爷请他写，快拿来扇子。"于和从扇落子里取出一把白素扇子，向施凌云道："出一题目才好。"施凌云道："即以歌童作题吧!"青凤早已会意，收下扇子，上了亭子，向那少年道："敬请大爷在我这鄙陋的小扇上题一首诗。"那少年问道："你还想要诗?写什么诗好?"青凤笑道："我们以歌舞糊口度日，请大爷最好写一首咏歌的诗。"说罢将扇子展开放在桌上。

那少年点点头说可以，蘸了蘸笔，青凤在一旁研墨观看，一会儿就写完了，他自己看了一遍说："拿去吧!"递给她了。青凤接过又道了谢，拿着扇子下了台阶，来到于和面前交了扇子道："于二爷看，写得好吗?"施凌云一把抢了拿过来一看，是一首七律，这样写道：

低音短促高音长，
宫调噎抑羽调昂。
字分清浊贝齿冷，
词吐馥郁樱舌香。
春柳柔枝流宛啭，
秋枫丹叶涌曲江。
泠泠山泉入新调，
鸠燕停云斗巧腔。

施凌云看完，不禁大声叫好。向于和道："真是才子!我刚才不是说他是才子吗?怎么样!不能错过眼前机会，务必前去见面。”于和道：“素不相识怎能冒昧！”施凌云道：“这并不难，我把老李叫来，说明来意，让他先去通报一声好了。”说完径直去到亭子前面，高声叫道：“李兄好！李兄好吗？”李宪章装聋，毫不答理他，只是和那少年谈古论今，评论得失，谈得很是投机。施凌云以为他真的没听见，就再靠前走了几步大声道：“李宪章兄！难道你不认识小弟施凌云了？”

李宪章那时斟了一大杯酒放在桌上，伸着脖子嘬饮，差点把脑袋泡在酒里头，那里听得见有人叫他！施凌云声音愈大，他就喝得愈猛，以后索性闭上眼睛，枕着杯子睡了。

施凌云大声喊叫，于和觉得不大像话，把他拉过去道：“前些日子你说人家，今天你怎么了？这样岂非有伤大雅？”施凌云焦急道：“见到了真才子，一刻也不能耽误。”说罢甩开于和的手，跨着大步，直奔亭子而来。

欲知后事如何，且听下回分解。

第十二回

柳丝莺歌织春色　黄花红叶叠秋光

试笔画新竹，

吹笛怀良朋。

山回窘无路，

展卷海云腾。

且说施凌云慕才心切，旁若无人，直上亭子拱手道："给您请安！我是博陵施凌云，专诚拜见。"那少年看也不看，头也不抬，翻着白眼道："你是干什么的？杭州城里我从来就没有听说过有个姓施的。"施凌云道："我是个读书人，李老兄认得我。"

那少年道："看你这样子是想喝酒。"施凌云道："不是，我自幼恃才傲物，至今还没遇上过对手。看了仁兄笔底生花，才气纵横，想引以为友，抒发胸中之块垒，岂为贪酒而来！"少年笑道："听你说的想是能写上几句诗，但是我说的所谓诗，不是那些田野牧歌，粗言俚语，必定要象古代七步成章的曹子建，醉中作歌的李青莲那样，才能称为才子。看你这模样，是一个穷书生，既使能诌联上几句，谅必信口开河，杂乱无章，怎么是我的对手!”

施凌云听了这话，坐在左手的空位上冷笑道：“空谈无益，不如赛上一次，谁优谁劣，便知分晓。”少年道：“你有赛诗的胆量很好，但是你我初次见面，彼此不知深浅，诗太拙劣必须依照酒法惩罚。现在李先生已经醉卧不醒，请谁来监酒仲裁。”施凌云道：“这儿有我的一个朋友是杭州闲人，请他来做仲裁如何?”话音未落，于和进亭子施礼遭：“二位明公若想赛诗，鄙人甘愿击鼓摇旗。”

那少年道：“既要赛诗先喝上几杯，虽说你不是为酒而来，也应濡润枯肠。”说完摆了一下手，叫于和坐下，侍童斟酒。

施凌云喝了两三杯，诗兴油然而起。他说：“快出题，慢了我的十指都要化成龙凤，飞舞空中了。”那少年道：“我若是只考你一人，你一定会说我恃才慢客；若和你分韵，各写各的又难辨优劣；还不如二人互相联句，我们一段一段地联，美人捧杯斟酒，歌童唱曲佐兴，歌罢，酒尽，诗成。若不能联句，立即罚他喝三碗凉水。若有佳句，每人陪饮一杯酒应和。若出口的诗粗俗鄙陋，不合韵律，就以黑墨涂脸，叫人撵出去。那时望恕我粗鲁，不徇情面，请贵客端详定夺为宜。”

施凌云大笑道：“有意思！太有意思了。我从来没有让人涂过脸，今天承蒙涂抹却也有情趣。请慎重考虑，贵主人的尊容不宜涂墨，就用银硃吧！怎能料道钟馗的笔到底拿在谁的手里！请快出题吧!”

那少年道：“何以为题，以今日万柳堂前闻莺为题就很好嘛！”说罢叫人拿来一张长幅花笺平展在桌上，美人研墨，自己站起身来先写上题目：《春日柳林闻莺》，写了起句：

阳气融融暖，

写完放下笔。美人捧觞，乐童拿起丝竹奏起乐曲，施凌云提笔接道：

柳林莺咄孳。

和风理氄羽，

那少年看了点点头，说，“还可以。”叫美人斟酒，乐童唱歌，自己起身，蘸笔接联道：

春雨舒细肢。

几日添新绿，

施凌云看了，喜形于色，忙联道：

林野遍黄雀。

往返穿青云，

那少年不等施凌云放下笔，赞道：“写得真美！这句‘往返穿青云！’。”施凌云也笑道：“贵主人若能联此句，我佩服你是才子。”说完喝酒唱歌，那少年从从容容提笔联道：

转侧飞白雪。

随风挂锦幄，

施凌云胥了点头道：“联得好，‘白雪’对‘青云’的对仗妙极。美人快给我们每人斟三杯酒，我们一同喝。”

于和道：“我想‘穿青云’是否从绿柳黄雀的句子里引申出来的，但是‘飞白雪’不知出自何典？”施凌云道：“什么典不典的，眼前不是正在飞吗？”用手指着亭外飞舞的雪白柳絮。又联道：

摇枝度金梭。

鸣啭朝至暮，

那少年道：“不用这么起来坐下的，索性写完了喝酒。”施凌云道：“我也希望这样。”那少年提笔接着联道：

斜掠影婆娑。

美人饰簪佩，

施凌云提笔联道：

君子乐雅音。

那少年拍掌叫好道：“奇才，奇才！”施凌云接联道：

骏马立踟蹰，

那少年提笔联道：

闻者宽衣襟。

莺舌韵何巧，

施凌云又联道：

春山绽花明。

拭目观枝颤，

那少年不断称赞，又联道：

聋者听鹂鸣。

形去音似绝，

施凌云看了大笑道：“意境新颖，构思绝妙。起初实写星就是星，鸟就是鸟，二者相隔。现在柳即鸟，鸟即柳了。如影随形，情景交融，除了我施自持，谁还能联得出。”说完就接着联道：

翩连声如泻。

相慕邀相见，

那少年即结句道：

畅饮旨酒冽。

写毕，二人大笑，整衣深深躬身施礼，重新就坐。那少年笑道："久仰仁兄大名，确实名不虚传!"施凌云道："今日结为文友，敢问贵人尊姓大名。"少年笑道："先别问姓。"施凌云道："知己相逢，岂有不通姓名之理?"那少年又笑道："说出姓名恐又遭仁兄轻蔑了。"施凌云道："贵人如此才华，漫说是富贵之家，即是贫寒之门谁敢轻慢?"

那少年道："仁兄既已允诺不加轻蔑，小弟就说真话了。小弟不是别人，就是李宪章兄说的贲侯之子璞玉。"施凌云听了这句话大笑道："原来是公子，久仰！久仰!"又躬身施礼。璞玉刚要还礼，忽然李宪章大打呵欠，睁眼起来，一看施凌云在这儿，大声道："施三爷为何这么没有骨气！那天你不是说富贵之家没有才子，不愿与这些人为伍。我邀请你，你摆谱儿，中途借故走了。今天没人请你，却自己来了，跟我一样巴结权势。"

施凌云大笑道，"甄光引起我的误会，我错把公子认为是他那种人，失礼了。其实我的失礼是从李老兄你这儿引起的。"李宪章更是大声嚷道："怎么又成了我的错了?"施凌云道："如果你不把我引到甄光那里，我早就见到贲公子了。"

李宪章大笑道："那天你没有替我解围就走了，毕竟不算才子。那天你那样说，今天又这样说，真乃'巧言如簧，颜之厚矣'!"于和道："老天爷不叫你死，才让你摆脱了甄光的阵势。"众人大笑。

璞玉道："闲话少谈，大家都请坐。"说罢将残肴撤下，又往东边桌上让客。施凌云起身告辞道："今天认识了，改日我必到尊府衙门拜谒，现在恕我告辞了。"

璞玉忙拉住他的手道："我们见面不易，尚未略表薄意，为何便要离去?"施凌云道："不是我任意离席，见公子在这里摆设如此丰盛的酒宴，谅有贵客。小弟无心巧遇，恐有不便。”

璞玉笑道：“仁兄猜测今天的贵客是谁？”施凌云道：“足下的友人都是公子王孙，我哪能猜到！”

李宪章笑道：“我替你解谜吧！所谓贵客就是你施自持老兄。”施凌云道：“李兄别说笑话，真的是谁？”璞玉道：“真的是老兄。”施凌云惊道：“公子的华宴早已准备在此，鄙人偶然巧遇，怎么是要请我呢？”

璞玉笑道：“小弟直说了罢。自从李兄向我说了老兄之才，小弟梦寐以求，殊不能忘，以期早日见面，但料知仁兄嫌小弟无才，一定不来。我和李公商量，他说仁兄远避富贵，真是疾恶如仇，爱才如命。所以在这儿备了薄酒，求于公以‘桃花引渔翁’之计，作了几首歪诗，以启仁兄之诗兴，不料却蒙青睐。刚才李公佯醉卧睡和小弟假装不识仁兄都是戏谑罢了。现将我这一片真诚都包涵在这杯酒里了。贵客不是施自持兄还有谁呢？”施凌云听了这些，恍然大悟，便大笑道：“贤弟慕才心切，古人也不可多得。贤弟求贤之举远在古人之上矣。李兄体会公子之意玉成此事，亦不可多得也。”

李宪章笑道：“怎能说是不可多得，这就叫尊重不如激将罢了。”施凌云又向于和道：“公子既有此心，不对我直说，为什么这样转弯抹角？”于和道：“我若直说，老兄又是持重不来了。”众人拊掌大笑，重摆杯箸，让坐就位后，丝竹齐鸣，且唱且饮。

璞玉在言谈之间打量施凌云的面貌，真是：身躯如须弥山，眉宇似横山，气清脉通，犹如一池秋水。骨正音和，恰似十里清风。二人才气相投，心意融洽，交为挚友。

这里说的万柳堂即西湖十景中的柳浪闻莺。前人张际亮诗：

"藏声莺飞鸲鸟饲，三春雨逗柳花开"。就是这个地方。四人谈笑饮酒，直到日已偏西，酒罄语尽，才依依惜别。

良朋益友话不尽，

典衣沽酒叙心欢。

璞玉从西湖回城，已是日落黄昏，忙到老爷屋里请晚安。自此璞玉有了一个知已，一个月就有二十天不是施凌云来璞玉这儿，就是璞玉去访他。诗文之乐有过于闺阁粉黛，前几日思香菲，想紫榭的忧愁逐渐消散了。一日派往苏州的高珍、福海回来说："赍姑太太去年冬天没能回苏州，这里的家宅院落都已破旧，大部分已经坍塌。今年春天才派杜麻子去维修。杜敬忠在奴才们到的前几天——二月三十日才回来。他说：我们太太命我到家，先去杭州请舅太爷安，呈报书信。你们可能见着了，宅院大都塌毁。看家老汉也已去世，他的老婆孩子都是一问三不知。满院子都是租赁房子的住户，一时也不能全搬出去，大多数说向看家老汉交过一年的房租。我们太太的吩咐很要紧，尽量能在今年八月搬去。修缮这些宅院一小部分也得花不少钱。此地百物昂贵，我哪儿也指望不上，眼下不能去杭州。两位兄弟来得正好，先将这书信、礼品呈上舅太爷。我将这儿的事理出个头绪之后，五六月间必定亲自去见面。我们在那儿住了两宿，看来一切都困难，就回来了。"

那天赍侯出城带领部属官员去海边巡视。金夫人叫他们到内宅回话，把事情问明之后，又问姑太太究竟何时搬来。高珍道："奴才我看来土木工程四月中旬以后才能开始。那宅院眼前只修正房，今年能不能完工还不一定。姑太太肯定要来，恐怕要到入冬以后了。"说完将信件和礼品呈上。

金夫人叫璞玉读信封：

小妹贲珠垂袖躬身敬请

兄嫂大安

呈上

金夫人打开信封，读信，信上这么写的：

同胞骨肉，相违多年，山川远阻，鱼雁隔绝。引领长空，浮云蔽日，缩地无方，何以解忧？

自辞别老太太尊前，妹家运多舛，饱尝艰辛。迩来，老母仙逝，兄又远迁，妹未能往，时切萦思，鼻酸泪潸矣！

去春，大嫂亲临，热心商定小女婚事。妹日夜企望南方，以践秋约。无奈家贫运乖，迟迟误期矣。

今先遣杜敬忠敬请兄嫂大安，并修缮旧居，唯不知力能从心否？请兄多加照拂。俟家园修竣，杜敬忠回，即践良约。

薄命小妹百拜

谨呈

兄嫂台前

小女粹芳、小儿孟瑞跪禀、恭叩舅父母大人万福

金安

不等璞玉读完，金夫人早已伤心落泪。这时忽听敲云板，贲侯回来。那时高珍等早已退出内院。见了老爷，璞玉忙迎出门外。贲侯进屋更衣，喝茶之后，金夫人将书信和礼品交上。

贲侯看了书信，捋着胡子叹息，说了几句话，走出书房，叫高珍等问事。

金夫人打开礼包一看，是盛粹芳母女捎来的针凿等物，还有各种小玩艺儿，看上面的标志分给大家。璞玉回到自己房中，福寿坐在外间窗下织纱。一见璞玉回来，忙起身斟茶。一个小姑娘跑进来从窗外问道："福姐姐在家吗？"福寿答道："在家。

什么事？”那小姑娘从竹帘子旁边递给他一个小包道：“给你！新太太给你捎来的东西。”福寿问道：“这个丫头尽这样儿傻淘气。说的哪个新太太？你不能进来。”说着接过来，那小姑娘不等把话问完，嗵嗵地跑了。

璞玉道：“你拿这儿来我看，一定是粹芳姐姐捎来的东西吧！这小野丫头特别爱新奇的事儿。”福寿笑着打开包一看，是红纸包着的一只青金石戒指。福寿笑道：“盛粹芳姑娘还把我记在心里。我想那年夏天琴默姑娘从家里来，从手帕里拿出四只戒指，给妙鸾姐姐一只翡翠的，秀凤姐姐一只松绿石的，锦屏姑娘一只玛瑙的，剩下的一只嗞儿（鹦哥绿）玉的舍不得给人，自己留下了。那时凭花阁里满屋子是人，何等的欢乐。但是从新夫人去世以后，这么多人离的离，散的散，嫁的嫁，死的死，真像水流云散，何等的快呀！到现在却是当时最不起眼的玉清姑娘我们俩剩下来，又爬山涉水到了这儿。真是做梦也想不到哇！”说到这时，璞玉抚今怀昔，心下悲怆，差点落泪，勉强说笑道：“那时你很想要那只嗞儿玉戒指，眼馋的不行吧？”福寿笑道：“我那时没有算在人数里，眼馋也没有用。除了卢姑娘，别的还有谁把我看在眼里！比我强十倍的人求着要还没给呢！”璞玉道：“你这是笑话我，那时我知道没有你的份儿，想求过来给你来着。”福寿摀着面颊笑道：“大大地谢您！那时您虽然想求过来给我，可是我这没份儿的人，有啥脸要！”正在闲谈，小丫头传话：“老爷在花园友竹山房叫。”璞玉忙来到逸园。贲侯坐在友竹山房檐下，对龚高他们说派人去苏州修姑太太的房子和捎给用品的事儿。看见璞玉，说道：“你给姑太太写回信，说：这里派人带银子去赶紧修房子，告诉姑太太务必今年夏末启程前来。这儿的房子大概在七月十五以前能裱糊完。将这些事写好。”璞玉领命“嗻”一声，忙进晓宓山堂，将信写好呈上。

赍侯看了一遍，按上小印封上，交给龚高等人，让他们告诉杜麻子，不必前来，把工程完成，将物品托可靠的人，快速捎来。又叫璞玉告诉太太，送给姑太太的江南土产包好交给管家带走。

不几天，一切东西俱已齐备，龚高带着几个可靠的人，包好银两，租船往苏州进发，不提。时光一晃而过，盛夏已去，西风起，黄叶飞，匆匆过了中秋。一日门子传话，宝剑手里拿着红纸请帖进来。

璞玉一看，上边写着：“几日西风萧瑟，思慕贤弟心切，明日是重阳，想依旧俗在南屏山略备薄酒相邀，若不惜步，望偕李兄光临。后学贫生施凌云叩拜。”

璞玉笑道：“一个请柬也与众不同，原来明日是九月初九了。听说西湖南屏山秋色很美。明日我同李先生去就好，但告诉施兄切莫糜费太甚。”宝剑“嗻”一声出去，将那老汉打发走了。

次日璞玉早饭之后，换上便服，同李宪章信步出城。果真西风飒飒，天高云淡，黄草红叶，遍布郊野。古人说：“霸上英豪听《大风》而怀故里，茂陵才子望晴空而思美人”确是真话。

那南屏山是西湖南面的屏障，山里有一寺，名唤“龙井寺”，此地山高林深，危峰峥嵘，满山遍坡都是闲花幽草，雀声樵歌，响彻峡谷。

施凌云昨日来此，借用僧舍，现正与于和在山梁上眺望，见璞玉、李宪章领着几个侍童，信步前来。施、于二人忙上前去笑道：“路不近，为何不骑马?”璞玉迎上笑道：“我总不愿骑马，以徒步为乐，施兄早来了？为什么如此费心！”

施凌云躬身道：“为等公子，昨日来略备薄酒。”说着来到寺前，让路时，璞玉抬头一看，门上的对联是：

兴至临水吟月相

诵毕倚峰闻寺铃

璞玉看了此联，知道寺内有高僧。进到方丈坐下。因寺主高超禅师正在坐禅，不会宾客，只有住持和尚出面迎接。那房间打扫整洁，极为清雅。隔子、隔扇虽未精雕细刻，摆设却素雅大方。墙上有一图画的是一个判官，头戴纶巾，身穿黑蟒袍，两手倒背在背后，信步闲踱。后面有一裸体瘦鬼，手持破钵、破伞，跟在后面。笔墨之间涵有一种特别高雅的意境，勾勒刚健明快，绝非鄙俗商贩的作品。璞玉赞道：“这张画是从哪儿得到的？”住持道：“是附近一个人画的。”璞玉问道：“此人住在哪里？姓氏名谁？何许人也？”

住持道：“也是我们空门中人，年纪尚轻，住在灵隐寺。”正在说话之间，众人道：“怎么不进家坐，老是站着干什么？”侍童端上茶来，璞玉才向众人躬身施礼，围着八仙桌，分宾主坐定，上菜斟酒。于和道：“世俗今日登高插茱萸，喝雄黄酒，这是何意？”李宪章道：“《古事须知》记载：汝南人桓景为费长房弟子。长房谓桓景曰：‘九月九日汝家当有灾。令家人各做绛囊盛茱萸以系臂，登高饮雄黄酒，此祸可除。’桓景依言避祸，归来鸡犬皆死，后人效之。”

璞玉笑道：“我们又不是费长房的徒弟，效仿他做什么？”施凌云道：“我们今天聚会不是仿他。一则清晨登高，纳天地之清气，得重阳之节气。再则《诗选》上有：“开到荼蘼花事了”①，从这节日以后，登山就没意思，趁此谈笑一回罢了，绝无避灾之意。”于和道：“我家不用说狗、鸡，连猫也没有，却有几只老鼠，死就死吧！”众人都笑了。

施凌云道：“我们这样无声无息的喝酒，没有意思，行个酒令好不好？”璞玉笑道：“今日既承仁兄雅意，不论何令，定当奉陪。”施凌云道：“酒令宜新奇，李兄年高识广，博古通今，宜推举他为令主。”李宪章道：“今日主客是贲公子，还是请公子出令。”

璞玉只看墙上的图画，向住持问了几次那位画僧的姓名。住持道：“此人年纪虽轻，世间功名，不屑一问，性情开朗，人称月江。”

李宪章又催促璞玉出酒令，璞玉谦让几次，以后还是由李宪章承担下来。他让大家清了门前酒道：“你们听我说。”

欲知李宪章的酒令，且听下回分解。

① 开到荼蘼花事了——宋・王淇《春暮游小园》：“一从梅粉褪残妆，涂抹新红上海棠。开到荼蘼花事了，丝丝夭棘出莓墙。”荼蘼，蔷薇科落叶灌木，初夏开大朵白花。施凌云引用初夏开的花来说重阳，作者含蓄地讽刺这位才子把重阳、端阳两个节日弄混了。

第十三回

妙鸾遁身入白云　绿野喷香化黄丘

独坐衫薄寒透袖，
红栏暖阁着轻裘。
卧听道观钟声清，
掀帘北山积雪厚。

话说李宪章，听别人让他行酒令，就对众人说：“诸位让我行酒令，且听我说：此令先翻骨牌，出一副儿叫出名称后，从唐诗中找出相应其意的一句诗，还得故意说错一个字，人问为什么要错这个字，还得从唐诗中找出一句相应的诗来解答，这算完成酒令。如若不能相应其意，则应罚酒三杯。”

于和皱着眉头道：“这个酒令太罗唆了，谁能记得那么多的唐诗！”施凌云道：“酒令要难的才好，容易的还能难得住谁？”

璞玉道：“那么还得请一位翻牌的人。”正在说时，高超禅师听说来了稀客，托住持僧将自己珍藏多年的一瓶绍兴酒送给客人和檀越，众人即请住持翻牌。住持也不推让，坐在一边，扣了一盒骨牌，一个一个儿翻着，捡出两个大二、一个二四，笑道："出了一副儿，名叫'十月小阳春'。"李宪章应联道：

但愿今春喜事添，

春城无处不飞绵。

住持问道："本是花，为何读成绵？"李宪章又联道：

门外花谢无人问。

喝了门前酒，轮过了他的班儿。

众人说："联得很好！"住持又拣出一个大五、一个幺五、一个大幺道："又出一副儿，叫'雪融春讯来'。"向右转，正好轮到璞玉的班儿，他无奈喝了门前酒联道：

东风阵阵拂水碧，

各人自除门前雪。

住持问道："本是扫，为何读成除？"璞玉应联道：

几度呼童扫不开。

他喝了门前酒，完了轮值。住持又翻出两个长三、一个三四道："又出了一副儿，名叫'竹林七贤'。"施凌云联道：

因过竹院逢僧话。

住持问："该错什么字呢？"施凌云道：

贤臣归去轿如飞。

住持问："本是马，为何说成轿？"施凌云又应联道：

雪拥兰关马不前。

喝了一杯，轮完了他的班儿。住持又翻出两个长五、一个幺五，笑道："又出了一副儿，名叫'梅梢月上'。"于和知道已经轮到自己，只得喝了门前酒，安之若素，不理这回事儿。住持几次催促，于和佯作不知，眨巴眼睛道："花上升起月亮就升它的，叫我怎么着?"众人忍俊不禁道："不是叫你怎么着，读句唐诗应联就行了。"于和道："我不是早就说了，什么唐诗嘛文的我都不懂。"李宪章道："你既然入了我们的席.若是犯规，必得受罚，不管怎的，读一句自己记得的诗就能过关了。"住持道："不能信口瞎念，必须符合骨牌名。"于和着急道："我应了联，师傅不要生气：

月上游僧敲人门，

众人知道他信口胡诌，哄堂大笑。住持也起身，斟满一大杯酒，揪住于和的耳朵，要往他嘴里灌。于和笑着央求道："师傅饶了我吧！我实在不是有意讽刺你。古时有一个野老骑驴入城，他正构思诗句，误撞了韩文公的车驾，文公叫差役抓住他。文公回衙门一问原因，野老说：'我在驴背上得了佳句'鸟宿池边树'，想找个对偶句，'僧推月下门'，又想起'推'不如'敲'，正在驴背上用手比划'推'、'敲'的动作，不慎撞了相公的车驾。韩文公大喜，引为诗友。我念的就是这句诗。"

住持道："那句诗原来是五言，你为何随意改成七言，添了两个字?你应当喝这杯酒。"于和无奈求施凌云替自己联句。施凌云道："我虽替你联了，你也该先喝三杯罚酒，而后我才替你联。"于和听了，真的喝了三杯。施凌云替他联道：

花香月更明。

住持叫于和继续联句。于和想了半晌笑道：

云淡风轻近冬天。

众人大笑道："该罚。这和前头的花梢月上更不切题，改字读的又是文不沾边儿。"于和叫嚷道："你们随便读一句就没有不合的，我索尽枯肠改了一句，怎么又说是错了呢！"宪章道：

“云淡风轻，说的是春日的和煦天气，如何能接上近冬天的字?”于和无奈喝了三大杯酒，又求施凌云应联，凌云道：

劝君更进一杯茶。

于和忽然嚷道：“你们听！你的这句与花月有什么相干?”施凌云摆手道：“你别说，且听下句!”住持问道：“本是酒，为何说是茶?”施凌云又联道：

寒夜客来茶当酒。

众人同声拍掌大笑，说：“妙极！妙极！‘夜’字恰好与上联的‘月上’一词贴切，将上几联诗句的脉络气韵都弄活了。虽然是古人现成的诗句，配搭得非常恰当，施三爷真是才子!”众人赞叹不已。于和挽起袖子与众人划拳，喝五吆六，只喝得酩酊大醉。这时贲府家丁来叫璞玉，说去苏州城修房子的龚高等人回来了。璞玉怕老爷有什么话要说，催众人吃了饭，在高超禅师的门前，行礼道谢，又和施凌云、于和辞别。为了图快，同李宪章一同乘船回来。

那时于和大醉，两腿踉跄，摇摇晃晃地同施凌云回孤山不提。

原来龚高等人在夏初曾奉贲侯之命到苏州，以后将信函和礼品寄往北地，协同杜敬忠，将土木工程夜以继日地赶作，截至仲秋下旬已翻新复旧完毕。十多天以后，贲夫人母女才回来，在家里住了几天，即派杜敬忠同龚高前来，一则答谢兄嫂修缮房舍的恩情，再则禀告自家老少已经平安到达。贲夫人从西河出来，行程最慢初秋时节也该到了，为何这时才到，乃因又逢一段奇遇。

笔者未谈萦思念，

说出明公惊奇闻。

原来贲夫人家境贫寒，贲侯信函到后，方才料理一切。七月末从西河启程，将孟太守的灵柩载在别船，子女和家仆十五六人分坐三只船南下。赶路时正好是三秋季节，西风顺吹，风力大，最宜行船。不料遇着逆风。天气干旱，虽说在河上行驶，却比旱路还要热，就像在蒸笼里一样。盛粹芳叫梨香打开箱子拿出已经放好的绢扇。贲夫人道："近几天奇热，想来可能变天，你们该早点儿拿出夹衣才是，为什么还拿出扇子?"孟瑞笑着从舱窗里指着江流道："太太看！那远方岸下渔船上的几个渔民不是都光着膀子，有的找虱子，有的收拾鱼，尤其那船篷下喝酒的渔民当中的一个小伙子不是拿帽子当扇子扇着呢。"正说笑着，贲夫人心中虽然因运气不好，满腹忧愁，但膝下一双子女，能朝夕解闷儿，心里也觉十分清爽。

一日午后，船到瓜洲边儿上，忽然从西北天边涌起墨黑的云朵，雷轰电闪，江上忽起狂风，耳听万马奔腾之声。瞬间波涛汹涌，江天一色，黑云漫江，狂风呼啸，不分东西南北了。

贲夫人的船在银涛雪浪里随风颠簸，但见两旁水柱高涌如山，将这些船只夹在中间，势如飘飞。贲夫人同子女拥集在一起，闭目合十，只是念佛祷告。这时船只忽然闪转进了江汊。

孟老爷的灵船在狂风骇浪的大江里旋转得像车轮似的，忽沉忽浮，情势危急。水手们一个个丧魂落魄，齐声惊呼，力撑篙竿。时因风力太大，支撑不住。忽然"啪嚓"一声巨响，撑篙断了，船头碰撞河岸，裂成两块。幸亏船尾早已转过，入了小河汊，未成大祸。忽而雷鸣电闪，下了倾盆大雨，后来风稍住了。

贲夫人在船上受了惊，又知道灵船船头撞坏，内心烦躁，头晕眼花，恶心呕吐，那只船还是颠簸不停。丫鬟元宵大惊，问婆子们道："附近岸上有什么村庄？是不是让太太安歇一下？"船夫们正想修船，连忙答道："此地名叫平安乡，岸上有座道姑庙，叫'白云庵'，太太可到那里暂时安歇。"

那时已是雨过天晴，婆子们抬头一看，果然离岸不远的一片树林子中有一处竹篱茅舍，隐约看见其中还有几间瓦房和小红门，进去禀报。

元宵道："太太身子不舒服，何不去那里安歇一会儿，等水手们把船修好以后再上船也不迟。"贲夫人只得应允，教元宵搀扶着，领着子女，先看了孟老爷灵船毁坏的情况，酹酒祭奠慰灵，和丫头婆子们上岸。那时家仆们忙着修灵船，并派人到白云庵去联系。

孟瑞因监修船只没有去。这时雨霁风停，在江岸的一片平沙上步行，细沙发出格扎格扎的声音，很有意思。贲夫人上岸走了几步，心里宁静下来。抬头四望，青山疏林，木桥茅舍，真像一幅山水图画。穿过树林，横越田地，不到半里路已经来到了白云庵前面。山门两侧松柏参天，庵后是一片竹林。庵主领着两个徒弟出来合十施礼迎迓。

贲夫人端详那位女道人：鹤发童颜，身穿鹤氅，脸上的皱纹都透着对人的关心。贲夫人笑脸相见，进了小山门，先拜了普陀观音。从右侧绕进，到了大殿前面。石阶两侧有四株古柏，满院种着各种芬芳的菊花，如同锦绣铺地。看东西厢房和回廊，俱是清素淡雅。大殿正门上有《白云芳里》四字匾额。两旁楹联是：

残月寒风晨钟暮鼓

芳草净花心香慧灯

贲夫人看罢，不住点头赞叹。在三清道尊像前烧香礼拜后，女道人敲钟，家仆布施香钱，女道人请贲夫人到云房里坐下。

女观主叫声“菲棠”，出来一个小徒弟，头发刚长，面目清秀。观主道：“你去取你师傅的细瓷茶杯来，给这位太太敬茶。”小女徒应声去了。贲夫人问道：“此庵除道尊以外还有师傅？”观主笑道：“虽说是她的师傅，也是我的徒弟。去年才来此庵，年纪很轻，容貌秀丽，心灵手巧。只是她的来历不明。问她，只说是避难的，问她避的什么难，她只是哭，也不说清楚。我料她不是大家闺秀，就是千金小姐。贫道至今也没有一个可靠的徒弟，就叫她住在云房，掌管小庵的仓务。那人也真怪，平时无事就不到这院里来，要是听说来了一两位老施主更是闭门不出。只是扬州城里大官人家的夫人小姐们来烧香，我才叫她出来作陪。”正在说时，菲棠取了两个汝窑茶杯放在盘子里端了出来，随着出来一个女道士站在云房台阶上，贲夫人看了大吃一惊。盛粹芳在椅子上看那个女道士，只见黑发梳髻，发根束戴着妙常道冠，两条飘带垂在背后。身穿秋香色竹布广袖夹袍，上罩蓝白两色坎肩。生得白玉无瑕，鸭蛋脸，玉雕金刻的俊美高鼻梁，双眉细疏，明目皓齿如西施，削肩蜂腰似昭君。手持拂尘，侧着身子，孤单单地站在那里，鼓起樱桃红唇看人，楚楚可人，好像是相识的熟人。粹芳正一时想不起来，元宵失声道：“哎哟1这不是贲府的妙鸾姐姐吗？怎么到这儿的？”这时那个女道士满面喜色，快步走了过来。正是“看花思瓶”，贲夫人从老太太的贴身丫鬟，想起母亲，不禁落泪。妙鸾也跪下抱着贲夫人的腿抽泣起来。

盛粹芳连忙起身，拉住妙鸾的手，脸对脸地哭了一阵子，方才点烟安慰。贲夫人问道：“姑娘在什么时候，为什么到了这个地方？”妙鸾道：“说起来话长，这儿不是说话的地方，屈姑太太大驾，请到我的云房里坐。”贲夫人欣然起身，妙鸾引路，从大殿东边进了花墙的方门。小院里花木扶疏，白石路上布满绿苔，遍地是秋草。东边山石上有几株苍劲古老的梅花树。右边是小湖，在瘦峭的石峰旁桂花正在盛开。贲夫人、粹芳进了云房一看，外屋两间，满墙挂的字画，桌上陈设的香、小木槌等诵经用具，都非常精细雅致。粹芳看了一阵子笑道：“这屋子真不愧‘云房’二字。”妙鸾将贲夫人请到正面的座上。女观主见她们那么亲近，格外尊敬，出去备饭。

贲夫人给妙鸾个座儿，叫她在绣墩上坐下，再问详情。妙鸾未说先哭，抽泣着说道：“我差一点遭了大难，可能姑太太也知道个大概。那年二老爷忽然动情，要把婢女要去当小老婆。我哭着不从，当时因为上边有老太太作主，这事儿才没成。等老太太归西以后，我们老爷发了善心，将婢女打发回家。那年二老爷又教唆我那傻兄嫂逼着要我。我哥哥知道我不去，以服满老太太二十七个月的丧期，以后再说为理由，拖延下来。没想到去年春天丧期满了，我们老爷又要南迁，婢女准知道逃不出二老爷的手心，所以我求太太在南下时准我跟着，但是太太为了避本家的嫌疑，拒绝带我。那时我除了死，没有别的活路。所以趁我哥哥因公出差的空儿，我收拾细软装了两个箱子，租船跟随太太到了这儿。没想到老太太健在时看我效了劳，赏给我的丫头菲棠却病倒了。幸而遇见这位女观主发了慈悲，将我收留在这儿。恩重情深，我拜她为师，当了徒弟。古话说‘受恩之地即安身之所’。我是没有出过门子的人，从小承受老太太的雨露重恩，说句不知高低的话，虽是大家小姐也不见得有我吃穿的好。现在我年近三十，也不求什么才子佳人的缘分，只在这青灯古仙之前，以晨钟暮鼓了却我这一辈子罢了。”说着鼻酸掉泪。盛粹芳听着也禁不住流下泪来。

贲夫人道："姑娘也太乖僻了，你只要随了二老爷的心，在他跟前还能缺你的吃穿？"妙鸾一听，知道贲夫人向着她娘家哥哥。长叹着只说了一句："我怎么能往火坑里跳！"以后，问起贲夫人的事儿和盛粹芳穿孝的缘故，贲夫人又从头到尾地说了一遍。

俗话说："仇人相见如芒刺背，恩者相逢锦上添缎"。盛粹芳、妙鸾二人原来就要好，今朝又遇故知，比平日更亲热十分。不久，观主让道人端来素膳，贲夫人也不推让，母女二人和观主、妙鸾四人同桌用饭。

饭后闲谈，妙鸾提起旧事，感慨地说："我们贲府，自从大爷成亲有了夫人以后，众美星移云散，接着下一辈小姐和我们这些姐妹们也如同风吹雨打，天各一方了。回想盛、琴、卢三位小姐同在我们府里时，和我们两位小姐是何等的欢乐。到如今转眼之间，这些人也不知到哪儿了。今年春起我到平山堂看看，新坟里有金府琴姑娘的石碑。从这儿可以说，世上的事情真没法料定。谁知道琴姑娘这样下世了！"盛粹芳、贲夫人二人听了这话，同声大惊道："这事儿是真的！琴姑娘是怎么死的？我们怎么不知道？"

妙鸾道："我也不知道怎么死的，只是在石碑上写得明白。平山堂离这儿不远，姑太太不信，可以去亲眼看看。"贲夫人念佛叹息。盛粹芳不禁流泪。问起平山堂有多远时，家仆带着孟瑞来禀报："老爷的灵船坏得很厉害，一两天修不起来。奴才们想租别的船，船主不依，说要全价。别的船主也不愿抢别人的行，不给租船。我们没办法，仍旧商定修理那只船，即使日夜赶修也得六天。因此禀报太太。"贲夫人无可奈何。女道人为着多得点银子，频频苦留，赉夫人也就允诺，派人将孟老爷灵柩抬进庵堂，烧纸酹酒。

晚上粹芳又提起旧时姐妹们。妙鸾用手指着说；“那墙上挂的山水画是那年卢姑娘从绿竹斋临走时送给我的。我特别喜爱这幅画儿，不舍得离身才带出来了。上面有卢姑娘亲笔题的诗。”粹芳挨近一看，是米襄阳的《烟雨图》水墨画，树上，竹子上都是雨景，画的空处有卢香菲的题诗：

梦里依稀度几秋，
重阳岁岁风雨愁；
但怪今宵伤缱绻，
更多悲怆碎心头。

盛粹芳叹道：“卢姑娘早年写这首诗，不知掉了多少眼泪。”妙鸾笑道：“卢姑娘的眼泪掉没掉不太清楚，只是我们璞玉看了这首诗流的泪水恐怕洗碗刷锅也足够了。”

盛粹芳道：“真的，有没有你们大爷写的诗？为什么在这上头不写？”妙鸾道：“没有看到我们大爷写的诗。他画的一幅山水画和琴姑娘画的花和蝴蝶两幅团扇面都留给了我。我托人叫司丹青裱过。”

粹芳道：“现在在哪儿？让我看看怎么样？”妙鸾道：“现在挂在里间墙上。”

粹芳就进了里间。

欲知后事如何，且听下回分解。

第十四回

听雨声明提旧事　看梅花悄透新香

旨酒令人醉，
花落掸我衣，
送客向东牧，
黄雀倦游归。

且说梨香忙掀门帘，蜂蜜提灯，粹芳进了里间一看，满屋香烟缭绕，开了纱窗，放下罗帐。北面是炕，窗前摆了经案，东墙上挂着琴默、璞玉二人的书画。

粹芳提灯看时，上面贴着琴默画的团扇面，下边是璞玉的画，画面是方形。团扇面上画的是几枝芙蓉花迎风摇摆，花瓣上的露珠在滚动着，一双白蝴蝶在翩跹起舞，画得栩栩如生。下边方形画是水乡平淡的风景，虽上了些颜料，只是藤黄、广花、赭石等，没有什么过人之处，上面记的是：“乙丑春日，润翰公子画于凭花阁西庑南窗”。

粹芳不由喟然叹道：“还是琴姑娘的笔墨秀气，别出心裁。那知道这人就这么死了！这幅画儿也成了她的纪念了。”说着泪水盈眶。

妙鸾道：“姑娘这么伤心，何不在这画上留几个字，也算纪念旧日的同伴吧！”

粹芳点头道：“不仅在画上留念，平山堂离这儿不远，想明天我亲自去烧烧纸，也算尽尽我们这一辈姊妹的情分。”

妙鸾见粹芳已经有了诗兴，忙叫菲棠上了琴桌，把那轴画儿摘下来，展在案上，亲自拿来笔墨，研墨道：“这画儿再添了姑娘的字，我虽然再也见不着三位姑娘，每天跟三位姑娘的书画相伴，也就如同见着你们的芳颜，听着你们高明的议论。”

那时女道人将贲夫人请到云房，给她讲解《黄庭经》，所以不在这儿。盛粹芳揣摩画的意境，提笔在团扇面上题道：

江村林木晚萧萧，
遥望迷离水迢迢。
南飞孤雁天边唳，
烟月朦胧映板桥。

紧接下款写道：庚辰仲秋下浣余回苏州，路经白云庵，偶逢故友，并观旧画。人去琴留，忧愁何似，聊书数字，略志其事。盛粹芳识。

妙鸾虽然不大懂得诗意，听了粹芳吟读，笑着问道：“姑娘写的字是上边团扇面上的，可是赋的诗为什么却是下边画里的事儿？原来爱见的还是这个斗方画。”粹芳微笑着还没开口，旁边梨香笑道：“妙姑娘刚才谈论书画，其实这屋里有我们姑娘、琴、卢二位姑娘和你们璞大爷的手迹，可你只提三位小姐的旧事，对璞大爷的往事你一字不提。可见你爱的也不在说的，而在没有说的上了！”众人大笑。粹芳斜瞟着眼睛说：“夜深了，你去云房请太太早点儿睡吧！明天到琴姑娘的坟上看看。”梨香去了。不久，贲夫人叫丫头打着灯笼也回来了。那夜贲夫人带着丫头睡在外间。粹芳、妙鸾二人在里间叙谈着小时候的事儿，午夜之后，方才入睡。

次日清晨，盥漱梳妆，吃了早饭，派家仆租了两顶轿子，粹芳、妙鸾二人坐轿，其余婆子丫头们步行去往平山堂。贲夫人觉得身子不大舒服，没有去。

原来平山堂离这儿不远，过了木桥，绕过山脚，穿过竹林，没走六里路就到了一排青松前面。孟氏家仆一二人已经先到，找到了那个假琴小姐的青塚，早已摆了一桌祭菜、香、酒之类。粹芳、妙鸾二人到了近前，下了轿，一群人趟着穿过草丛，沙沙瑟瑟来到高高低低的土坟丛中。粹芳耳里听着萧瑟的松涛，眼里看着红叶黄草，想起琴紫榭生在荣华富贵之家，长于蟒缎锦绣之中，曾几何时，却淹没在荒野杂草一抔黄土之中。想起早年的亲戚，两眼泪水顺着袖子流下来。

妙鸾走到前边指着说：“姑娘看，这碑上不是明明写着：‘金氏舍女琴默之墓’几个字？”粹芳更是泣不成声。蜂蜜忙铺厚毡，梨香捧觞，妙鸾点香。粹芳先鞠躬，跪下酹酒，用沾满泪水的手频频拍着坟前的湿土说：“琴妹妹！你的仙魂已经归了极乐净土，你的香躯埋在泥沙里。咱们小时候窗前学针黹，围炉赋诗的事儿，也只有在梦里相见吧！我今天要回苏州了，酹酒一杯，从此云林山河，天各一方，愿你的仙魂来飨！”未等祷告完，妙鸾已放声大哭。丫头婆子们化纸。梨香、蜂蜜一齐向前扶起粹芳。正如：

美人泪悲蒿草偃，

荒郊风劲纸钱飞。

众人哭了一阵子，只得仍顺着原路回来。不料昨天已经住了风雨，晚上又阴云密布，半夜之后，雨声淅沥，淫雨连绵，天是一时难晴了。雨一连下了几天。贲夫人听讲解《黄庭经》已经入迷，和女道人日夜做伴。粹芳、妙鸾二人在云房里剪灯闲谈。雨点拍打着老梅树，“滴嗒”作响，庵堂檐角的铁马在风中叮叮当当响个不停。二人谈着又说起琴姑娘的事儿。妙鸾道：“琴姑娘可惜是女的，要是男的便成了中原的魁首。”粹芳问：“据你看卢妹妹她俩谁能胜谁?”妙鸾道：“各自都有高人的地方，要说见识的敏锐，心眼的灵快，谁也比不上卢姑娘。坦荡远虑，却数琴姑娘了。”粹芳笑道：“我们这一辈姐妹，美丽福气双全的，正像你说的谁能赶上琴姑娘!”

妙鸾一听话岔儿，知道这是那年她在老太太跟前没人处说的话，粹芳至今还耿耿于怀，急忙笑道：“世事难料呀！那时断定的，有的没想到早就落空了。现在看来，姑娘您的福气可真比谁都全了。”粹芳听了这话，不禁脸上飞红，忙找话岔开道：“哎哟！庵堂的钟响了，跟树叶上的雨声搀和一块儿，可真好听!”妙鸾道：“这个地方，这个声音不在苏州城外寒山寺夜半钟声之下。”粹芳道：“那年春天在你们府的绿竹斋，才刚说过的这些姐妹设宴送我，喝酒时，也遇过这样的风雨。那时东寺的铁马声夹着雨声，哪像今天晚上这么凄凉。时过人亡，那时候的人还有几个呢!”正在闲谈，雨声愈来愈紧了，有时急，有时缓地下着，渐渐晴了。

时间就这么耽搁着，雨后才修完船，七、八天之后，一切准备停当，将孟老爷的灵柩抬上了船。

贲夫人、粹芳舍不得妙鸾，让她一同去苏州，她死也不肯。无奈重谢了女道人，坐上了船。妙鸾等送到水边，挥泪相别。雨后起风，万里清澄，一路无阻地到了苏州城。杜敬忠、龚高等迎出，阖家住上了新宅。于是一则谢恩，二则请安，叫杜敬忠同龚高去了杭州。龚高先见贲侯回事，叫杜敬忠见面。杜敬忠呈上自己太太的书信和礼品，禀报诸事。贲侯问起完婚的日期。

杜敬忠忙打跹回话："我们格格先嫁祁家，因姑爷病重，未等合婚，姑爷故去。因公婆恩重，我们格格答应情愿居丧三年，予以报答。算起来从前年夏天到今年夏天已满二年，来年夏天满期。我们太太教我禀告舅太爷：明年八月是我们格格的吉月，可以完婚。我们本想提前办了喜事，我们格格不依，派奴才禀告。"

贲侯道："虽说是明年八月也不甚远。只恐我任期满了，新官来接任，就要回原籍，怕的是事情都凑在一起。如果真的那样，到时候再说也不晚。你回去告诉姑太太，我这里就照你说的办，外甥女的嫁妆，不用从你们那儿费事，我们这儿不是有一份现成的嘛。"杜敬忠"嗻！嗻！"连声答应。等到贲侯没有什么别的吩咐，才退了下去。

金夫人接过那边送来的东西不提，叫杜敬忠回去。

却说璞玉知道婚事又延期了，如同鲁国人看秦国人的胖瘦——无从谈起。在外则和李宪章、施凌云饮酒作诗，在内则同福寿用紫榭的字画散心解闷。早晨在贲侯处做些小差事，晚间则到西湖游山玩水。不久又过了寒冬，贺了新年，又是一个春天了。

这天，天气特别清朗和暖。璞玉在家里闲得没事儿，想起那年秋天在南屏山看的那幅画的作者，想去西湖寻访他。带着瑶琴、宝剑两个童子，从城西门出去，气候宜人，使人心情格外舒畅。一路上梅花盛开，梅林迤逦地接连起来，成了一片香雪海。璞玉信步走了十多里路，忽然到了一处，山穷水尽，疑是无路。问水边船夫，他们笑道："哪里是路断了！进了山口，风景可美了。"璞玉进了山口一看，林木疏朗而深秀，真是别有洞天，特别高兴，忘了疲劳。越往里走，风景更是美不胜收，不觉又走了二里多路。眼福虽尚未饱，脚力却感不支，到了一个大花园跟前，坐在太湖石上歇脚，观看这个花园：

周遭是弯弯曲曲的流水，里面是稀疏修长的翠竹，飞檐重楼。墙那边红栏绿窗，树那边更为标致。秀雀在枝头上鸣啭翻飞，新花在园里含苞待放。绝俗美景富贵第，定是高官显爵园。

璞玉看那庭院，落落大方，修造不凡，想来必是大官人家，不敢冒昧进入。休息甚久，不见一人，自己想到：虽说是公侯之家，荒郊野外，必是无人看管，进去看一会儿又有何妨！想罢，叫瑶琴、宝剑在门外等候，自己顺着门缝儿侧身入内，往里又走，在山弯峰影里走着。一看，院落敞阔，曲径通幽。璞玉向前走几步，停一步，顺着回檐，到了一座小楼前。绕着台阶下的几株梅花，闻闻香气，抬头看花。忽然楼上有动静，往里拉开一扇窗户，现出了一个半身美人来。

璞玉瞧见了这人，真像《西厢记》里"呀！正撞着五百年前风流业冤。"[①]似的吓了一大跳。

那个姑娘生得眉细长，鼻唇秀丽，真像个仙女。她无意中开窗看梅花，忽然和璞玉照了个对面儿，二人同时大惊。那美人忙将身子隐去，用一只手掩了窗户，稍又看了几眼，又隐去了。

璞玉为什么如此吃惊？原来那个美人长方的白玉嫩脸，细俊的春山弯眉，精琢细雕的鼻梁，樱桃嘴，活灵活现地像那琴紫榭，所以才大惊惶惑，深疑是碰上了仙魂。那美人像是看见了熟人，半掩着脸看了一阵子。璞玉详细瞧了一会儿，正想高声招呼，又怕错叫了人家的小姐。不打招呼呢，因为是五百年前的情缘，又怕错过了机会。正在进退两难，踌躇不决。这时跑出一个小子高声喊道："你是什么人？胆敢闯进我们的院子里？"璞玉忙道："我是远游的书生，沿途观赏梅花，不觉误进此院。"那小子申斥道："这是什么地方，你敢擅自进来！你马上出去！要是慢走一步，我叫人来抓你！"说着照直跑上前来。璞玉知道自已有短儿，不敢说话，忙退出。心里琢磨：如若她是琴紫榭，说她死了，为什么还活着？要说没死，平山堂的土坟、石碑又从何而来？若说那是另外一个人，世上能有这样长相、身材都完全相同的人？心里确实是十五个吊桶打水——七上八下。璞玉恋恋不肯立刻离开，站在门外眼睛直睃睃地看着。稍过一会儿又登上墙根下的山崖，从远处凝视那座楼。虽然小窗户还在敞着，但寂静的不见一人。他正在发愣，瑶琴催促道："太阳已经偏西了，回去的道儿还远。要是再不走，就进不了城了。"璞玉无奈，皱着眉头，忽然想起一件事儿。问道："带来笔砚了么？"宝剑道："在扁匣里，带来了。"璞玉让拿出笔砚，在石上流的泉水里泡了笔，在门前石灰白墙上写了琴默以前在扇上题的《燕哭青竹》诗。这样写道：

青竹！青竹！
似是有缘却无福。
竹燕情真逢甘露，
岂知间阻将人误。

进退盘旋恋谁舞？
远近遮蔽群拥簇。
筑巢栖迟我不能，
哺食反累君遭妒。
西风萧萧促我归，
君悲黄叶飘难住。
相合无缘泪莫弹，
他年相逢知何处！

写完了正想注上姓名，从山谷茅草房里出来两个女人，来到花园门口，看见璞玉在写字，大声喝斥道："哪儿来的疯子！我们府上不是庙，不是游人随便乱写的。我要去告诉管家。"说完跑进院里，哐啷一声把门关了。

瑶琴、宝剑吓坏了，怕有人来抓他们，竭力催促快走。璞玉无奈，收起笔砚，领着两个书童，沿着原路出了山口。

那时日已偏西，游人如蚁。璞玉一则身疲腿乏；二则腹中饥饿，半步也迈不动了。幸好元凯、福海二人牵马赶来迎接，在断桥碰上璞玉，璞玉骑马回去。正是：

有意种花花不发，
无心植柳柳成荫。

你说那楼上的美人是谁？原来，内阁大学士戴新民想选女婿，又得了个小姐。以后他将年迈多病不能居官的缘由奏了一本，圣上恩准戴新民官归故里。他随即带着一妻二女回到杭州西湖梅峪原籍。这梅峪在孤山西边，苏堤北边，山秀水明，清静幽雅。戴新民是世袭望族，豪门巨富，辞官回乡时，杭州城里文武官员理当出迎。但戴新民早已厌倦荣华富贵，一心隐居山林，没有告知城内百官，悄悄回家了，所以没有人知道。琴、卢二人当时虽然不愿意南来，可是身不由己，更说不出什么理由，无可奈何才迁徙到了此地。她们除了早晚在父母尊前请安之外，只能以观赏新居的山水风景解闷儿。花园里面有两座楼，琴紫榭、卢香菲二人常到这儿散步。路远山重，虽无会芳园的景况，但花草山水却别有佳趣，还可消遣。

一日琴、卢二人同坐窗前做针凿，春困乏力，放下针线，二人想去花园，信步出了院门。

香菲指着远山上的一个亭子道："姐姐！你看，那个亭子真像贲府花园中的来山轩。"紫榭道："我倒没有理会那个。我看那两棵大梧桐树却像我们西院里的八角亭旁侧的那两棵大树呢。"说了又长叹道："我们小时候，刚梳着抓髻，在自己的院里尽情地玩，多么好啊！现在远离亲生骨肉，不但见不着面，连音讯也隔绝了，真像又投了一次胎。"卢香菲听了那句话，早已眼泪盈眶。画眉在湖边倚着山子石站着，叫卢香菲道；"姑娘！来看看这个，这儿天冰消了，鱼儿游水了。"卢香菲离开琴紫榭来到湖边。

紫榭的一个丫鬟笑道："画眉姐姐那么傻，春梅花早就开了，还有冰不消的!"紫榭问道："哪儿的梅花开了?"那女孩子道："北墙根下接连回檐的小楼外边，梅花开得可盛哪!"紫榭和那个女孩儿上楼开窗看花，没想到看见了璞玉，大吃一惊，连忙回避，越看越像认识，遮了半边脸再看，更像是璞玉。于是猜想：他怎么到这儿来了？我在做梦不成？捏了捏手和脚，觉出痛来。再端详那人的脸被树叶挡住影影绰绰的看不太清楚。看脸形真像，看脸色是梅花映照的呢，还是春天太阳晒的呢，红了不少。身材也太像了，但比以前胖了点儿，粗壮了一些。紫榭又想：早先听说过，凤鸣州的祁璞玉很像贲璞玉，或许是他到这儿来了？要是他能来这儿，贲璞玉也可能来。但不知两个璞玉为何到了天涯海角！又想，北地若有像璞玉那样的人，难道说南方不会有一个像璞玉的人。这或许是另一个人吧！千万个疑团一时一同出现，正在不知所措。小丫头忽然看见那边有人，忙叫花园里的花童，把他快撵出去，那人也真的走了。

紫榭看这人的动作步态，越看越是璞玉，一时又喜又羞，早已忘记了什么犹豫、忸怩，叫来丫头让她快请二小姐。

那个丫头到院子里找，程夫人叫卢香菲去给她念段书听，找了半天也没有找到。紫榭正想下楼，正好碰上看园门的两个婆子，嘴里嘟囔着骂一个人。他往下走过去，叫来一问，那个婆子道："我刚出北门叫我嫂子去，不想回来时碰上一个疯疯癫癫的光棍儿，在石灰墙上不知道乱画什么。我们说话，他假装没听见。我想到前院去告诉管家抓住他，抽几鞭子。"

紫榭道："别理那个粗野的人，叫花童去看看，那个人要是走了，我去看看他写了些什么。"那婆子叫花童去了。花童回来说："那个人早走了。我们已经吓唬他了，他还不走，想挨打！"琴紫榭起身，领着婆子们来北门外，一看，墙上有几行字，写的是琴紫榭的旧作《燕哭青竹》。她看了大惊，又细看字体，正是璞玉的字。琴紫榭真是欣喜若狂，暗告天地道："天公公！地娘娘！真是天无绝人之路，此身今后有立身之地了。在天涯海角，能结此良缘，岂非天意乎！但是我没有认出他来，他怎么认出了我呢？他既然认出来了也应吭个声儿，不吭声留下字，是想试试真假呀！哎哟！璞玉公！你的心思可也忒细致周到了！"想着想着热泪洒地，正在徘徊犹豫，忽然背后出来一个人。

要知后事如何，且看下回分解。

① 正撞着五百年前风流业冤——这是王实甫《西厢记》第一折，写张生见着崔莺莺时的情景："呀！正撞着五百年前风流业冤。〔元和令〕颠不刺的见了万千，似这般可喜娘的庞儿罕曾见。则著人眼花撩乱口难言，魂灵儿飞在半天。他那里尽人调戏，亸（duǒ）着香肩，只将花笑捻。"

第十五回

佛堂奇逢啼笑姻缘　花园巧遇惊惧相会

吉辰祝寿频举觞，
良宵红彩映银缸。
儿女嬉戏老亲乐，
剪字贴金庆高堂。

且说琴紫榭整个心思都沉浸在该墙上的诗句，不舍得离开。忽然背后有脚步声，急忙回头一看，是太太跟前的小丫头来道："太太请大小姐。"紫榭说："你先回去，我就来。"打发丫头先回去了。自己暗思忖：若想试探他，非得也有个明确的标志不可。

听说他最喜欢见苏节度使时写的《白云》诗，就写上那首诗。但是两首诗并列，让人看了不大合适。忽然想了一个法子，叫花童取水来，把璞玉的诗刷掉，就在这儿写了《白云》诗。

自己又看了一遍，觉得挺满意。他若再来看了这首诗，又认得我的笔迹，不愁他不来找我。想罢收起笔砚，忙去前院，来到程夫人身旁。

原来二月十五日是天竺寺的“盂兰盆会”。戴中堂回到故里以后旧病复发，缠绵不愈。程夫人想亲自烧香拜佛，为丈夫祈祷，所以和两个小姐商议。

天竺寺是有关西湖十景的名胜。西湖十景是：“苏堤春晓”、“曲院风荷”、“平湖秋月”、“断桥残雪”、“双峰插云”、“三潭印月”、“雷峰夕照”、“南屏晚钟”、“柳浪闻莺”、“花港观鱼”。天竺寺虽然不在十景之内，在“双峰插云”的高山上，西湖全景如在门槛之下，历历在目。寺里僧舍和俗人居家很多，是个首屈一指的名胜地方，所以说来可称还在十景之上。寺内正殿供奉观世音菩萨。寺主慈云长老原是西方黄衣高僧，十全功德。余杭①百姓崇信佛法，善男信女都称慈云禅师为活佛。

每年二月十五听经赶庙的人多了。尤其是大宅官眷臣属男女更多。到了那天，程夫人想带领两位小姐前去。琴紫榭想到：一则等着璞玉来看诗，不能错过；二则从那天起心情郁闷，身上也不大舒服，没有跟着前去。只是香菲想再看一次西湖的风光，跟着程夫人。这时天竺寺真是特别热闹，大家的夫人小姐，王子公孙，文人书生多得数不过来。

没想到那天贲府的金夫人带着福寿、玉清等人去天竺寺为老太太忌辰念经烧香。在女眷之中见到卢香菲，大吃一惊。玉清不禁失声劝福寿说：“姐姐你看！从山门进来的一群女眷，跟在一位老太太后边的，那不是咱们的卢姑娘？”

福寿笑道：“这地方哪儿来的卢姑娘！”刚说完，回头一看，那群人来到甬路上。在前头走的老夫人年约六十，身瘦发白，头发稀疏，鬓角上簪着两朵金花。身穿深灰色长袍，上罩雪青缎长褂。举止端庄，气度清朗。跟在后边的那位小姐白净娟秀，瓜子脸，脸色就像海棠含春，细长的两弯秀眉，清澈透明的一双纯洁的眼睛，婷婷袅娜的匀称身材，上宽下窄对拃一掐的细腰，头插鲜亮新花，身穿粉红绫子衣裳，往台阶上姗姗而来。这不是建邑卢香菲，还是谁！福寿看了，几年前的情谊一时涌上心头，恰似梦中邂逅、死者复苏。就想奔向前去相见，金夫人摇头低声制止道："稍等等，世上相貌相同的多了。卢梅是生在深闺的娇小柔嫩的女子，怎能千里迢迢来到这里。我先见了那位老夫人，就会明白。"正在说话，程夫人已经来到佛殿前面，侍从婆子们铺上厚垫子，下跪拜佛。卢香菲真是出身名门，不论到什么地方总是端庄娴静，大家风度，从不四下张望。她跟着程夫人进了大殿，礼佛、燃灯、烧香。

金夫人从旁侧仔细端详，愈看愈像。就在舒二娘耳旁如此这般说了几句，叫她前去办理。舒二娘遵命进到里面，找了管家婆子，问了程夫人的姓名原籍，婆子们如实告诉，又问为什么打听这些。舒二娘躬身道："我是城里贲侯家人。我们夫人来到这儿烧香。刚才看见老夫人福寿双全，甚是敬慕，想请到方丈恭候谒拜。"那婆子将金夫人的意思禀报程夫人。程夫人听说是节度夫人，点头应允。舒二娘回来传话，金夫人大喜，先来禅房等候。庙里住持听说官家夫人们要在这儿会面，回避了所有的闲人，烧香撩帘之后退去。不久，程夫人做完了佛事之后，来到方丈。金夫人出房施礼迎迓，进房坐下。

卢香菲忽然看见了金夫人，虽约摸认识，但是一则金夫人这几年吃了不少苦，颜面很见老，头发雪白了，一时不易辨认；二则那时福寿、玉清们出去烧茶或求佛经包袱去了，都不在跟前；三则金夫人故意绷着脸，假装不认识。香菲做梦也想不到她们会到了这儿。所以心里虽然着急，也不敢去认，暂且站在一边。

金夫人施礼道："暂借僧舍，冒昧相请，承蒙赏脸，不胜感激。"程夫人回礼道："未曾拜会太夫人，先受恩惠，罪甚！"

金夫人道："老夫人高寿几何？"程夫人道："一轮甲子初度。"金夫人笑道；"不像这岁数，看您有多硬朗。"程夫人道："老了，不行了。不知太夫人您的岁数呢？尊前有几位公子？"金夫人道："颟颟顸顸地过了六十，独生了一个儿子，眼下跟着我们来在衙门里。想听听老夫人有几位阿哥。"程夫人感慨道："少子缺女。抱养的姑娘有两个。"叫香菲拜见金夫人。

金夫人听到"抱养"一词儿，更是惊喜。卢香菲上前拜见，金夫人忙忙嗦嗦地拉住她的手，拉她起来，忍不住掉泪。卢香菲不知怎么回事，心里头颤颤悠悠的，只是想哭。

程夫人觉得很奇怪，问道："太夫人本来不认识我的闺女，怎么才见面就掉泪？请说说，让我听听行吗？"金夫人更是忍不住道："老夫人！我心里太难受了。"一句话没等说完就抽嗒起来。她心想："虽说有的人相貌相像，怎么这么像！哎哟！我的姑娘！你怎么短命死了？如果活着，也可以一起相聚了。"这时卢香菲心里想："这位夫人的音容笑貌，跟我姑母一模一样，还有她的愁容眼泪又怎么这样现成！若确是我的姑妈，这般烟江云山是怎么渡过来的！"想了又想，盈眶的泪珠早已噙不住，滚滚而流，滴滴嗒嗒湿满了衣襟。

程夫人又问道："太夫人有话，不妨明说。您在什么地方见过我闺女？为什么你们俩人同时伤心？请您将缘由照实说吧！"

金夫人道："事情都已经过去了，说也没用了。突然的遭遇就像作梦，所以才伤心。我看小姐的玉色花容，活像我早已……”说到此处又将话收起来。

程夫人大惑不解，又再三问道：“太夫人为何这么见外？怎么刚说出话头，又收起话尾了？”金夫人擦泪道：“虽有一言，说出伤人，不便启齿。”

程夫人道：“请照直说，绝不怪您。”金夫人道：“如此那我先陪个罪再说。我看小姐的相貌和我多年前死去的娘家侄女一模一样。”程夫人问道：“令侄女年前故去，她和我的闺女相像，跟您今天的哭有何相干？”

金夫人道：“不知道。只想我的侄女是因为守着我赏簪之情[②]而死的。”程夫人又问道：“您娘家姓什么？家在何地？”金夫人道：“我娘家姓金，世袭辅国公，原籍北地建邑。”

程夫人又问道：“您娘家侄女叫什么名字？因为什么赏簪，又为何坚守信义，怎么死的？”金夫人长叹道：“我侄女小名叫卢梅，字香菲。”说到这里，卢香菲知道这是金夫人确定无疑。忽然五脏俱裂，一瞬间来不及再想别的，奔向前去抱住金夫人的腿跪下道：“哎哟！仁慈的姑妈！您苦命的侄女我没死，我就是卢梅。”说完放声大哭。金夫人听了那话，不禁惊喜，搂住卢香菲的脖子大哭起来。

那时候玉清、福寿等人都已经回来，知道确实就是卢香菲，也都哭个不停。程夫人看了她们的情景，起初大惊，后来知道是姑妈和侄女见了面，忽然想起自己死去的亲闺女再也不能见面了，也跟着哭。卢香菲的哭是苦，金夫人的哭是辣，福寿的哭是酸，程夫人的哭是涩。寺里供奉的主佛是大慈大悲观世音菩萨，也像奉陪这些人流泪似的。将极高极旱的天竺寺差点儿飘浮在泪海之中了。

哭鼻子法会收场以后，婆子们才斟上茶来。金夫人拉住卢香菲的手问起：“听说你死了，怎么还活着？又是怎么到这儿来的？”卢香菲把她将要跳井的时候，画眉说了不能寻死的三项理由，让她暂时避开。自己又女扮男装，成了康员外的义子；以后进京被琴紫榭的彩球击中，又当了新姑爷的事儿说了一遍。金夫人听说琴默也没死，并且也成了程夫人的干闺女，惊喜交集，大声欢笑。福寿笑道：“琴姑娘投江是多么苦！抛彩球又多么带劲！招了假女婿又多么精彩！”众人大笑。金夫人喜笑着向程夫人问起怎么收琴默当闺女的事儿。程夫人又说起自己的龙玉怎样意外地出了事故。水手们打捞时又怎么得了琴默。黑夜里婆子们怎么误认的。到京城又如何求曹侍郎想许配给贲府忠信侯的儿子等，叙说了一遍。金夫人更是格外喜欢，笑个不停。向卢香菲问道：“那么你的媳妇儿为什么不跟你一块来？”

卢香菲笑道：“说身子不舒服，留下画眉服侍她，所以没一起来。”福寿笑着对金夫人道：“说有点不舒服，必是有喜了！”听了这话，逗得满屋子人哄堂大笑。

那时日已过午，跟随金夫人的管家们在餐楼上备好筵席进来请。程夫人知道已经是一家人，却之不恭，愿意坐在一起，觥筹交错，十分热闹。福寿拉着卢香菲的手，说起分别以来的想念，没完没了。

程夫人举杯探问琴、卢两个小姐的事由，究竟从何引起，金夫人也知道有了求她的事儿，乘机一一答复。卢香菲觉得坐在那儿不太合适，拉着玉清、福寿的手，进到里间谈笑不停。两位夫人特别投合喜悦．舒二娘等婆子们也会迎合形势，满堂喜笑之声经久不息。这些人刚刚奉陪观世音菩萨痛哭流涕，现在又效法大肚子弥勒佛乐得闭不上嘴了。

正是：

踏破铁鞋无觅处，
得来全不费工夫。

话说璞玉心里头一会儿也没忘记那楼上的美人。二月十五日跟随金夫人去天竺寺，出城到了断桥，就和金夫人分道，带着瑶琴、宝剑，朝着梅峪而去。心里想："我若再进她的院子可能要出事儿，先从院子外面探询消息料也无妨。那天在墙上题诗，有一两个粗野的婆子看见了。今天我换了衣服，她们见到我还可能认识。真的认出了我，正好打听琴紫榭的确实消息。"在马背上打定主意，直奔南方而来。上次是傍花随柳，信步而行，并不觉得路远。今天心里有事，真想一步兼程，立刻就到，反而像越走越远似的。心里焦急了一阵子，知道急也没用，再将心弦放松，才觉心里宽起来了。又想："若说那天巧遇有点奇怪，她看见了我，忙忙叨叨地躲开了。还有我写的诗，不知她看了没有。如果她没有下楼，没有出过院子，那我写的不就枉费心机了。尽管这样，我应先去打问她的姓名，一切就都有底了。"这么胡思乱想地进了山口，早已望见那个花园的墙。

璞玉在一棵大树下下了马，沿着山脚到了北墙角上，从远处瞭望，门旁的粉墙黑字隐约可见。璞玉心想："我说不是！空写一番，白费心机！美人在哪儿！谁来理睬！这就是明亮的珍珠投暗洞，冒充的白土子素珠瞎姑容。还是让我自己看看。"他近前再一看，忽然惊讶地想："我那天写的是七言诗，怎么忽然变了！"又仔细地看了一遍，心里更觉奇怪，字体也变了。那天我写的草书，今天变成非常秀丽的楷书了。我是在作梦吧！把两只眼睛擦了擦，再仔细端详，写的是一首五言律诗：

白云出远山，

霭霭傍青天。

舒卷随形幻，

离合任自然。

光辉朝日丽，

宇靖待风旋。

一旦逢龙会，

甘霖润物安。

璞玉读了一遍，又惊又喜，祷告天地道："真是绝妙！真叫走运！我的这首诗，别人不知道。这个字迹确确实实是琴紫榭的手笔。这首诗是仙鬼替她写的吗？想必是琴姐姐在这儿，认出了我的手笔，为了叫我知道她在这儿，所以亲笔写了我的诗。我写的诗歌，是不是她也怕并排写着让人看了不合适，才将那首诗歌涂抹了。就从这点来看，定是琴紫榭无疑了。"他又赞许道："紫榭！紫榭！我只知道你的容貌美丽，还不知道你的学问也这么漂亮，尤其心眼儿这么细，真令人望尘莫及也。我老在这儿站着也没用，上那边儿山坡好好看看小楼。老天爷保佑，让我再见一面也未可知。"想完撩起衣襟，上了山坡，伸头探脑地向小楼频频窥视。哎呀！真怪！那小楼的画窗尽开着，有个穿着一身大红衣裳的美人靠在窗台旁边正往外瞧。因离得太远，眉眼看得不太清楚。只看见圆圆的脸庞，厚厚的方正的肩膀。更加肯定就是紫榭。璞玉两只眼睛的瞳仁一动不动地盯着看，恨不得插上双翅飞到那里去说几句话。

璞玉将此情景填了一阕《点绛唇》词：

独立空山，

人静日移林影慢。

小楼舒晴，

倚栏人频叹。
园邃犬吠，
喜鹊高枝唤。
风竹颤。
珮鸣声湛，
拂花美人现。

原来琴紫榭那天等程夫人、卢香菲走了以后，稍微躺了一会儿，心里有事儿不能入睡。带着个小丫头来到梅楼。想起日前在楼头看见模样长得跟璞玉一样的人，打开窗户往下看。站在背后的小丫头用手指道：“格格您看！山秀湖明，风帆沙洲，多像一幅画的画儿！”说完忽然又失声道：“啾！那个山嘴上怎么站着一个人？”琴紫榭抬头一看，墙外山嘴上真的有一个人呆呆地站着楞神儿。他头戴圆纱帽，身穿紫红色的便服，身材和那天看见的一模一样。琴紫榭特别高兴，越看越是璞玉，尤其是他迎风背着手站着的样子肯定就是璞玉。忽然鼻子一酸，两行泪水不住流淌。痴痴地楞了半晌，心里想到：“璞玉这次来，看了我写的诗，必定知道我在这儿。知道我在这儿，必定在这儿徘徊不肯离去。要是这样，引人怀疑不仅于事无益，而且有损名声。我先派一个小丫头到北门去问清情况，如果真的是璞玉，我就给他写信，给他出个主意。”想罢，一时感到宽慰，刚要回头叫小丫头芍药，忽而听到木底靴[③]踩在楼梯上格登格登的脚步声，原来是画眉来了。画眉笑道：“大姑娘一个人在这儿做什么？啾！这时候就打开了楼窗户，想是要抛彩球了？”一听这话，琴默以为揭自己的短儿，登时变了脸，怒容满面。芍药不了解情况，向画眉笑道：“姐姐你看！那一个人早就朝着我们楼的窗户站着看，像钉子钉住了一样，纹丝不动。”画眉一看琴紫榭对她变了脸，也动了火儿，正没地方出气。从窗户往下一看，墙外边有一个穿紫红袍的青年，站在那里朝这儿看。也没细看，将两扇窗户哐啷一声就关上了。嘴里嘟囔着："烧香去，身子不舒服；看人，病就好了!"出了楼外看见看园子的老汉正在浇花，画眉大声嚷道："王园头！墙外来贼了。正偷看咱们宅院的动静，你快去抓!"那老头问在那儿？抬头望见有人站在山上，往墙里伸头探脑地窥探，气得七窍生烟，扔下水桶，抡起扁担，大声喝道："哪儿来的野汉子，胆敢在光天化日之下，偷看我们的院子。上这儿找你的亲妈来啦!?"说着神气十足地走过去要揍璞玉。

璞玉正望着楼窗出神，嘴里虽然没说话，两个人的灵魂已经暗地里悄悄地透过去合在一起，正在细细地品咂滋味，忽然美人转身关了楼窗，突然从院里边传出骂人的声音。接着看见一个倔巴老汉抡起扁担走了过来，不知怎么变了卦。下山时还摆着大模大样的谱儿，刚转到了墙后，就急忙跑到马跟前。那老汉一看，这贼还有马，更是大声叫嚷，抡着扁担钩子，飞也似的追了过来。

璞玉一看不是事儿，骗腿上马，带着瑶琴、宝剑落荒逃去。

那时紫榭虽然对画眉这种无礼举动非常生气，可是谁叫自己办了这种事儿，也没法吭声。无奈忍气吞声下了楼。

呜呼！为人上人者一举一动可不慎哉！如琴紫榭之稳健，因一时之抛彩球，贻人话柄，以至不能指责顽民。可不畏乎！

且说璞玉策马出了梅峪，后面追赶的人业已不见，方才松缰缓行。瑶琴、宝剑赶上来问道："大爷平日胆子挺大，今天怎么这么胆小?"

璞玉叹道："你们不知道，我是个大丈夫，哪能怕一个奴才！况且游山到人家别墅去看，本来有所冒犯。古书说：‘能容则德大，能忍则进益’。有容人之心，则事可成，无容人之意，则事必败。我的老师常言道：‘容则恕人之过，忍则成事之益。因小过而动盛怒，乃克己之不力也’。故大人能容他人之所不能，而能容小人之辱则更难矣。古之英雄贤士成大事者，皆能通达此理也。我想辱骂之来，静观来自何人，是非自有分晓，焉用动怒。《孟子》上讲：‘养心，制怒’。这些小人不值得我一谈，更犯不上跟他争吵。故我之怕者，盖有理也。”说着来到西冷桥边，迎面过来一队车马轿子。走在前面的轿子里坐着一位老夫人。身材清癯瘦朗，气派清如仙鹤，年纪约有六十，肯定不是小户人家的夫人。璞玉在桥旁侧立。看见大队车仗过后，随着又过来一辆小香车。这车的制造别致精细，虽是两轮小车，不用骡马驾辕，车辕内一个大汉在后面推着走。车四面的帷幔异常精致。车内坐着一位小姐，穿戴华丽，璞玉在马背上一眼看见，不觉失声地“哎哟”一声，脸色一下子全变了。

原来这是卢香菲，同程夫人在天竺寺吃了饭，和金夫人约定了不久见面的日子，回往梅峪正好碰上璞玉向去天竺寺的这条路上回来。

这时卢香菲正是满怀喜悦地坐着香车，沿着湖堤，看那一派湖光山色，荷香柳柔。走过来时，忽然迎面过来一个少年郎君，身穿紫红长袍，骑着白马，金鞍银辔，十分显耀。刚转过目光，听见璞玉的声音，打了个照面，认出是璞玉，差一点儿出了声。

欲知后事如何，且看下回分解。

① 余杭——指杭州，因为杭州在隋唐两代都曾一度为余杭郡。② 赏簪之情——见《一层楼》第十二回：“金夫人生辰议亲事”。当时贲侯与金夫

人商议，想从盛如、琴默、卢梅三人中挑选一个和璞玉订亲。金夫人看中了卢梅，赉侯也同意。金夫人取下自己头上的一对嵌珠如意黄金簪，给卢梅戴在头上。（见《一层楼》汉文译本，第 97 页）③　木底靴——清朝满蒙贵族人家妇女穿的方形木底高跟靴，木底在靴底正中。俗称花盆儿底靴。

第十六回

期功名为国忘家　摒富贵保身养性

柳絮飘难住，
恒河沙易迁；
往事凭谁定，
清风明月天。

却说璞玉忽然看见卢香菲像仙女一般的花颜玉貌，非常惊异，想到："真怪！真妙呀！刚才看见的不是魂灵，是真的卢梅。那么紫榭也真的到这儿来了？人世间竟有这么美丽的两个人和她俩一模一样么?"想定要确确实实地认一下，于是策马在车的左右紧跟，再三仔细地观察。卢香菲也控制不住自己的感情，马在车的东边，她的眼睛就转到东边盯着看；马转到西边，她的眼睛就转到西边盯着瞧。只因在众目睽睽之下，难以交谈。璞玉实在忍不住了，正想开口问话，香菲怕叫别人看见了不合适，忙撩下香云纱的车帘，催车飞也似的跑去。

璞玉扯住缰绳站住，愣愣地出神。足有半个时辰，才折回往天竺寺来。一边看，一边胡思乱想，如醉如痴。来到天竺寺，庙会已完，众僧散去，善男信女，进香众人，也都如同浮云一样的涌散了。

金夫人的车轿早已在山门前准备停当，正在等着璞玉。永柱、黄明等见璞玉来到，同声说："少爷怎么才来？可让太太等得功夫长了。"璞玉一声不吭，下了马，进了山门，在人群里又看见一个人。

那人正从大殿的东侧往外走。这人生得身材端雅，器宇轩昂，面如霁月，性似清风。真是昆仑山上的整块美玉，桂树林里的独秀一枝。若非仙人降凡世，定是星宿落人间。只可惜，剃发出家，致使儒林失色；更衣披裟，遂教官衙无人。

璞玉看了，觉得惊奇，暗自想道："除京师的桂菜，孤山的自持以外，此地还有这样的一个人！只看外表，就不是庸材！"正在端详，那人没回头向后看，一直朝前去了。

璞玉叫瑶琴跟着这个人，看他是在什么地方，做什么的人，家住哪里，与谁交游，好好将底细打听清楚。璞玉来到禅房前面，金夫人等到太阳快要落了，还不见璞玉，自己走出来看看，见到璞玉，脸上显出不高兴的样子。璞玉怕得不敢出声，在前面引路。只见玉清、福寿等人个个都面带喜色，也不知究竟是什么原因，于是搀着金夫人坐上轿。庙上的长老和尚带着众徒弟们，走到山门以外，对金夫人进香布施，施礼道谢。众婆子、丫鬟纷纷坐上车，璞玉骑马。家仆们见天色已晚，一行车马疾走飞奔地往城里来了。

到了府前，灯笼火光照满门庭。璞玉从早饭以后，辛苦劳累足溜溜一天，并且还受了惊吓，又累又饿。一进屋就喊着要吃饭，也顾不上说话了，一口气吃完了饭，福寿向他举手道喜。

璞玉问道："无缘无故的哪儿来的喜呢？是吃饱饭的喜？"福寿摇头笑道："不是。有一个新奇的双喜。"

璞玉道："今天真怪，遇上了几件怪事儿。我疑心见了鬼。你说有什么喜？"

福寿笑道："我刚从大厅里来。太太正在跟太爷说喜事。你去听听就知道了。"璞玉感到奇怪，连忙下炕，来到大厅，金夫人正和老爷闲谈。

璞玉不敢进去，站在隔扇后面偷听。贲侯问："你们是怎么相认的？"

金夫人道："我看她的相貌和香菲一模一样，在方丈里见了面，攀谈起来才知道了实情。"

贲侯道："那么很久以来传说她已经死了是怎么回事儿？"金夫人把不但卢梅没有死，琴默也没有死的事儿，从头到尾说了一遍。璞玉听了这些话，如大梦方醒，不禁喜气直冲向三千丈高的云霄。

贲侯道："那么这事该怎么办？"

金夫人道："求老爷的恩典，将这两个为守信义而受了苦的姑娘都许给璞玉吧。"

贲侯皱着眉头道："那么你将外甥女又搁在哪儿呢？"金夫人知道事情难办，起身跪在地下央求道："我原想将娘家的一个姑娘许配给璞玉，亲上加亲。这事儿跟老爷说过几次。现在老天爷把两个姑娘都送到这儿来了。她们经历了多少风浪和灾难，才得到安宁，这不是天配的良缘？求老爷念在我从小伺候老爷，从来没敢违背您的意见，如今已经白发苍苍，您就答应我的请求吧。俗话说‘好男养十家’，看来璞玉就是有个四五房也管得住。”

赍侯道：“大户人家三房四妾的也多得是，璞玉到如今还没有子女，娶上一两房媳妇也不算多。可是他年纪还轻，家里人多了，怕背拗修身务家之道。我身负社稷重任，近来盗卖私盐的小民和军人勾结盗贼，下属官吏互相攻讦等事非常复杂。我处置公务还忙不过来，哪有工夫顾这些事儿！”说完向隔扇暗处大声喝叱道：“璞玉！你还不快出来！站在墙旮旯儿里鬼鬼祟祟地听什么？还不快扶起你妈！”璞玉大惊失色，知道老爷早已看见了他，又羞又怕，赶紧上前扶起金夫人。

金夫人大喜，道谢说：“那就明天往浙江派人告诉娜氏嫂子和金公弟弟。”

赍侯道：“既是定了亲，还派人报什么信？多此一举做什么？合卺以后去信也不晚。”金夫人一想老爷说的也对，派人去浙江的事儿就推迟下来。

璞玉站在一旁，知道大事已成，回到自己屋里。福寿也笑着回来道：“往浙江派人的事，差一点把事儿弄砸了。”

璞玉问道：“怎么会坏事儿？”福寿笑道：“金公老爷听了，事情稍微推延几天倒也不要紧；要是朱英、宋涛听了要唱《罗锅子抢亲》这出戏，带兵前来，那可怎么好！”璞玉也不禁大笑起来。

过了几天，金夫人正想去程夫人那里看望两个侄女，舒二娘手持红帖子进来禀报：“西湖戴国老家的老夫人派人来禀请太太。”说完献了拜匣。

金夫人打开一看，里面有三份儿梅红纸的请帖。金夫人纳闷儿，让玉清看，上面的一份儿是给金夫人的请柬，写的是

"妹程氏拜请"。玉清看了下边两份儿笑道:"福寿姑娘也算可以,像我们这些婢女还称得上姑娘?"福寿听见自己的名字,从里间出来。看一份帖子上写的是:"琴紫榭谨呈,恭请玉姑娘",还有一份:"飘零之叶——卢梅再拜,谨呈神通方士福姐姐"。

福寿笑道:"卢姑娘经历了这么多的风霜,小时候的淘气劲儿还没改,写一张请帖也有这么多的滑稽玩笑。"都念给太太听了。

金夫人问:"哪天?"玉清道:"就是明天中午。"金夫人向舒二娘说道:"你传话告诉来人,明天是吉日,我本来就想去给老夫人请安。现在接到了帖子,叫他先去替我请安答谢。我明天一早就去。"玉清要退还紫榭的帖子道:"把这份请帖退回去吧!我哪能接受格格写的恭请信?明天一定跟着太太去,请转告我的拜谢!"说完了向福寿问道:"你的帖子怎么着?"

福寿笑道:"咱俩有点区别。哪儿来的那么多罗唆。她说我是神通方士,就算我是神通方士。我明天去了倒要问问,我给她通了什么神?"众人大笑。舒二娘也笑着将拜匣拿出去了。

璞玉听了那些话大喜,将车轿、侍从准备停当。

次日早饭后,金夫人禀报了责侯,带着玉清、福寿、五福、三妥、灵玉等丫头、婆子坐轿乘车,一行人出了城西门,向西湖梅峪而来。高珍策马扬鞭前去报信,元凯在前边引路。从六桥中路分道。来到梅峪,国老府已经敞开大门。家人迎出,将金夫人的轿子一直抬进东边夹道,放在内院旁侧的红大门前。这时从里面出来一群女眷,搀扶金夫人下了轿。

玉清、福寿搀着金夫人到了大厅后边,一群花团锦簇的姑娘迎了出来。走在前边的两个人,一个是琴紫榭,头上插满珠宝,身穿大红羽绉绿叶大瓣牡丹的薄棉袍,银面花颜,没有改变原来的样子。一个是卢香菲，头戴朵朵红芙蓉的暖绒帽，往后梳着上宽下窄的两把头，两鬓相间地插着新时的桃梨花。身穿苹果绿绒绸大瓣带蔓鞑子西番莲夹袍。胭脂似的面颊，瓜子形的脸上，增添了喜悦与欢快。紫榭等看金夫人走到近前，一齐跪下请安。

金夫人看见琴默，热泪盈眶。眼泪差一点要掉下来的紫榭抽泣起来，因为在别人家里，没有哭出声。金夫人心里的话一句也没能说出来，用两手拉着两个姑娘的手。刚进垂花门的中门，程夫人领着姑娘们走下了大厅台阶。她头戴珍珠帽，身穿一品蟒缎袍，上罩古绣团蟒补子石青朝服。她迎出时看金夫人是：珍珠滚边儿蟒缎长袍，海水波涛补子朝服，项挂珊瑚串绿松石念珠，扶着两个侄女进来，显出一派端庄、敦厚、福态的神情。两夫人在院中握手施礼相见。

程夫人道："我没有缘分，没能更早地见到您明朗的容颜，今天蒙您赏脸光临，满足了我多时的渴望。"

金夫人笑道："自从拜谒您清朗的容颜，几天来一直想念。正得不到来府拜见的机会，幸蒙召唤，再见明颜，心里真觉得豁亮。"两位夫人一边说着寒暄客套，进了大厅。丫头们高高地掀起猩红的门帘。

金夫人是客，先走进去，一看屋里，摆设得清朗明净。从西间窗户开始顺墙的大㐅字炕上铺着绿色贵妃栽绒毯，上边又铺着厚厚的垫子。

程夫人道："我们原先睡一张小木床，没有睡过土炕。我们在北京住了一两年以后，觉得睡床有点儿冷，现在反而离不开热炕了。这都是从北京学来的习惯。"说着请金夫人就座。献了茶。进来两个鲜艳水零的人，近前跪下请安。

金夫人细看，一个：长圆脸，细挑身材，头上齐齐地簪着嵌翠的银花，身穿月白缎古绣满花长袍，上罩石青缎片金边儿的长坎肩。一个短方脸，长的黑黑的睫眉，高绾着头发，身穿桃红缎浅蓝线绣花袍，上罩洱蓝宁绸，汉瓦当文福字短坎肩。

金夫人笑道："这一个是画眉，我认识。这个穿月白衣裳的是谁？我怎么不认得？"

琴紫榭笑道："姑妈当然不认识，那天她没有跟着太太去天竺寺，常在父亲跟前伺候，名叫芙蓉。"金夫人看她与众不同，知道是程夫人爱近的人，因此笑脸问话。芙蓉一一回答之后才说："我们老爷叫婢女给太太请安。老爷久病，不能下炕，不能亲自向尊敬的您问好。承蒙夫人赏光，驾临寒舍，感谢不尽。待日后病愈，亲到尊府谢罪。"

金夫人见这个姑娘声音清晰，口齿伶俐，即起身一一倾听。随即叫玉清、五福回拜请安。

玉清等跟着芙蓉从大厅西厢房直入西院，又进了一个垂花门，一看是朝南的三间带抱厦的正房，在檐下有几个小书童在浇花。窗户满是玻璃，看到一个浓胡子的老翁侧身躺在炕上。她们掀开堂屋门帘进去，却看不见了。

芙蓉在前头引路，绕过一间藏书的大屋子，进了东间。四壁上挂满了古人的箴言，北墙上有白底蓝字匾，上写《自在天》三个字。屋里当中紫檀木的案上，放着三尺高的玻璃鱼缸里养着一柞长的红金鱼。在窗前的炕上那个戴国老头戴金丝云头图案黑缎小帽，身穿荔枝红富贵不断头凸纹丝绒便服，上罩宝石蓝洋绸棉外套，趴在前边的花梨木炕桌上。后边有一个刚刚蓄发的小女跪在那里用两只手给他捶背。那位国老眉长，眼细，鼻高，耳大，面容瘦削，颧骨高突。玉清向前施礼，将金夫人让他代为请安的事说了之后，国老在手肘上点头道："老身不能全整冠带，很是失礼。在这儿敬谢太夫人光临。日后定要差人向侯爷请安，我身体康复后，必定亲到府上谢罪。"说完就咳嗽起来。

玉清不等他咳嗽完，连声"嗻！嗻！"地答应退身出来。回到正房，看见福寿、画眉、卢香菲、琴紫榭等正在谈笑风生，尽情欢乐，都在中间屋的中间扎堆儿站着。

福寿笑道："我那天在天竺寺，玉姑娘跟我说了，我就不信，后来等卢格格走近了，才有点认出来。如果画屑在那儿，我一眼就能确实地看出来了，不会猜那么半天。"

画眉笑道："别说了！这时你又有权，又有福，两样儿都齐全了。吃着太爷太太的赏赐，眼睛里都长满了脂油，哪还想到我们这些倒霉的老朋友呢！那天在天竺寺见着我们格格，你早藏得连影都找不到了。等到认出太太以后，你没法子才出来，现在说这些花言巧语想骗谁？"

玉清从旁着急道："哎哟！看你把福姐姐说的，真冤枉死了。不用说福姐姐，自从那年分手以后，我们府上的哪个人一天不念叨几次？就连那小灵玉也说琴姑娘这样仁慈，卢姑娘那样好，说个没完呢！"

福寿笑道："玉清姑娘不用理她的那片毒嘴！这闺女这些年在外头串游，她那嘴已经像屁股那么臭了。要是再过两年，屁股跟什么一样，还不知道。我怎么不认识你呀！不用说你的长相，就连你那左胯上的一颗红痦子我也记得。你们大家不信，扒了她的衣服看看，就清楚了。"紫榭、芙蓉等人都大笑起来。

画眉忍不住笑指着福寿说："我胯上的红痦子脱下衣服可以看，可是你大腿当中的黑痦子怎么看？你心里头的痦子就是璞玉，你自己知道，别人都不知道！那年夏天我乘你睡觉的闲空，把你那个上边的毛剪下来，直到现在还在荷包里头藏着呢。”说完逗得满屋子的人哄堂大笑。

福寿又急又笑，冲着画眉过来。画眉想跑进西间，太太们正在那里；忙又跑进东间，福寿紧追不放，冲了进去，把画眉按在炕上，使劲儿胳肢她的胳肢窝。画眉翻滚着大笑，笑得喘不过气来，高声喊叫：“格格们！快来救救我！我快要死了！”卢梅、芙蓉二人笑着进来，拉开了福寿的双手。大家聚在一块儿，不停地笑。

正是：

鸟当孟夏谐趣逗，

人逢喜庆快乐多。

不大一会儿，众婆子抬来酒席饭菜，金、程二位夫人同琴、卢两个小姐四人坐了一桌，芙蓉将玉清、福寿、画眉三人让到自己住的西耳房坐了一桌。两位夫人都把各自娘家的事儿，自己家里的生活闲事以及几年来跑南闯北的事儿十分亲热地絮谈起来。一边聊天，一边喝酒，喝到酒酣耳热，金夫人斟满了一杯酒，双手敬给程夫人道：“我有一句话，本来今天不该说，可是今天是黄道吉日，并且咱们姐俩见面不容易，不能错过这个好机会。”卢香菲是个机灵人，一听就听出了话头，叫了两声画眉，就下炕出去。琴默道：“你上哪去？等会儿我！”二人同去耳房找福寿等人。

程夫人忙接过话茬儿道：“太夫人有什么话请当面说，愿意领教。”金夫人才将自己原来想从娘家姑娘中挑儿媳妇，中间发生波折，给璞玉娶了别的媳妇，又中途夭折了。这两个闺女儿经苦难，现在在这儿重逢，也是天作良缘。把求婚的意思叙说了一遍。

程夫人笑着说："我夫妻二人年过半百，没有子女。只有一个独生女又落水死了。幸亏龙王爷赏了我们大姑娘，我们想给她选个女婿，也算有个半子之劳，这才叫大姑娘扔彩球，老天爷又赏给了我们二姑娘。现在无意遇上太夫人，她俩原本是太夫人的侄女，您要想认领回去，我们老夫妇没话可说，就是不愿意，也得交给您。要按规矩说，许给公子的事儿，还应当赏脸容我们老夫妇好好商量一下。"

金夫人笑道："小妹这话是将拙见先告诉太夫人，不是一时就要订亲。我们老爷必定另请大媒，跟您们老太爷商量过大礼的事儿。我们万万不能硬要你们的姑娘，让你们两位老人伤心。况且这两个姑娘的亲生父母都在，就是他们来找，玉皇、龙王的恩典谁能夺得了呢！"两位夫人一齐大笑。说着说着，日已偏西，这才叫来两个姑娘，同桌吃饭。

那院的福寿等收拾起饭桌，同玉清、五福、三妥等一同过来请安。太太、小姐闲坐着喝茶。玉清把带来的赏品包放在金夫人面前。金夫人教福寿打开包袱，拿出赏品。给芙蓉深蓝色实地纱一件，绣花巾一块，香袋一双，珊瑚簪子一对儿。画眉跟着姑娘特别义气，给了蓼芦绿的软烟罗两身，银镯子一对，手帕一匣。其余婆子、丫头和内院仆人、厨师、茶房也依次行赏。程夫人笑着向金夫人道谢。

芙蓉、画眉领着众婆子、丫头满满当当地跪了一地，磕头谢赏。

金夫人笑着说："你们行这么多的礼干嘛！给你们的这点儿东西，没有甚么值得可谢的，也就算个见面礼吧！"舒二娘进来禀报，车轿已经备好。程夫人忙叫芙蓉给玉清、福寿以及侍从婆子、丫头和车夫、马弁都行了重赏。

福寿等人磕头谢赏。金夫人告别时，程夫人再三挽留，让再多坐一会子。看实在挽留不住，也只好拉着手，送到大厅的后边。琴默、卢香菲二人和金夫人是近亲，又分别了多年，今天刚见面，不到半天就要分别，虽然忍住伤感，还不禁要掉泪。金夫人也伤心地依依惜别。程夫人看了这种情景，便笑道："你们俩现在别难分难离啦！没几天就当媳妇儿了，一辈子也分不开，好好伺候吧！"二人害羞才松了拽住金夫人的手。众人笑着告别，金夫人坐轿，众婆子、丫头都上了车。

轿夫车马快行如飞。福寿坐的是轮子安在后边的"后挡车"，跑起来"轰隆隆"地跑得最快。

程夫人把客人送走以后，领着两个姑娘眉开眼笑地进了家。

且说金夫人进城之后，来到自己的府前，璞玉带着家仆等候在大门外。轿子顺着进西边花园的门抬进内院。到角门下轿，众婆子、丫头搀扶着金夫人进了大厅，吴姨娘迎了出来。

没多一会儿，贲侯从外面进来。金夫人将去戴府的事儿逐项照实说了。又说了戴国老生病的情况。贲侯笑道："他真的病得那么厉害吗？"

不几天，戴国老真的差人来送礼品，给贲侯请安。贲侯也回了答礼，让元凯、伯林设了一天宴席招待。请梅知府当大媒到戴国老府上求婚。梅知府看两家门当户对，是件好事，欣然应允，找个公余闲空，选个好日子前去提亲。

却说璞玉听说琴默、卢梅二人都在那里，喜得都不知道怎么好了。向福寿频频地探问她们的近况。一天福寿道："说是喜，却变成了忧。"

璞玉连忙问道："怎么成了忧？"

福寿道："程夫人说，把琴姑娘早已许配给北京什么公侯的公子，已经应允，没法挽回了。"

璞玉低了头，一会又说："她是那样了。卢姑娘现在总算没事吧？"

福寿道："虽说没事儿，娶过来还有什么意思？"

璞玉惊诧地问："又怎么了？"

福寿道："卢姑娘的容貌跟原先可没法比了。"

璞玉笑道："人注重的是人品，讲的是义气。现在就是卢姑娘变得头发白了，牙掉了，腰驼了，嘴结巴了，她那颗如金似玉的心也变不了。"

福寿说："掉牙的时候还没到，可是她那秋水般的一只眼睛早就瞎了。"

璞玉大惊问道："什么原因成了这样？"

福寿道："我问过，她说在避难时，黑夜骑马，被人家墙上的一根木头戳瞎了。不然，她去天竺寺，我们这么熟的人见了怎么不认识？"

璞玉听了这话道："卢姑娘完全是为我才失去了眼睛，怎么这么苦啊！"说着泪如雨下。刚要放声大哭，小书童瑶琴进来说：在天竺寺遇见的那个人的下落已经打听到了，特来回禀。

欲知后事，且看下回。

第十七回

友伴有缘能相会　兄弟偶遇不相识

朝霞如虹二月天，
习习春风拂窗帘。
书桌明亮闲无事，
续写评书未了缘。

话说福寿说笑话蒙璞玉，说香菲一只眼瞎了。璞玉听了起初非常难受，几乎要哭，后来忽然想起来又笑着说："你骗我！那天我亲眼看见卢姑娘，她比以先还要漂亮。五官都那么好看，干嘛你背地里咒人！"

福寿笑道："你那天在哪儿看见的？"

璞玉将在西冷桥边遇见卢香菲，自己吃惊没敢说话的事儿说了一遍。福寿遮盖掩饰道："那个人不是卢姑娘，是跟着程夫人的芙蓉。她和卢姑娘长得一模一样。卢姑娘一只眼瞎了藏在芙蓉的后面。”说完大笑。璞玉不信，正在刨根问底。书童进来说：“瑶琴回来了，就在外书房。”

瑶琴见面，将找人的事禀报说：“奴才领命跟着那个和尚的后面，问熟人知道他就是在南屏山画画儿的月江和尚。第二天到灵隐寺打听，总是找不到。后来又问了一个熟人，原来这个人虽然在灵隐寺出家，现在却不住在灵隐寺。他住在那天我们去过的天竺寺的下院——下天竺。奴才我又到那儿，知道了他的住处以后，才回来。”

璞玉听了欣喜道：“你好好记住，我抽个空儿自己去访问。”

原来下天竺后院有一块大顽石。传说至诚的良友和有善缘的在这三生石上有缘。这块顽石在这儿也不知道有多少年的历史。为什么叫它三生石：唐朝时西湖忽然来了一个有道行的高僧，名叫园泽。他到这天竺以后，没人听过他念经，没人看过他拜佛。他的行动奇异，白天则正襟危坐，静观自得。有时似观心，有时似观世。庙僧对他的行迹不理解。他也不同别人作伴儿，成天徘徊在庙后，常倚着那块大顽石头静思冥想。有时候摸石头，有时坐在石头上面，或者躺卧片刻。像这样，一天天，一年年，总是如此。庙上的人都说他是一尘不染，声色不移，唯独被这顽石吸引住了，或者这石头里面有什么奇迹。有人或说他要炼石补天，或说他要叫顽石点头，或说他要磨石成金，或说他要磋石变羊。众僧怎样讥笑，他也毫不理睬，仍然站在大石头的旁边，终日盘桓。

正是：

志洁无人比，
殊怀有谁知。
知音尚未遇，

曲高只自知。

却说唐朝中叶，国势日衰，天宝年间安禄山叛乱，守卫东京的大将军李凯战死。李凯之子李源看父亲为国捐躯，成立义军，辅佐郭子仪、李光弼收复东京。安禄山死，父仇已报，改名换姓，弃官匿迹，远遁凡尘，想做个逍遥散淡的人。听说西湖山水甲天下，就来到了杭州。一看湖上画舫箫管仍是喧嚣，就想找个静谧的所在。穿过九里松，来到了下天竺，谷回山转，极为清静，才合了自己的心意，在这寺里住了下来。

李源无事静思，常忆父亲战死之事，满怀心绪，无处诉说，常常幽思冥思，闭门独处，又没有知己可以谈心，如同园泽独游独憩一样。园泽还有一块顽石可以做伴，朝夕共处，慰藉心灵。李源真是茕茕孑立，形影相吊。庙僧常对人说："我们寺里来了两尊木雕泥塑的活佛。"

一日，李源散步走到庙后，莲花峰下修长亭亭的翠竹千竿，从罅缝里穿射出来。峥嵘的山峰重重叠叠环抱着庙后，庙后有块顽石，光洁陆离，独秀可爱。石上有一僧盘腿打坐，面目清秀，器宇不凡。李源一见肃然起敬。那园泽睁眼看见李源，两人话没出口就已心心相印，犹如前生所识。当即施礼相坐，每句话说起来都很相投。原来这块石头上只有一个园泽，现在成了两个园泽，这块石头也好像有了两个知已，更加增添了光彩。

那天二人遁世超俗，相互交谈，成为知己，就在这块顽石前结了三生石缘。从此以后，形影不离，风雨天也是面对面坐卧。春日摘花，夏日乘风，秋日咏月，冬日赏雪，大都坐在这块石头上。是以二人同这一块大石头结为生死与共的三友。因此，后世将这块石头称为"三生石"。后来李源从书中引动云游之兴，要同园泽游览巴蜀名山圣境。园泽无奈，说要绕道走长安，李源执意不去长安这个污浊垢辱之地，要走荆州、巫峡这条路。园泽叹息点头道：“大数难逃，信哉!”说完勉强同意。经湖广来至安浦，看见一个汲水的妇人，园泽忽然流泪，向李源辞别道：“那妇人就是我托生的母亲，此地此时即了却我今生之日。我本来不愿意走这条路，想要绕道长安，而老兄的情谊难却，本想先陪你去看峨眉山的积雪，再来此地。但今日大数难脱，无奈相别。君若不忘友情，今后十三年中秋八月十五日夜在荷红川岸边来访，我在月下与君见一次面，完成三生之约，结束石上之缘。”说完咽了气，闭了眼。

李源寻访那个汲水的妇人，果然生了一个男孩，只是哭个不停。李源看了说：“我能让这孩子不哭。”进屋一看，那个婴儿生得头圆脸方，胖乎乎的，只是闭着眼睛大哭。李源抱起说：“尊贵的朋友！李源来了。”那个婴儿忽然睁开眼睛，看看李源，不哭，笑了。以后真的在他十三岁的时候，到西湖荷红川那个地方与李源相见。这就是三生石传说的始末。这才是贤者交友之道，这才是益友良朋。市井小人朝识夕弃，口是心非，尔虞我诈，逐利忘命者，焉能与之同日而语。故交友之道以“三生石”为贵。

诗曰：

交友本挚真，
贵在浅入深。
可以托性命，
丰采出群伦。

且说璞玉想抽个闲空，去一趟天竺寺。忽然一天，梅知府亲自来了。给贲侯回话道：“传戴国老的话：求婚之事可以接受。只是两个闺女许配给一个人不太相宜。许给一个，留下一个。我把古代尧将二女嫁给舜的故事作为借鉴说了以后，他又这么说道：‘听说两个闺女的亲生父母都在浙江，应当通个消息。如果他们放了话，我也同意。”

贲侯当即与金夫人商议，只说戴国老应允了两个姑娘的婚事，派龚高去浙江。

龚高领命，租船去浙江，找到金公府上，到了传事房，金府家人听说姑太太派人来了，不敢怠慢，忙进去告诉管家刘功。刘功原来和龚高有交情，连忙出来接到自己房里。喝完茶，龚高问了这边的安，知道一切平安，将贲侯、金夫人的书信和礼品一一交付并将来意仔细叙说一遍。刘功听了这些事儿，大奇特惊，吐出舌头，半晌都收不进去。一面告诉伙房，一面收下书信和礼品。整饰了衣冠，知道金公在里院打牌，不便进去，敲起云板，入内报事。

那时正是四月上旬，窗户都开着，顾氏正与娜氏一起闲呆着，听台阶下边一个说书的瞎子在说书。那瞎子正弹着丝弦说《西唐书》，诸神都打不赢一个金北锋。孙膑着了急，去花果山请孙悟空。正说在热闹的地方，忽然听敲云板，知道有事儿，忙让松了琴弦，暂时休息。顾氏看到刘功手里拿着哈达站着，问有什么事儿。刘功报喜，将龚高说的情况从头到尾说了一遍。两位夫人听了如此这般，惊得目瞪口呆。娜氏起初只是合掌念佛，后来听到卢香菲被彩球打中的事儿，又开始抹眼泪笑了。顾氏哭了一会子，笑着问个不停。金公散了牌局，从外面进来。刘功忙将贲侯的书函呈给金公。金公先奇怪全家坤眷都有喜色，又看夫人的那个情景，大惑不解。刚刚坐下，婆子们放好饭桌，摆上酒肴。金公一面饮酒，一面拆封，知道了事情的概况，又问刘功。顾氏将刚才听到的事情从头到尾地叙说一遍。

金公听了这些事儿，既不喜欢也没生气，手里拿着个小镊子闭上眼睛慢慢薅下巴颏的胡须，半晌以后，憋着劲儿哼了几声，对刘功道：“你去好好招待来人，今天晚了，我不想见。明天见面，再交给他回信吧！”刘功领命出去。顾、娜二位夫人一看金公很不高兴，也不敢多说，怏怏不乐地散了。

次日，金公出来坐在三门耳房，叫龚高来见，问了那边情况以后，交给他回信道：“你回去后，好好回禀姐夫和姐姐，我家门不幸，连走背运。我以前以为那两个姑娘都死了，原来她们没死，还都活着，这是她们的运气。她们救命的父母，就是她们再生的父母。我们两个姑娘就像死了又投胎，一切事儿我全不管。她们的再生父母同意把她们给一个人，我也高兴。一切事儿，我跟着走。”龚高说：“舅太爷这些吩咐，全都在理。虽这么说，这件事我们老爷说必须向舅太爷禀告清楚。还有一件事，要定妥，想订在仲秋八月的好日子办喜事儿，也向舅太爷禀报。”

金公点头道：“正好，你们的福晋是我们的姐姐，我的姑娘跟她的姑娘一样。姑娘的大事，姑妈该怎么办，就怎么办吧！我没有甚么更多的话可说。”

龚高高高兴兴地道了谢。又请顾、娜二位夫人去喝喜酒。事情办完，和金府家人辞行。即日从浙江出发，坐船到苏州，向贲夫人禀报八月订下大喜的好日子。

却说顾、娜两位夫人听了那消息以后，不分白天黑夜，止不住地高兴。每天掰着手指头数着到八月的天数。又想起在八月以前不派个人去看看姑娘实在不合适。一天，正一块儿坐着商议，顾氏想派儿子金钟去看两个姐姐，在丫头们中间忽然出来一个丫头跪在顾氏面前说：“小丫鬟我承姑娘的厚恩，以后不幸没能跟着姑娘去死。一代姐妹替姑娘出阁的出阁了，都尽了力。唯有无能的我寸恩未报，饭也吃不下，觉也睡不着。现在姑娘靠老天保佑，没有死在江里，还活着。婢女上天涯海角，也得找到她，以尽犬马之劳。”说着就掉眼泪。顾氏一看，原来是跟琴紫榭的大丫头瑞红。娜氏奶奶看她有这般义气，先流下眼泪。顾氏也在伤心。金公从外边进来，问怎么回事儿。二位夫人异口同声地把瑞红刚才说过的话，又将想派金钟看望姑娘的意思诉说了一遍。金公点头道：“这丫头有这个心意也算难得。钟儿念书耽误几天就耽误几天，依你们的意思派他去一次杭州吧！我总疑心琴姑娘还能活着。卢姑娘没有掉井里能说得过去，琴姑娘的尸首已经打捞上来，我亲眼看着埋在平山堂，现在怎么又活了呢？若说琴姑娘真的活着，那平山堂埋的又是谁？或许像《牡丹亭》里的杜丽娘复活了不成！这桩疑案必须查清。”说完从学房里将儿子金钟叫回来道：“改日同刘功带书童去杭州西湖，看看两个姐姐，答谢戴国老，同时将瑞红送去，再进贲府看望姑母。”

金钟年纪还小，又特别淘气，听了这话，高兴得跳了起来。两位夫人又忙活着，将送给姑娘的衣服什物交给瑞红收好。叫管家婆子宋妈妈护送，又千叮咛万嘱咐地说了一番。

次日金公又给刘功交待了好些话，备下两只小船，夫妻二人送金钟等坐船往杭州而来。那金钟像出笼的小鸟，和侍童吉祥、如意一起在船上说山道水，笑着闹着。一日到了杭州附近，金钟心想去梅峪之前，先去西湖游玩一次。就问本地人道：“你们这西湖最热闹的地方是哪儿？”那人道：“我们西湖山水寺庙可多了。还有六桥、双峰，什么样的好风景这儿没有呢？不知道你说的好看是山水的好看，还是声色的好看？”又对金钟道：

"离这不远，苏堤旁边的望湖亭的前面是大湖，后边是商店、歌楼、酒肆、秦楼楚馆都有，是西湖头等繁华地方。"金公子大喜，向奶妈、刘功再三要求，必须去看一趟。刘功没办法，将两只船交给家人，告诉宋妈妈和瑞红好好看管，自己和金公子带着两个侍童，四人徒步，顺着堤，朝望湖亭而来。

那时正是立夏刚过，西湖的春光已逝，天气渐热，荷花都长骨朵了。游人有的拿着扇子扇凉。四人边说边笑边走，不久走到了一个大巷子，往南穿过去，过了竹桥一看，在半岛上果然有一个大亭子。匾上写的《望湖亭》三个大字。前边大湖是碧波青青，游舫如蚁。金公子看了非常高兴。湖边茶肆酒店的红旗绿幌连绵不断，亭上摆着几个茶桌，客人有猜拳饮酒的，交谈喝茶的，一个个穿的绫罗绸缎，富贵豪华。

刘功和公子也找了一个洁净的雅座，正想喝茶，跑堂赶快倒茶，又端来四碟果子。金公子正在喝茶吃果子，忽然听见一曲琵琶弹奏的声音。金公子侧耳倾听，不觉入迷。刘功笑道："公子怎么着！听了这声音就要往那儿搬吗？"

金公子笑道："这倒不是。我以前读白乐天的《琵琶行》，恨不能到浔阳江上看看。今日来到这儿，就像到了那个地方听到这么幽雅的琵琶声。"正在说着，悠扬的歌声，顺风入耳，吐字清晰。歌词是：

小耗子，上灯台，
偷油吃，不下来。
凤台[①]呀！艇等郎郎台。
香径香渺吴家台[②]。
梦赴阳台[③]。

一种清爽可爱的声音，真使人心动神摇。金公子的侍童吉祥、如意听了相对欢笑。正不知道那歌声是从哪儿来的。一个小跑堂在一个盘子里放了一碗清炖整鸭，高高举起，绕过屏风进去。金公子就从屏风的缝里往里看，北边还有三间正房，里面又出来一个小跑堂的将那个跑堂手里的炖鸭盘子接过进去。那跑堂退出来时，金公子问他道："那边儿的屋子也是你们的?"跑堂说："这屋原先是整个的一套，今天我们借这边卖茶。那后院才是我们自己的，准备请客用的。今天我们这儿的于老爷在正堂设宴请客。"金公子又问道："刚才弹琵琶的是在这屋吗?"那跑堂的点了点头。金公子又问道："是什么人弹的?"那跑堂笑道："我看您这老爷也有二十岁了。可是怎么这么傻?弹琵琶的除了女人还有什么人!"

刘功笑道："你不要笑话他不懂。他是大家公子，从来没见过歌女是什么。"跑堂的笑道："那老爷们为什么不叫一两个歌女来看看?正堂后三间备有现成的一桌果子，屋子也挺干净明亮。从前边柳荫下的船里叫一两个歌女听听小曲儿也用不了多少钱。"

刘功道："后面要有闲屋子，我们到那边去坐坐也好，这儿太吵得慌。"说罢跑堂的引路，金公子绕过屏风一看，院子里有些车轿。上首三间正房的两边还有六间厢房。正屋旁边的墙上有个月亮门，跑堂领他们进了月亮门，绕过正房，果然有三间敞屋，里面极为清静幽雅。二人找个中间的桌子坐下，叫跑堂的端来细果子和热酒慢慢地喝着。

原来那屋是前屋的正北面，离北窗很近。忽听弹弦声停了，几个人笑着称赞。有一人笑道；"少爷愿听什么歌儿，您赏着点吧，不然尽不了我的心!"又一个人道："我本来对这些小曲的好坏不太门儿清，只对昆曲的词儿知道一点，但她们又不会唱，我还能点什么。”先前的那人大笑道：“那么李师爷替少爷点一个怎么样？”又一个人笑道：“那么我替少爷点吧。刚才平儿唱的《小耗子》就确实好，现在要听月儿唱一个。”忽有一女人优美悦耳的声音问道：“老爷们想听什么词儿？”又有一人笑道：“你们最拿手的还是郎郎调，就唱这个调吧！”说罢，就听见转轴拨弦，那个女郎用黄莺似的声音唱道：

惜只惜的今宵夜，
愁只愁的明日离别。
离别后，鸳鸯流水梅花谢。
猛听得，鼓打三更刚半夜。
刹时窗外月影西斜。
恨不能，金钗别住天边月。
恨老天，闰年闰月不闰夜。

唱完之后，众人齐声笑着喝彩。

金公子坐不住，悄悄走到窗前，用手指捅破窗户纸，往里瞧：上首坐着一个青年，衣冠楚楚，仪表堂堂。旁侧坐着一个书生，年过五十。两边又坐两个人，左边坐着的显得清高，雅致，容俊，声和，大约三十岁。右首的主人瘦脸，黄须，身高，眼细。两个歌女对着正坐，衣裙鲜艳，容貌秀丽。左首穿紫红衣的那个客人吻着刚刚唱歌女郎的脸蛋说她美。那女郎举杯劝那人喝酒，那人又抱住女郎，不喝酒。坐在右首的主人说：“月儿！你三爷亲你，你怎么不用皮杯敬酒呢？”那月儿笑着不动。穿紫红衣的人笑道：“算啦！你要害羞，我给你一杯皮酒。”用嘴嘬了一杯酒，抱着坐在自己怀里的月儿，抬起她的头，对上嘴，喂她喝。月儿吸着喝了。满屋子的人大声叫好。

金公子看那些怪样子，忍不住在窗外哈哈大笑。众人大惊，开窗一看申斥道："什么地方的娃娃敢上这儿来笑？快出去揍他!"几个人跑了出来，挽起袖子要打金公子。

欲知后事如何，且看下回分解。

① 凤台——即凤凰台，在金陵（今南京市）。相传南朝刘宋元嘉年间，有凤凰翔集山上，时人筑台于山上，山名凤凰山，台名凤凰台。李白：《登金陵凤凰台》："凤凰台上凤凰游，凤去台空江自流。"

② 香径香渺吴家台——香径，即采香径，今名箭径，在江苏苏州市西南香山上。相传是吴王夫差和西施种花的地方。

吴家台，即姑苏台。在江苏苏州市西南姑苏山上。吴王阖闾创建，后来吴王夫差加以增筑。横广五里，三年才建成。台上建有春宵宫，夫差与西施在那里嬉乐。

③ 阳台——宋玉作《高唐赋》，叙述楚怀王游高唐（楚台观名），梦中与神女欢合。临别时，神女说："妾在巫山之阳，高山之阻，旦为朝云，暮为行雨，朝朝暮暮，阳台之下。"后来对男女欢合称为："梦赴阳台"。

第十八回

红心友志题红叶句　多余人论证多余时

林深落叶聚蓬松，
信步犹疑步烟濛。
枯竹怯冻鸿雁落，
冷云酿雪漫长空。

原来，断桥的于和在这里设宴请璞玉等人。坐北朝南的是璞玉、宪章二人，左边穿紫红衣服的是施凌云，右边穿灰衣裳的是于和。那时他们都喝得酒酣耳热，一时发怒要打笑话他们的人，底下人不分青红皂白的就要大打出手。

刘功看了这个情形，连忙大喝道："瞎了眼的奴才！快住手！"那些底下人吓得都顺窗户溜跑了。

璞玉的侍从们有的过去跟着金夫人去过浙江，认得金公子，定睛一看叫道："大爷不能打，那是浙江的金公子！"这时刘功也认出璞玉来，忙过来请安。

那时，金公子还猫着腰笑着说："今天我算开眼了。"刘功叫他快见璞玉。二人不禁大喜，喜笑不尽。于和忙收拾桌上的酒席，再上了莱，众人也都进屋坐下。

璞玉给了赏钱，施凌云把歌女们打发走了。

那天璞玉、金钟二人各说各家的事儿。璞玉邀金钟一道进城。金钟推辞说："小弟先将瑞姑娘送到梅峪，叫她去见两位姐姐，等那儿的事完了以后，再去拜见姑父姑母，绝不误事。"璞玉知道他有事儿，无奈放他走了。

施凌云心里佩服他们不愧为公侯之后，真叫亲热。他向璞玉辞别，要求宪章同他一块儿去。施凌云求璞玉请李宪章到他家里讲几天书，璞玉依了。只有于和留在这里算酒账，众人道谢辞去。

金钟、刘功一行去梅峪，宪章、凌云一行去孤山，暂且不提。

只说璞玉辞别众人，把车辆先打发走了，自己骑马，带领一个侍童，沿着堤下一条柳荫路，观看湖上的画舫水榭。在青山绿水中，听莺歌，看荷花。过了西冷桥，到了葛岭山口，看见对面走过来一个人。

那人身穿葛布僧袍，骑着白马。瑶琴忙道："这就是天竺寺的月江和尚。"那人已到近前，二人还没说话就像三生石前的二人重见了面似的。眉宇之间透着有缘的和气，下马施礼相见。

璞玉大喜道："久闻尊名，无缘见面，今日幸会，真是天赐之缘，不知到何处一叙倾慕？"

那月江和尚早已听说璞玉之名，今日见了他，从相貌也就认出来了，忙笑道："这也是缘分，但野外不便久谈，如何是好？”

璞王笑道：“枉驾寒舍一叙如何？”

月江道：“贫僧不入侯门久矣。贵公子如蒙不弃，光临寒寺茅舍，当烹茶以待。”说了一阵子便分道扬镳。

临别时璞玉问道：“法师今日去往何处？”

月江用马鞭指着那边云雾朦胧的青山道：“闲暇无事，今天想去南屏山拜望高禅师。”说完便策马而去了。

璞玉纵马急驰，今天无意中遇见了两个稀客，心里特别高兴。进了城，来到府门前，一看满是车马。一问，说是嫁到扬州的二姑娘和姑爷一起来探亲。璞玉更加高兴，忙下马照直进入内院。

原来，熙清跟她丈夫苏令安商议：因她公公知府的任职快要期满，正想在回北京之前到杭州探亲。

璞玉来到堂屋，贲侯、金夫人在大炕上对面坐着，熙清坐在当中间儿，正在说笑。苏令安在地下椅子上打斜儿坐着。地下站满了花团锦簇的妇女和姑娘。

熙清看璞玉进来，忙起身要下炕。璞玉忙上前在炕边上拉住手，施个半礼，又回身同苏令安握手拜会。

贲侯问道：“你整天不在书房，老是出去上哪儿去了？”

璞玉忙回话：“有一个朋友约我到湖上看荷花，不便推辞，同李师兄去的。”

贲侯沉下脸，只是当着新来的客人的面，没有过多地责备。瞪了他一会儿道：“此地是容易闹乱子的地方，年青人不懂事，容易败坏家教。今后无论有什么要紧的事儿，不报告我不准出去。”璞玉忙跪下遵命。

贲侯又和苏令安说他父亲的事。金夫人看姑娘熙清肉都奪拉下来了，比以前胖了不少，又看她谈笑风生，知道她没有吃苦，心里很高兴。熙清的侍女莺歌、子规也过来给璞玉请安。贲侯又转过身子问话，熙清把扬州的人情风俗、土产，一一告诉。苏令安起身回馆舍，璞玉陪同出来。

次日，龚高从苏州回来，见贲侯禀报："浙江的舅太爷，对咱们说的事都应允了。苏州的姑太太看了八月初八日是上好的吉日，很高兴。奴才认为，这里还有接亲的事，并且在八月份内还没有这样上等的吉日。把连接带娶的两桩事合并在一齐办也有困难。因此我和杜敬忠商量，七月末从这儿派人去，将姑太太娘俩儿先请到这儿，住在别院。到大喜的日子，三个新人同时拜堂，不仅对事有利，对谁也方便。杜敬忠禀告了姑太太，姑太太起初有点为难，经奴才再三央求，才同意了。姑太太说，到那时候将一切准备妥当，只等这儿去人接。"

贲侯欣然点头，将衙门东侧的另一个跨院——桂香院打扫干净，准备接待苏州姻亲。将逸园的友竹山房修缮一新，准备作璞玉的新房。

不到两天，金钟在戴新民家见过了两个姐姐，安顿了瑞红，一切事情办好以后，来到杭州城里见姑母。金夫人见了娘家侄子非常高兴，暂且不提。

且说高珍、马柱等领来各种工匠，将桂香院、友竹山房二处的房屋、院落，根据情况修缮一新。从此贲璞玉在内同熙清、福寿等说笑玩耍，在外陪同金公子、苏令安等，或者射箭，或者行酒令，热闹非常。府内各处挤满了工匠，院内各处为今秋喜事准备各种东西，更加热闹起来。

几天以后，金公子要回原籍。金夫人再三叮嘱：八月办喜事必定来，金公子"嗻！嗻！"地满口答应，同刘功返回浙江。

苏令安要同熙清回去。贲侯留住熙清说，等喜事办完了之后从这里送去。苏令安无奈辞别，回转扬州不提。

忙活的日子过得真快，转眼之间炎夏将过，凉秋就到了。一天璞玉闲着没事儿，正坐在晓宓山堂看古书，忽见墙上的《三生图》，想起月江禅师，正想去拜访。古画手里拿着一张纸进来呈上。璞玉接过来问道："这是谁给的?"古画道："有个公差去西湖，路过天竺寺，看见一个认识的和尚，他说：'这里天竺寺和尚月江给贲公子的，麻烦你给带去。'公差知道是闲事儿，就带来了。"

璞玉高兴地拆开一看，不是禀报，也不是信，原来是一首五绝。其诗云：

碧空明秋色，

当亦感知音。

晓风吹枯叶，

孤僧独坐听。

这首诗触动了璞玉的诗兴。那时施凌云回原籍应试，璞玉正在愁闷，那天贲侯也去总督衙门办理公务，趁此机会领了两个书童，也没有换衣服，徒步走出花园。到了门口一看，管家们召集了不少公差，备了不少轿子，看情况是到江边接人。

原来黄明等奉贲侯之命，到苏州去接贲夫人母女，这两天就要来了，所以管家提前准备，等来了消息就去迎接。

璞玉知道，贲夫人这次来为的是送姑娘，自己去迎接和见面都不方便，并且也不知道她们究竟什么时候到，于是照直出了西门，奔西湖堤上走来。

那年是闰七月，很早就立了秋，城里头感觉不太明显，湖堤的草色却早有变化了。

正是：

疏林叶间聆秋讯，

烟雨楼上传笛声。

璞玉傍花随柳，走了一段路程，到了下天竺附近，叫瑶琴在前面引路，过了几个人家，到了一家门前，瑶琴说就是这儿。

两扇不起眼的门关着，里面静悄悄的没有动静。书童把门轻轻地敲了几下，忽听见哈巴狗吠声，出来一个小童开门，看了璞玉，好像有点儿面熟，笑脸相让。又进了一个小门，朝南的三间茅舍，两旁的竹篱上种了不少花草。小童掀起竹帘，进屋是两明一暗，西间是佛堂，屋内虽是竹椅纸屏，瓷鼎砂壶，但格外素雅清净，比世俗的金玉器皿高雅十倍。北墙上的芙蓉图两旁写的是：

慧镜虽圆情印正，

智棋称巧法规严。

西墙上挂着用小块乌金墨玉似的滑石缕刻套成的正楷，写的是仙人隐士的四段韵文。两边挂着唐·褚遂良写的一副对联：

贯奇通妙量慧智，

摒文返朴寄筝心。

璞玉正沉湎于欣赏房舍的明净幽雅，月江快步迎出，二人握手相见。因三生石的前缘，相互敬重，暂且不提。

璞玉见他慧心清雅，风度如春风和气，心里更加敬佩。饮茶闲谈，越谈越融洽，真有高山流水遇知音之感。

二人谈说，心悦诚服，又喝了几杯茶。饭后一同外出散步，顺着西湖双峰山梁远眺，霜林红染，像是绝美的红霞，迤逦铺散开来。月江指着霜林道："光阴荏苒，景物变异，世俗之人视而不见。久闻贵公擅长诗歌。今日知己相逢，何不以良辰美景为题，赋诗一首？”

璞玉道：“岂敢藏拙，只恐有辱尊听。”

正在说着，书童取来文具等物，璞玉铺纸构思，月江笑道：“听说贵公小时作《白云》诗，挥笔成章，现在写《红叶》诗，何以迟迟不落笔？”

璞玉笑道：“这并不完全因为文章有长短，大概小时候犹如旭日东升，光芒四射。人近中年，则明镜上落了尘埃，比起以先就有些浑浊不清了。”说完又细致地推敲一番，写出一首。月江拿过来一看是：

秋风报寒讯，
长林雨落红。

月江道：“雨’字虽可雪雨同用，但这诗写的是叶，似不如改为‘雪’字更确。”说完往下看：

何当四月景，
尽绽三秋浓。
梳妆颤花貌，
抹脂悦谁容？
饱经风霜苦，
粉颊愁几重。

月江连连点头称赞，二人从此结了金石之交。

那日饮茶谈心，心情畅快，依依惜别。

次日果然传来贲夫人即将来到的消息，杜敬忠先到住所铺设毯褥。贲侯叫璞玉亲自去迎接，并说：“到了大喜的日子须去梅峪接亲，不能两处迎亲，今天去迎接就完成了亲迎之礼。”璞玉领命，换了衣服，领了随从，骑马出门到了江边。这时贲夫人已经下船坐上了轿子。

璞玉下马跪拜，贲夫人见璞玉亲迎，非常高兴。璞玉回答了贲夫人的问话，骑马走在前头，因今天这个日子，不便去后车见盛粹芳。这时一群车马直向杭州北门而来。

贲府门上虽然张灯结彩，只因今天不是正日子，没有奏乐。龚高、杜敬忠等迎出门来，招呼着将贲夫人的轿子抬进二门之内，盛粹芳的轿子则照直抬进桂香斋。

贲夫人见着兄嫂悲喜交集。熙清也上前拜见，贲夫人拉住她的手喜笑言欢。贲侯兄妹在一处吃饭，叙谈小时候的往事。贲侯忽然问道："外甥孟瑞怎么没有领来？"贲夫人道："正在学房读书，恐怕耽误了功课，再说他年纪还小，领来也没事干。"正在说话，金夫人已将桂香斋的行装物件儿整理安顿妥当，走了进来。

贲夫人起身礼让。金夫人忙笑道："姑太太怎么越老越多礼了，过去可不是这样儿。"

贲夫人笑道："过去我当妹妹的有点对不住嫂子，也不大要紧。现在成了亲家，把闺女交到您的手里了，不勤拍着点怎么行呀？"这时不仅众人大笑，连贲侯也笑了。

宴席散了，晚上贲夫人去桂香斋住宿。从此离大喜的日子越来越近了。到了八月初，贲府的管家们忙得不亦乐乎，有的叫工匠糊房子，有的写喜联，有的准备宴席，有的编写剧本，一桩桩，一件件该忙活的事儿，全府上下都在忙着。

里院的婆子们、姑娘们各人忙着各人的针线活儿，各自准备各自穿戴的东西。有的通宵达旦，废寝忘食。金夫人的丫头三妥一看，五福准备的是红贡绸碎花夹袄，上罩绿缎绣花坎肩，红绿相配，特别显眼漂亮。想起自己穿的莲花紫薇缎苹果绿长袍，虽说是崭新的，但上边没有罩的坎肩。猛地想起福寿姑娘有一件古绣大红绡呢短坎肩。那年在熙姑娘婚礼宴会上只穿过一次，以后再也没看她穿过，想来定是簇新的。要是把它借过来穿上几天，自己的绿旗袍可就显眼漂亮了，跟五福在一块儿也不致于让人比下去。因平素和福寿挺亲近，好说话，就到西厢房去找她。正好福寿不在家，只有璞玉一人在里屋背着脸儿站着，整理他那年从旧坟里头找到的琴默的画像和诗文。璞玉看见三妥，问她有什么事儿？三妥说没什么事儿。到了外间，小丫头灵玉抬了抬下颏，暗示她福寿到那边去了。三妥又忙来到东耳房里，熙清、福寿、玉清三个人正在那儿坐着说笑。三妥一见玉清没敢出声。玉清转过身来问道："你不在太太跟前，到这里干嘛？"三妥没办法，说了实话。玉清啐着说："呸！看你这小狗崽子！针线活你不学，学打扮你可想得全。不用动福姑娘的，我有个红坎肩，到那时候给你穿。你快上太太跟前去。没准儿叫人了。"三妥高兴地跑了。

福寿道："大喜的日子愈来愈近了。近些日子我们还没去看盛粹芳姑娘呢。住在一个院里，那么亲近的姑娘，还得等到新婚那天才见面不成？"

玉清笑道："我听婆子们说她开了脸以后，比以先更漂亮了，这两天之内她怎么能来这儿？"

熙清笑道："她不能来，咱们还不能去看看？她要是怕羞忸捏，我可以挑嫂子的礼儿，说几句笑话臊她。"说完三人一起带着莺歌、子规从东耳房出来，进了角门往东拐，绕过里厨房的后面，进了夹道往南走，从桂香斋院子的后门进去。

原来这桂香斋是三间正房，一明两暗，熙清等进了中间堂屋，东间撩下了竹帘，贲夫人正睡午觉。西间屋挂着软烟罗的帘子，盛粹芳正在那儿坐着。

莺歌从西间屋出来看见熙清她们，忙笑着打帘子。看来盛粹芳没擦胭脂粉，将头发绾在一边，上面插着桂花，身穿纱衫，手里拿着长烟袋竿，脸上带着怕羞难为情的样子，坐在那儿。

看见熙清进来，忙忙索索地起身行礼，一一见面以后，都让了坐儿。

熙清笑道："自从姐姐来了以后，好几次想过来看看。家里忙着办娶新媳妇的事儿，忙得抽不出空儿。"

福寿道："跟姑娘分手好几年了，没料想在这儿见面了，这谁想得到呀!"

玉清道："姑娘的金面玉体，这些年来更俊俏了。我们太太看了多高兴。"粹芳虽然大方，但毕竟脸皮有点薄，听了这些话只是微笑点头，一句话也没说。

熙清笑道："姐姐往常是健谈善论的好口才，今天姐妹们才见面，怎么连一句话也不说呢?"

盛粹芳也笑着说："这叫相逢俱在不言中吧。"

福寿道："今年天凉得早，往年不是这样，不知道是什么缘故。"

玉清道："大概是闰月的关系吧。"

熙清道："不知道为什么有的年有闰月？很奇怪，我到现在还闹不清。小时候和琴姐姐在一起，几次想要问，都忘了。"

福寿道："这位外甥小姐的学问不次于琴姑娘，今天正好请教。"

正在说话，子规给每人倒了一杯茶。

熙清一再地问，粹芳笑道："我小时候，听我父亲说，日月之余数积累而成闰月。《书经》曰：以闰月定四时成岁①。每三百六十五天零三个时辰，太阳转天一周为一年。二十九天零五个时辰，日月运行相合而成一个月。一个月内有二合六度。三十天之外有五个时辰零二刻。一个月前半部称合，合不超过望，后半部称分，分不超过晦。过望和晦则成为闰月。大约十二个月内六个大月，六个小月，共三百五十四日。这是转周天之度。余出的十一日积成三十二日，共余出二十九日，所以就多出一个月来。这样五年又余出一个月。十九年出七个闰月。每月之余日积而成闰月，以闰月定时成岁就是这个意思。如此运转，四季之序就调和配合了。”

熙清点头笑道：“今年有闰月，喜事往后推迟了不少天。嫂子一定是看着大喜日子太慢了，心里又愁又急，思来想去才对闰月的事儿研究得这么深刻、清楚。”说得福寿、玉清都笑了。

盛粹芳脸羞得通红，往后捎着坐下笑道：“熙清姑娘小时可是个好人。嫁到扬州以后，可能是水土的关系吧，变成一个说怪话的能手了。”正在开玩笑，金夫人那里五福来了说：叫二格格。众人才辞别了粹芳出去。

且说戴新民对两个收养的闺女没有办法，只好都给了璞玉。正在准备嫁妆。程夫人道：“跟小闺女来的有画眉，这还好说，跟大闺女陪嫁的就是后来的瑞红?”

戴新民叹了口气道：“先来的，后到的，都是他的人了。无缘不相逢，从我们这儿添几个小丫头跟过去，也算我们作父母的心意吧!”程夫人高兴地照这话办了。

次日，浙江的金公子、刘功跟着娜、顾两位夫人一同来到。两位夫人进入贲府住下。

金公子来到梅峪。戴新民自己不能亲送，请全布政司和金公子一同送亲。

初八日早晨辰时二刻，璞玉穿戴礼服，向父母跪拜行礼，带着花轿、乐班去梅峪。国老府前张灯悬彩，家人都穿了喜庆衣服出来迎接。

璞玉下马进入府内，向戴新民夫妇磕头行礼。那老夫妇二位都穿戴着官衔品级的礼服和佩饰。两个姑娘让人扶着出来，同璞玉并立拜天地。

那时因两个新人的头上都有红盖头，璞玉不能看到她们的脸，只见瑞红、画眉两个各自搀扶着自己的小姐，不禁喜形于色。画眉还是咬着嘴唇，目光滑溜地扫看着璞玉。卢香菲想起戴新民夫妇的恩情，止不住地落泪。上轿以后，琴默才哭出声来。乐声齐奏，璞玉骑马在前面走，后面跟着两顶花轿。程夫人、全布政、金公子等人的车马，在后面络绎不绝地摆出有一里多地。进城门时，车马拥挤着，大街上看热闹的男女老少成千上万，一堆堆的人把道路挤得水泄不通。到贲府大门前，迎接的锣鼓喧天，细乐齐奏。璞玉到了二门下了马，大厅之上早已坐满了贺喜的客人。梅知府、苏令安等人带头向前迎接，全布政、金公子等进入大厅就坐。

喜事说不尽，且看下一回。

① 以闰月定四时成岁——见《〈书经〉·虞书·尧典》‘帝曰：“咨！汝羲暨和，朞三百有六旬有六日，以闰月定四时成岁。”咨 zī，叹词。暨 jì，同及。朞 jī，同周。羲、和，尧的两个大臣。

第十九回

完夙缘喜娶三美眷　赛才学巧吟六竿诗

细雨寒食浥柳青，
春女长歌晓梦惊。
园里红芳芽初绽，
草茵绣蝶舞风轻。

话说璞玉把琴紫榭、卢香菲二人亲迎过门，刚到大厅，从东院桂香斋的方门里传出奏乐的声音。在前面提着四对纱灯的家仆引路，后面有一群妇女簇拥着盛粹芳出来，与从外面进来的琴、卢二人合并在一处，成了一条长龙大队，进了垂花门。

璞玉一看三间正厅的当中，隔扇全部卸下，挂红灯、燃古香，贲侯、金夫人身穿朝服，坐在正中。娜氏、顾氏二位夫人也全是按品级穿戴官服坐在右首。地上铺了红毯，满院花团锦簇，站满了衣着华丽的妇人、姑娘。

娜、顾二位夫人见两个姑娘，果然活着回来，情不自禁地飘飘然，在悠扬的乐声里不知是悲，还是喜得过了劲儿，直往下掉眼泪。

三个新人进屋，朝北站立，贲侯传令：盛粹芳为首，琴默第二，卢梅第三，按顺序排列。

璞玉向前并立，赞礼司仪，四人一同跪拜父母，真是花颤灯转。

金夫人见琴默、卢梅排在粹芳下边，斜眼看娜、顾二位夫人的脸色表情。两位奶奶那时候只顾看自己姑娘的喜事，就等什么时候摘下红盖头，亲眼看看她们的脸，核实无误，才真正放心，哪有功夫争那个级别的大小呢！

四个人叩拜完毕，璞玉站在左边，将三个新人领到右边，相对施礼。贲侯下令将儿子、媳妇领进新房。仍是奏乐。璞玉在前头领着三个人，从内门进了逸园的友竹山房。

金夫人高兴得笑着起身请娜氏、顾氏二位夫人进里间坐。舒二娘忙进来说："亲家太太到！"金夫人忙领着婆子、丫头们迎了出来。到了垂花门，程夫人扶着芙蓉进来。

两位夫人握手言欢，娜、顾二位夫人也走下台阶相见。俗话说：恩人相见格外亲，欢笑尊重叙不尽。

那时，贲侯已去大厅款待宴请众亲友。金夫人叫熙清、福寿去请贲夫人。不久贲夫人领着元宵来到，金夫人忙迎出，给程夫人引见，认识之后，正在喝茶，舒二娘进来说："梅知府夫人到！"

金夫人问是否已经到了．随即出去，迎了进来，众人施礼坐下。众人寒暄，家仆抬来饭桌酒席。金夫人亲手敬酒，让程夫人坐在上座，其次是贲夫人，第三是梅夫人，第四、第五是娜氏、顾氏，第六才是自己，坐下。

那梅夫人的年纪比谁都小，扬州人氏，姿容秀丽，风度潇洒，待人亲热。一看自己排在第三位，怎么能依，再三谦让，推让娜、顾夫人坐在上首，又将熙清拉过来一同坐下。

不说这里众人谈笑欢乐。外边大厅里，贲侯亲自陪客，宴请全老爷、梅知府以及全城文武百官，饮酒作乐，暂也不提。

且说璞玉领着三个新人来到友竹山房。原来这排北房，一排五间，当中的三间：西头是大炕，东头是用隔扇间开的一间，北炕上挂了帷帐，摆着盛粹芳的衣服铺盖。中间的对门北边是一扇小方窗，两边各有一门。从东边门进去，经过盛粹芳住屋的北夹道进东间，窗前的炕上是琴紫榭的衣服铺盖。从西边门进去，经过夹道进西间，摆着卢香菲的嫁妆、书画。堂屋西头的大炕是璞玉的住处。

这座房子的间量最宽，每间是一丈五见方。每个人的住房里放着他们手头用的细小什物。柜橱、衣箱等大件东西都分别在北边七间楼房的一楼摆设停当。丫头、婆子们分别住在西边的厢房里。

那时三个人的红盖头都掀下来了，每人扶着证婚太太出来，坐在大炕上。璞玉鞠了个大躬笑道："给三位好姐姐请安问好！"盛粹芳端着脸毫无反映。琴紫榭看了璞玉这个模样，嫣然一笑，秀眼含着娇媚频频地传着柔情，差点没笑出声来。卢香菲看了觉得鼻子发酸，眼角里面满满地噙着泪水，急忙朝下低了头。

璞玉笑道："你们三人分占了怒、笑、悲，我现在怎么办？我甭吭声了！"说完往炕北头一坐。婆子们抬来酒席饭桌。

璞玉与三人完成了合卺之礼，正在吃饭，梨香、瑞红、画眉等人进来请安。

璞玉笑道："我的老伙伴们都好！"底下丫头、婆子都笑了。璞玉看三个新娘做着吃饭的样子，吃了一丁点儿，知道她们害羞不敢吃，又怕老爷责问，说："你们可要吃饱，夜长别饿着。"说完放下碗筷，忙到大厅去陪客。

璞玉一出去，三人都放下筷子不吃了。丫头们拿来漱口水、洗手水。她们正在擦手，从外边传出一阵笑声，熙清、福寿等人进来了。熙清笑道："真不客气的新媳妇儿！到现在还没吃完呀！诰命，太太们早就吃完了，宴席早收拾完了，就等新娘子去行礼呢。再等一会，就又该开饭了。"

琴、卢二人忙起身，与熙清握手见面。福寿、瑞红和画眉催促姑娘们各自回屋梳妆打扮，重施脂粉，再描秀眉，戴上凤冠，更换绣衣。三个新娘跟着熙清来到大院正厅。六位夫人依次坐下。梅夫人见了三个新娘忙起身迎接。三人一同向前给娜、顾二位夫人请安。琴、卢二人又对贲夫人屈膝请安。娜、顾二位夫人各自握住自己闺女的手，仔仔细细地看着她们的脸，问这问那，没完没了。琴、卢二人知道在程夫人面前不能透着过分的亲热，简单地应付了几句，放了手，来到程夫人面前。两个奶奶又对程夫人大大地感谢了一番。

先前这三个人都是贲府当作贵宾接待的小姐，现在一下子都成了媳妇，没有法子，低着头，垂着手，并排站着。

金夫人对三个媳妇一个一个地仔细端详，都是玉雕粉塑的美人，一个赛一个。特别是琴、卢二人新近刚刚开了脸，更透着格外鲜亮水灵，心里越发高兴。

梅夫人见贲、顾二位看姑娘站的时间长了，心痛闺女，忙笑道："新娘都站累了，请太太们赏脸，让她们回去，咱们好吃饭。"

金夫人点头，叫福寿道：“把她们领回去，对谁也应该学会怎么当小媳妇儿。她们都在我们这儿呆过，对我们家的规矩不是不知道，当媳妇儿也不是那么容易的。”福寿“嗻！嗻！”地答应，把那三个新娘带出去了。

程夫人笑道：“亲家太太刚刚当了人家的婆婆就忙着下命令，教训媳妇儿也得等我们娘家人回去吧！”贲、娜、顾三位夫人都笑了。

金夫人也笑道：“这就叫‘一朝权在手，便把令来行’嘛。”众人全都高兴地说笑，重新入席，就坐喝酒。梅夫人频频谦让。又笑着低声问璞玉道：“外边的宴席还没有吃完？”璞玉摇摇头道：“早着哪！刚上点心。”

那天，外面贲侯让全布政、梅知府等开怀畅饮，直喝得酩酊大醉，才算散席。璞玉也让苏令安、金公子全都喝得酒酣耳热，略有醉意，才送回馆舍。

席散以后，程夫人亲自来到友竹山房，把两个姑娘劝慰了一番，琴默、卢梅二人哭了，她也掉了眼泪，坐轿离去。随后，娜、顾二位夫人也来到两个姑娘的屋里，探问别后的事情不提。

璞玉叫书院的文友客人全都喝得大醉。请贲侯入内睡下以后，来到友竹山房。娜、顾两位奶奶叫丫头提着灯笼来到桂香斋贲夫才人的住处。

那时已将二更时分，璞玉进屋脱下外面罩的礼服，坐下后，婆子们摆上夜宵。福寿把三个新娘从各自的房里请出来，依次就坐。她们那时都脱下礼服，穿了紧身的便服，都挽上发髻，插着晚香玉、郁金香等花，那些花也像是争芳斗艳。

璞玉对盛粹芳嫁过人的事，本来就不乐意。今天父亲又把粹芳排在首位，他没办法，只好顺从。现在一看盛粹芳毫不客气，得意洋洋地坐在上座，看了很不顺眼，心里很不痛快，就先斟满了一杯酒，双手捧着敬给琴紫榭，笑道：“姐姐为了我吃苦受难志不移。舍生忘死心不变，真可说意志坚如铁石，情怀明如皓月。愚弟无以为报，仅以水酒一杯，表达敬重之心。”紫榭忙接了。璞玉又斟一杯，给卢香菲道：“古语说‘岁寒而后知松柏之后凋，不遇盘根错节无以别利器。’姐姐自幼思想纯洁如冰雪，品行高尚似金玉，以一片真诚，反蒙三更之祸，忍受旷野之苦，独自藏身农村。受多大苦用眼泪洗脸，受多少罪也不染一尘。这事虽然别人不知道，我璞玉深深地记在心里。这样的事从古代贞节贤女中也难找寻。这就叫幽谷芝兰而愈香。”听了这番话，香菲的眼泪如同断了串的珍珠。

正是：

知音何分男或女，

痴顽难忍淫欲人。

盛粹芳看了璞玉的这般举动和对琴、卢二人所说的话，知道分明是甩给她听的，顿时脸红了。洞房里满屋子的花烛，放着红光，跟她的脸红得一样。她坐也坐不住，走也走不开，正在生一肚子闷气。福寿在旁边看不过去，斟上一杯酒，给盛粹芳道：“别等着再夸您了，先喝上这一杯。”说罢众人都笑了。

盛粹芳在那个当儿，也顾不上害羞了，微笑道：“就是福姑娘真正了解我。”

璞玉的这些举动，丫头们早已禀告了金夫人。金夫人一听大惊失色，暗想：璞玉这些事办坏了，按理说盛粹芳的岁数最大，何况这是我亲自定下的媳妇。璞玉如果再这样下去，不仅对姑太太的面子上不好看，更违背了老爷的意思。忙叫来孟嬷嬷道：“你去友竹山房，替我告诉婆子和福寿，在众人面前如此这般地说!”孟嬷嬷领命，叫丫头们提着灯笼来到友竹山房。一看，璞玉正在掏从坟里找到的紫檀匣子，将字画一个个地拿出来给卢香菲看，叙谈自己如何从平山堂找到这些东西的事儿。

孟嬷嬷站在中间地下，把三个大丫鬟都找来，给福寿等大声下命令，太太有令:“叫你们四个人知道，盛姑娘论岁数、知识比谁都大、都高，不仅是我亲自说定的媳妇，老爷也是遵照老太太的意思定的。今天完成大礼。从明天起，琴、卢二位姑娘的礼依次完成。”四人一同说“嗻!”

盛粹芳听了话头，就领会了意思，站起身来进了自己的房间。璞玉听了这些话，手里还是拿着画像和诗文，歪着头还在继续听他们说什么。琴默老早就看见他掏自己秘密，当着众人的面臊得难受，瞅个机会，忽然一把从璞玉手里抢了过来，在花烛上烧成了灰。

璞玉一惊，想把烧剩下的半张纸从琴默的手里抢过来。琴默连灰带纸握在手里紧紧地攥住。璞玉就往琴默身上扑过来，笑道:“先前你摆姐姐的架子吓唬我，现在我看你摆什么架子?”琴默闭了眼，两手紧紧握住残稿不放。两个人在炕上打滚儿，孟嬷嬷等早已出去。卢香菲也笑着进了自已的西间，怕璞玉过来捣乱，忙叫画眉关上门。底下的婆子、丫头们也自觉地躲出去。

璞玉看琴默死也不放，沉重地压在她的身上，把两手插在琴默的两个胳肢窝里，使劲儿地胳肢她。琴默笑得喘不过气来，又动弹不了，才央告道;“你放了我!咱俩坐着好好看，有完整的就给你。”

璞玉信以为真，把她扶起来。琴紫榭趁势跑进东间。璞玉不放，紧跟着进去。紫榭一看没人，才按住璞玉的手央求道:

“你怎么了！为什么今天当着众人丢我的脸？你跟着我进来，这好像我不是躲着你，而是我勾引着你到这儿来的。明天你可怎么让我看人家的脸！人家早就不乐意了。我以前对你有什么不好，要把头等罪名扣在我头上。你要还不去，你就不是真心想我。”说着就撒娇，使性子，假装恼了。璞玉听她的话，句句在理，才放了手，笑道：“虽是那么说，我不得不先尽点儿礼。”说完又厮搅混缠了一阵子才出去。盛粹芳的婚礼保护人——干妈提着灯笼引导，福寿忙掀开里间的门帘，请璞玉进去，忙把隔扇门反锁了。叫婆子们锁好院门，关了房门。看墙上的自鸣钟已到亥时二刻，叫婆子和灵玉睡去，说今天夜里我自己打更，点了一袋烟，烧了刻度香，悄悄吹了灯。这时里间的纱窗上仍有灯光，知道他们还没睡，心里发笑，坐在隔扇边的椅子上，不觉睡着了。

一夜无话。次日清晨，琴、卢二人起来梳妆完毕，穿戴打扮，想去正厅请安。出来时，里问的门仍在关着。福寿早已洗漱完了，叫小丫头扫地，抹桌子。看她俩出来，笑着向里间点头示意说：“还早！正睡得香呢。”二人必须等她，相互看了看，没说话，又回到各自的屋里。

梨香看了这个情况，怕别人说出什么，没法子只好敲门。进去一看，满屋子香烟缭绕。稍微掀开一点儿绣花幔帐看，在蟒缎被里二人正对着脸儿酣睡，互相枕手压腿的睡得真甜。梨香点头长出了一口气，暗想：我们姑娘年过二十，半年虚担了妻子的空名，三年委屈地守那份儿孝，今天才昭雪了。一边想着，一边慢慢地把幔帐挂在钩上，俯身抬了一下睡在璞玉那边的盛粹芳的头。盛粹芳忽地醒了过来，睁眼一看，满窗户的阳光，不知天到什么时候了。又看梨香。她已转过脸出去，随手把隔扇门轻轻关上，高声喊道：“蜂蜜！快打洗脸水，姑娘起床了。”

盛粹芳忙推璞玉的枕头，璞玉闭着眼睛，翻过身去问道：“这么早起来干嘛？这两天我们几个人没事，睡个够吧。”盛粹芳又拉他的手叫他醒醒，指着窗户让他看。璞玉又翻了个身，大声打哈欠，伸懒腰。那时盛粹芳早已穿好衣服，到外间洗漱完毕，跟琴、卢二人领着丫头到金夫人的正厅去了。

璞玉慢腾腾地起床，洗脸漱口。福寿进了里间，叫丫头叠起被褥，出来的时候，璞玉问福寿道：“你看见了？我差点儿冤枉她。妇果不是你，他昨天夜里说不出自己的委屈，差点儿出了人命。”

福寿道：“你自己先不想想，怎么能瞎猜疑！太太的眼力绝错不了。你昨天晚上的几句话，除了盛姑娘，谁能受得了？”

璞玉道：“我知道委屈她了，慢慢安慰她吧。”说完戴上帽子到老爷外书房去请安。

粹芳等人从金夫人那里出来，通过夹道又到桂香斋。见了贲、娜、顾三位夫人，坐了一会子，谈谈天儿，到早饭时，回友竹山房。

那天贲府仍是唱戏和宴会，和昨天一样。璞玉没去入席，和三个夫人同桌吃饭，斟了一杯酒给粹芳，粹芳不要，问道：“哪儿来的无缘无故的酒？”

璞玉笑道：“昨天晚上的委屈酒。”一句话惹得紫榭、香菲、福寿都笑了。粹芳也刷地红了脸，泪水盈眶，还是不要。璞玉起身，摁着粹芳的肩膀道；“不管你要不要，我的一切都在这一杯酒里了！”说完给粹芳硬灌，众人更是高声欢笑。

且说，贲侯派人到梅峪邀请戴中堂来赴宴。戴新民病已好了，无奈坐轿来参加谢婚宴。贲侯亲自带领全城官吏出迎，见面以后，畅谈圣上隆德，互相勖勉。贲侯亲自作陪，只见满堂显爵缨冠，礼服相辉，觥筹交错，热闹非常。在内宅，除了昨天的五位夫人外还有官员的女眷，淑人、恭人[①]等客人又来了儿位。她们坐了四、五桌。这时，金夫人将款待宴请女眷的事全都交给了熙清。熙清和舒二娘两人，里里外外，上上下下，全都招呼，忙活得一点闲空也没有。

午后熙清让芙蓉、元宵等夫人身边体面的大丫鬟，另外坐了一桌席，自己放箸斟酒，说着笑着。

她拍着芙蓉的肩膀笑道："好好喝！可别客气。"

芙蓉笑道："我们这些人还有什么客气的，谢谢小姐的恩典。"

熙清招呼完芙蓉转身回来，顺着游廊走到东厢房的窗户下边。屋里有两个人低声说笑。熙清停住脚，悄悄听，一个是玉清的声音，一个是福寿在笑。笑了一阵子以后，玉清问道："他们俩究竟怎么和好的?"福寿道："开始我从隔扇的窟窿往里看，我们那个人干坐在椅子上不动弹，只听见帐子里传出叹气的声音。后来我们那人冷笑了几声，帐子里传出抽抽答答的哭声。我们那人在帐外干坐着，头也不抬。我看得有点儿乏了，打个盹就睡着了。后来又怎么进的帐子，我就不知道了。忽然醒了，听见帐子里头哼哼唧唧的声音，安慰的声音、哭声、笑声掺和在一块的声音，被窝声、动弹声，各种各样的、稀奇古怪的、乌七八糟的声音都出来了。最后实在也没法儿听下去了。"

玉清笑道："她还哼哼什么？已经出过嫁，谁还不知道？肚子里没揣上种子就不赖了。与其假装，还不如说实话呢！"

福寿笑道："哎哟，佛爷！这么说可真屈死人喽。我原先也是这么想的。今天早上叠摞被褥时，看见真像古诗里说的‘新艳落红分玉阶’哩。”

玉清大笑道：“你看清楚了，也许是像王淇的诗‘涂抹新红上海棠’吧!”

福寿又笑道：“这高招儿也就是你想得出来，你尽想画海棠了吧!”

玉清更是大笑道：“褥子上没有见浓绿?”

福寿奇怪地问道：“那儿来的绿?”

玉清哈哈大笑；“鲜艳的红花儿没有浓绿的叶儿，有什么看头?”听了这句话，福寿忽然想起那年听舒二娘说的画匠女儿的笑话，忍不住高声大笑。

熙清也笑了，假装没听见，急忙快步走了过去。莺歌留在后边儿，看姑娘走远了，到窗外对着玉清说：“姐姐要用颜色，跟我说，我们姑娘的颜色碟子里各种颜色可全呢!”二人忙出来，看莺歌在一边猫着腰大笑。

不久宴席散了，福寿来到友竹山房。那夜璞玉往那边依次成礼，不言而喻，不必多叙。

一连三天的盛大喜宴圆满结束。娜、顾二位奶奶想要辞行，经过金夫人的苦苦挽留，同意和贲夫人一齐过个中秋团圆节。

八月十五日夜晚，四位夫人同三个新媳妇在逸园祭月，那种喜悦和欢乐一时也说不完。

璞玉跟随老爷在晓宓山堂，和文友们一起开始奏乐，赏月。宴会散了席，当天去天竺寺送瓜果的书童，手里拿着一封答谢信。璞玉打开一看，除了答谢赠品，还说：昨夜陶醉竹下，目力昏花，见月光昏翳，误认为烛光不明，呼小童拨之。今日自思，拨月虽属荒谬，似亦占得一题，谨呈尊前，尚望大展慧才，赐诗指教。并寄拙作一首：

举觞觉酒暗，
诵经字不清。
院内小童唤，
持竿拨月明。

璞玉点头微笑，来到友竹山房。这时盛、琴、卢三人与福寿、玉清等在院中放上桌子，正在饮茶斟酒。看见璞玉进来，全都起立让坐。璞玉笑道："你们在这儿是跟嫦娥比美吧！光是这么干坐着，还不如找个事儿来开开心。我给你们找个事儿。你们看好不好？"说完从袖筒里掏出一张诗稿给她们。香菲笑道："怎么，还想写诗？那年秋天咱们在会芳园赋诗，各种题材差不多都写完了，现在还有什么新题目？"

璞玉笑道："这个题目特别新。你们看！刚才一个诗友赠给我的。"

三人都看了。粹芳先笑道："这是一首醉汉写的诗，怎么还叫我们写？"

璞玉道："这没关系，试试每个人的才学吧！"

紫榭道："那年我们写听月诗，都有谁？"

香菲道："有德清姐姐，还有二姑娘和我们几个人都在。"

粹芳摇头道："咏菊时我在，别的题我不知道。"

福寿道："我想起来了，那是西府宫熙姑娘。"众人才想起来笑了。

香菲道："盛姐姐不在，那当时的裁判是谁来着？"

玉清笑道："不是秀凤姐姐么？"众人回忆起那时的欢乐，又想起有些人不在了，不禁叹息。

璞玉即叫丫鬟去请熙清。让玉清、福寿也入席。铺纸蘸笔，一齐构思写诗。不一会儿，香菲的诗先写好了，众人一看：

潇湘遗韵

遥看月影忽问天，
谁持长枝拨广寒？
书童却答雁方过，
一字横斜影如竿。

随着玉清的诗也写成了，众人一看是：

逸安使者

谁持长竿拨？
玉兔露半脸。
清光泻云隙，
圆影满酒碗。

琴默笑道：“我的诗也成了，但是杜撰的东西，不好。”欲知后事，且看下回。

① 淑人、恭人——按清代官制，淑人是三品命妇，恭人是四品命妇。（见《清史稿》第一百三十卷，3052 页）

第二十回

簪金归里团聚会芳园　顽玉惊梦终结泣红亭

高衔君莫问，
草庐隐西山。
花落犹再放，
白发凋朱颜。

且说众人刚要看琴默的诗，粹芳也放下笔道："我的写得了，实在没法拨，只得从花上拨了。"众人将两人的诗一同观看。

琴默的诗是：

山水知音

心随广寒身入梦，
醒后方知坐案旁。
凉纱窗圆挂金水，

侍女却帘拨月光。

盛如的诗是：

孟氏粹芳

寂静深林绣金镶，

汉白玉阶涌银浆。

蓓蕾稍偏衔半影，

手捏花枝拨月光。

熙清笑道："这个醉汉出的题目我实在做不了。天空中的月亮用什么东西去拨呀！看你们的诗也只是拨什么'过雁'、'却帘'、'蓓蕾'而已。除了香菲姐姐的诗，只是拨了月光，并没有拨上月亮。"正在说着香菲、玉清二人用单筒望远镜抢着看月亮里的黑点到底是什么东西。

熙清笑道："我的诗是写不成了，把你们那根又红又长的东西给我看看。"一句话把粹芳逗笑了，看了紫榭一眼。紫榭噗哧一声笑道："二姑娘话也不会说，这东西叫望远镜——千里眼。"

这时，玉清把望远镜递给熙清，她拿着千里眼放在眼上对着月亮看，手哆哆嗦嗦总也对不准。好容易对准了，手一动又看不见了。她忽然想起诗句，把千里眼递给别人道："找不到月亮的功夫却找到了诗句，我这总算是拨弄了月亮。"说完就写了诗：

绿窗学友

月中有何物？

请教千里眼。

拨月东西转，

对不准焦点。

众人看了说，这一首也算写实之作。璞玉道："文思枯窘，触类旁通，看看我的。”这时福寿也说写成了。众人先看福寿的诗：

松月清碧

院中坐乘凉，
篆烟遮人目。
呼人拨月光，
轻风驱薄雾。

接着看璞玉的诗：

贲郎君

何以驱青蚊？
徐徐罗扇轻。
往来风拂动，
碧海拨月明。

众人笑道：“这一首诗，写得真是特别透辟了。”

熙清笑道：“哥哥得了我的构思。”

璞玉将所有的诗全看了一遍，分了等级，缮写在大纸上，把玉清的诗放在最末。第二天，差古画把这七首诗送到天竺寺求教。

又过了几天，金公子想陪母亲和伯母回家，金夫人和琴、卢二人再三苦留不住。二位夫人看两个姑娘夫妻和睦，夫唱妇随，心里宽慰，欣喜不已。于是辞别众人，和金钟坐船回浙江。

贲府平安无事。光阴似箭，日月如梭，忽然北风凛冽，白雪霏霏，又到冬季了。

贲夫人来到杭州也有三四个月了，想家，想儿子，无奈和爱女挥泪相别。回苏州时，贲侯为了路上安全，叫高珍护送。

一日，贲侯接到从北京来的《京报》，打开看到上面有一道命令：忠信侯贲玺任苏杭海防盐运使，三年任期已满，即令由三品工部侍郎桂棻接任。

贲侯看了心中欣喜，祷告天地。又听说桂二爷是仲冬二十日左右到任视事。

预计交接印信手续可在年末完结。从此贲府上下都在收拾行装，准备回原籍。贲府家人也都想家，无不高兴。文客诗友史登云、司田人、李宪章等听了消息也想回原籍，贲侯给了重谢，赠了礼物，三人赁船先回去了。

苏令安父子任期也满了，年末回北京，将接任卢龙知府。卢龙府离凤鸣州不甚远，金夫人把熙清留下，告诉：到家后看方便送到你们新任驻地，叫苏令安先回去。

不久到了年底。一天桂棻到来，璞玉出城迎接。因是旧时相识，金兰至友，亲热相欢，毋庸赘述。

次日，桂大人亲自来见贲侯。贲侯将杭州地方的人情、风俗、物产、利弊一一据实详告。选择吉日交接印信和处置悬案等事宜。桂棻毫不刁难扯皮，一切事情都办得顺当利索。

贲侯亲自选择吉日，到年底没有几天，日子太紧，过完大年，正月初三正是出门远行的吉日。于是提前向城里有交情的官员辞行，又和桂大人家里互相赠别，并带璞玉同琴、卢二人去梅峪，向栽新民夫妇辞行。一切礼节俱已办妥，也就到了大年初一。贲侯全家上下忙得不亦乐乎，连过年也没有顾上。正月初三午时贲侯带全家，乘坐十艘大船。全城官民都出来给贲侯送行，从城门一直到江边，真是车水马龙，水泄不通。一时繁华景象，难以形容。

敲锣三声，各船扬帆启航。那天正是东南春风，顺水推舟，不久离开了杭州城。

璞玉因回故乡，当然高兴，但与西湖佳景，藕断丝连，咏诗伤别。琴、卢二位夫人不能忘却戴新民夫妇的厚恩，时时吟哦缅怀。盛粹芳心里没有丝毫牵扯，闲暇时告诉璞玉那年南下时途中遇见妙鸾的事儿。璞玉听了又惊又喜，正没有到白云庵看看的理由，恰好责侯觉得行船太慢，恐怕误了报到日期。就叫龚高道："你们护着夫人的船，在后头慢慢走，照直回老家。我先去北京，回命之后再回家。"说完自己坐上轻舟快船，带上高珍、伯林先走了。

大船行至平山堂，璞玉说了妙鸾在白云庵的事；琴紫谢也说了想凭吊龙玉小姐之墓。金夫人不便硬拗着儿子和媳妇的心意，说同意去白云庵，先叫马柱前去报信儿。

马柱到了白云庵，给老女道士钱进行筹备，将祭品、纸钱也都准备好了。那时，妙鸾手里的黄金、白银都已全部用尽，庵里的人也就日益轻蔑她，有的人甚至造谣诬陷她贪污了庙仓的物品。她正在进退维谷时，听说金夫人等要来看她，真是喜出望外，连忙打扫庭院，同老女道士出外迎接。不久，金夫人的轿子先到了，随着又来了几辆车。妙鸾忙上前搀扶金夫人下轿。

金夫人一看，妙鸾的脸上起了不少皱纹，对人世沧桑，不无感慨。拜完仙尊，进入云房坐下，老女道士施礼献茶。

璞玉叫马柱找几个石匠，准备重建龙玉小姐的墓碑。

盛、琴、卢三人走进里间，看了挂在墙上的三个人的手迹，回忆往事，评论一番。看了粹芳后添的诗，也是无限感触。

妙鸾、紫榭原来感情深厚，二人握手谈心，直到深夜，有多少话要说，没完没了。紫榭看妙鸾不愿意在那儿再住下去，有心跟着一起回去，禀报过金夫人，叫她收拾行装。

这天晚上，紫榭在灯下撰写龙玉小姐的祭文。第二天早饭以后，盛、琴、卢、妙四人带着丫鬟、婆子们坐车，来到平山堂。璞玉早已同众人将墓地打扫干净，备了祭案，在那儿等着。

那天盛、卢二人去那儿一表姐妹之情，陪琴默去的，不是当事人。主祭人是琴紫榭。她看了写着自己名字的碑文，感慨万分，又苦又笑，向众人道："还不把这块碑换了，还等到什么时候？"

璞玉笑道："专等夫人亲自看上一眼，错立了这块石碑，不仅我伤心，还不知道伤了多少人的心。"

粹芳笑道："那年我不知道，也平白无故地流了多少眼泪！"妙鸾也笑道："姑娘流眼泪倒没有破费什么，我攒的那点儿钱可全都花在这儿了。到如今我连饭都吃不上了，该怎么着？"说罢指着墓周围种植的将近百株的梅花树道："这些树早先没有，都是我自个儿思念琴姑娘栽的。"众人环视周围，那些梅花正好都长出骨朵儿，有的花绽开了一半，香气袭人，半里多地都能闻到清香。紫榭含着眼泪，向妙鸾深深鞠躬道："姐姐生死不渝的深情厚谊，永铭心中，终身不忘。"

这时底下人已将祭案抬来，燃香烧纸。紫榭亲手酹酒三杯，烧纸之后，香菲从袖筒取出祭文，低声诵道：

维年月日，叨光小妹琴默等谨以清茶名香致祭于尊姐在天之灵曰：盖闻人生如逆旅，夭寿总归家。我姐身如珍宝，节若香檀，出身名门，早具夙慧。迥异凡俗，摒弃红尘之苦，冰清玉洁，转赴水晶之宫。若非九天之仙女，定是瑶池之神人，岂不信哉！今青塚独留，恩泽永被。黄泉有路，崇戴厚德；碧落无门，招魂何处。你我虽二身而挚情如一，彼此隔霄壤而患难与共。重立贞石，长显芳名。

鸣呼尚飨！

没等读完，璞玉站在那里号哭。众人惊看，璞玉的两眼一点眼泪也没有。卢香菲笑道：“你哭什么？从古到今还有你这么举哀的？”

璞玉道：“这叫对干姐姐的干哭。”众人听了这话也笑了。看了一阵子梅花，坐车回去。璞玉留下，把祭文镌刻在新碑的碑阴，换了旧碑，来到白云庵。

那天，金夫人让人把妙鸾所有的东西都搬到船上。过了一夜，次日紫榭又替妙鸾赠送女观主金银、缎匹等物。众人一齐上船，锣声一响，诸船齐发，直向北方。

正是：

千层浮云归故里，

几行飞雁向北方。

路上无阻。一日行至利津。先行轻舟早把信儿报到家里。张裕、伊敏早已来到岸边迎接。一问阖家吉祥，金夫人宽心欣慰。登岸后近亲德氏、瑶玉等来迎迓，握手言欢。问起贲寅，说他痼疾复发多日，不能见风。妙鸾暗喜。

德氏等见了盛、琴、卢三美人，惊叹不已，问了情况更加欢喜。

金夫人问起宫熙，知道她已出阁，又听说她最近要回娘家，也很高兴。到家一看，张裕等人已将门庭修缮一番，焕然一新，比以前都好。留在院里的婆子、丫头也都迎出，金夫人坐在堂屋里喝茶，德氏、可人等才回去。

从此金夫人、熙清搬进介寿堂。璞玉独自一人住逸安堂，将耳房命名“松月轩”，作读书的地方，福寿、灵玉也住在那里。

香菲愿意还住绿竹斋，带画眉等去住。琴紫榭住进凭花阁。盛粹芳仍住海棠院。

先前在杭州，住的毕竟是别人的宅园，诸事不便。自己家园宽绰明敞，现在散住着也不觉狭窄。

璞玉像挨门串户的化缘和尚，没有固定的住处。三个夫人也都施展出各人的本领，将各自的住房修饰绮丽，比赛书画。

赉府准备了几天喜宴，宴请亲戚姑舅。王姥姥，张妈妈等婆子，特别是白老寡妇——璞玉的奶妈，扶着媳妇前来道喜，更加红火热闹。舒二娘从外边又领进来两个人。妙鸾一看不是别人，是秀风、绵长，满屋子人都欢笑。二人笑着进来，给金夫人跪下施礼，又从熙清开始，依次和盛、琴、卢几位见面。转身向妙鸾、福寿等刚说几句话，忽听敲云板报事，舒二娘忙跑进来高声喊道："德姑娘到！"

金夫人正想念大闺女，一听那话，双眼早就流下泪来。熙清跳下炕，刚要出去，盛、琴、卢三人都喜笑着说："姑娘等等我们！"妙鸾、秀风、玉清、福寿、绵长等人都喜笑着走出垂花门迎接。粹芳等刚走到当院，那位才貌双全，贤慧多才的德清小姐拉着璞玉的手，从外边说笑着进来了。后面跟着自己的两个小女孩，都是花红柳绿的一团锦绣。熙清等四人向前施礼，德清连忙握手相见。

金夫人从窗户看见，就坐不住了，出屋走到廊檐下，德清赶忙上了台阶抱膝请安。金夫人看了两个外孙女，显出姥姥特别亲昵外孙女的劲头儿，一手拉着一个小女孩像珍宝一样在掌心里捧着、看着。

德清看母亲头发白如银丝，眼泪盈眶，忙转身向香菲笑道："我要是没有听到这儿去报喜的人说了琴、卢姑娘的消息，一进垂花门准得吓一大跳。”又跟粹芳说话，姑娘们都簇拥过来，你一言，她一语，德清几乎答不过来。

不久抬来饭桌，盛、琴、卢三人摆上酒杯、筷子。德清笑道：“太太您让她们三个姑娘回去吧！现在虽说当媳妇了，原来我们是姐妹，她们站着，我怎么坐着吃饭！”金夫人点点头道：“你们也去吃饭！”三人才去逸安堂吃饭。在这儿的是金夫人、德、熙两个姑娘、外孙女和璞玉一同吃饭。槟红进来请安。璞玉看着她笑着说：“好你个撒谎的！”金夫人问怎么回事儿，听德清说了那年的情况，大笑。

晚上，德清带着两个女孩，同熙清一起睡在介寿堂的集锦阁子[①]里间。

第二天，在当院看戏，请德清点戏。德清为了高兴热闹，点了全套《临潼会》八出戏。戏一开始就唱了一出万里封侯，接着是七国赛宝，伍员举鼎，吴楚争霸。唱得有声有色，听得高高兴兴。一连三天的大宴完了，贲府的管家们陪客，贺喜，已经是眼花缭乱，蒙头转向。接着又是西府宫熙姑娘回娘家，来见金夫人。小时候的姐妹们又团聚在一处，尽情欢乐。这些情景一时也说不完。

璞玉看了《临潼会》这出戏以后，又犯了小时候的淘气劲儿。他选了三月初四那一天，要请各位姐妹到会芳园的绿波亭上，比赛每个人这几年得到的宝贝。众人听了觉得新鲜有趣，都很高兴。她们提前几天，把各自身边的稀罕物件都准备好了。

金夫人听了也觉得挺新鲜，正想看她们比赛宝贝，忽听敲锣，有人喊叫，管家龚高手里拿着一张大红纸上写的喜报，连忙进来禀告：“太太！大喜！现在北京来了报子说：咱们老爷向皇上请安：当今皇上夸奖老爷公事完成得出色，晋阶为辅国公。

就回原籍。咱们老爷在北京和亲朋友好稍事停留，说是三月十日左右回家。”

金夫人听了这些话，特别高兴，急忙祷告天地，赏了报子回去。在祖先祠堂点灯烧香磕头，满院欢腾，内外贺喜。尤其德清、熙清、璞玉三人更是喜出望外。

贲府的客人这几天刚刚少了一点，从这天开始贺喜的人又是挤满了宅院。张裕、龚高等人又准备迎接贲侯的仪仗和赏赐的东西。

三月初四那一天，璞玉清晨来到绿波亭，铺设地毯，安置桌椅。早饭后，各位姐妹三人一行，五人一伙来到会芳园。柳垂花开，鸟鸣水流。昔日繁华今犹是，玉堂富贵锦绣春。

众人心悦眼明，到了绿波亭一看，地上放了一张大条桌，上面铺着猩红毡，准备陈列宝贝。众人施礼坐下，德清笑道："我们各人拿出自己的宝贝，说说它怎么珍贵，再决定胜败如何！”

璞玉道："姐姐说的很对，谁带个头儿？”众人不住地互相推让。

璞玉道："你们可真有意思，这点事儿用不着推三诿四的。这是我发起的，我来带头！”说完从灵玉手里拿出一块乌黑的石头道："它的名字叫‘走运石’，宋朝米元章的遗物，真是绝代佳宝。”众人过去看，那块石头长得峥嵘嶙峋，玲珑透剔，真像一朵突兀的墨云，还带着远古的沟纹。

璞玉又拿出一个像法器甘露瓶形状的人参道："这是药草之王。就这两件宝，足以战胜你们。我这块石头，遇夏日阴雨天，从石上边的沟隙里冒出烟雾似的白云。”

粹芳道："你有米元章的石头，我有王右军的《兰亭帖》真迹。”说完将字帖展开道：“这不是稀世之宝？”德清、秀凤看了叹为观止。

粹芳又从梨香手里拿过一个绢包，从包里取出一个东西道：“这是同昌公主的‘神丝被’[2]，上边绣了三千鸳鸯。”说完叫丫头们展开。众人一看绣的奇花异草，光彩夺目。

熙清道：“我的‘桃丝羽’兜肚是用桃花养育的蚕丝织的，色如红桃，轻软极薄，能驱逐妖魔，是衣中之宝。这是张纮的‘枏榴枕’[3]，枕着它能听到十里之外的音乐声，还能驱散恶梦。”

宫熙道：“我有太平公主的‘驱寒帘’，还有石崇的‘锦步障’[4]。”说完教丫头们展开，色如晚霞，挂起来，在寒冷的时候，仍觉温暖如春。众人正在赞赏，可人道：“把你的公主们暂时先收起来，我这儿有赵飞燕的‘紫罗席’[5]”。说完放在桌上。众人一看，蔚蓝光滑，上边的百花燕蝶都是栩栩如生。

可人又取出一小株活树道：“这也是一件珍宝，它是长在唐明皇沉香亭前的‘连理枝’，杨贵妃最心爱的东西。”众人一看，是一株沉香树，从根到梢都是枝枝相连，根根相攀，合抱在一起分不开。

玉清笑道：“大奶奶收起您那倒下纠缠的东西[6]，看我这个宝！”众人大笑。一看，玉清从包里取出一件单衫道：“这是海外奇珍，是用雪黎丝织的，薄如蝉衣，软似芭蕉叶。虽然是热天，穿上也不出汗，凉爽无比，是从南方带来的奇宝。”

妙鸾道：“我也有海外至宝。”说完从怀里取出一尊一柞高的佛像道：“这是紫竹林观世音菩萨，天上转世，仙姿超凡。”

香菲大笑道：“妙姑娘的本相现出来了！”紫榭等人拿来一看，是用整块竹子雕刻成的观音菩萨。不论脸面、眼眉、手足都带着喜相，真像是活的，让人看了必定肃然而起虔诚之心。

璞玉看了更是觉得稀罕，将佛像顶在头上礼拜。

妙鸾笑着说："还是本行。"将念珠从手腕上脱下来道："此物生在南方极乐净土的'能归玛'峰上，名叫菩提子。每个珠上都有发亮的眼，色香都好。用这念珠诵经和带在身上能使万事如意。"

秀凤笑道："贵法师不必讲经了。看我的，我没有海外之物。这是蔡伯喈的柯亭竹笛[7]。这件衣服是早年老太太赏的，穿了能避水火、器械、木石之害，冬暖夏凉。你们知道它的名字？"众人摊开一看，轻如薄纱，色绿，真香，从远处看如轻烟岚气。

德清道："我知道它的名字，叫'无丝衫'，小时候看过我们老太太穿，真是一件无价之宝。"

福寿拿出管仲姬抱睡过的"竹夫人"。还有西方净土的"九枝秀"香，烧起来浓香满室，经久不散。

绵长拿出的是潘岳的金钟花，怀素的蕉叶扇。

德清看众人赛完了宝，叫槟红笑道；"我并没有什么宝，只有这一件衣服。"说完叫解开蟒缎包袱，拿出一件衣服。众人一看，闪闪发光，上边的百鸟百草都像用孔雀尾羽粘贴的一样鲜艳绮丽，光彩夺目。众人大为珍奇，不认识这是什么。德清说："它叫'鸟英裳'。原来这是我的高祖父，征伐日本时所得之宝。这是用南海百鸟羽毛织成，穿在身上轻得像没有东西一样。另外，还有一宝，能知道晴雨风雪。"说罢从怀里拿出一个小囊道："这个叫'紫云囊'，是真正的奇宝。在炎热天气将它夹在瓦内埋在湿土地下，浇上活泉水，就有一股白云透土冒出，能下雨。"

众人看了非常奇怪说："今天德姐姐的宝压倒了别的，现在应请她当盟主了。”

香菲笑道：“‘紫云囊’的能力无非是一块电嘎石的劲吧！有什么稀罕！看我的这个宝！”说着从腋下的黄色片锦包里拿出红缎子包着的一根木头，放在桌上。众人一看，木纹像沉香，颜色紫青，有深色的光泽。

香菲道：“这是东方朔从边疆得的‘扶桑木’[8]冬暖夏凉，更特别的是那木头里不停地发出叮叮当当的琴瑟声。”

香菲又叫画眉、灵玉二人舞剑，那根木头里忽然变成咚咚锵锵的锣鼓声了。

众人正在侧耳倾听。香菲又从画眉手里拿过红锦缎包，拿出一件红锦碧绡羽衣裳道：“这是织女见张仙时织的无缝天衣。你们仔细看，世人所说的‘天衣无缝’就是指的这个。王母娘娘在蟠桃会上才穿哪！平常也不轻易穿。”众姐妹抢着看，找有没有衣缝。紫榭笑着向香菲道：“我看拿出这根木头，还以为一定是你夜间骑马逃跑时用的鞭子呢！”

香菲听了这话脸红了，低下头。画眉从旁边听了这带刺儿的话，气得把眉毛挑了起来。琴默没有理会。叫来瑞红取来一个囊袋，从里边拿出一张琴道：“这是嵇叔夜弹过《广陵散》[9]的梧桐木古琴，是琴中之宝。”说罢又拿出一个八宝镶金壶，开了盖，从里头拿出一条黑马尾似的东西，光亮异常，有红头绳那么粗，卷得很紧。叫姑娘们拉，共八尺多长。众人觉得稀罕。琴默道：“这是龙须，人怎能拉得断！”她下了绿波亭的台阶，把那根龙须浸到湖水里。也真奇怪，但见在水上浮起一缕青烟，升到三尺来高，就变成了云，云愈来愈大，带着飕飕的凉风。人们都觉得冷，想进屋去。这时，水里发出轰隆隆的响声，声音越来越大，出现风雷声。琴默忙收起笑道：“这是我的义父中堂国老给龙玉姐姐的，以后又给我了。普通村里的小商贩哪开过这个眼！”这话又捎上了香菲的义父康信仁。气得画眉的火儿足有三丈高。

璞玉看画眉不知道什么缘由，笑道：“大家都有宝，画姑娘有什么还不拿出来赛一赛？”

这句话正合了画眉的心思，忙摘下头上戴的一个红绒小球，冷笑道：“你们谁的宝也不如我的这个宝。我这个宝贝，没有丈夫的它能给找丈夫，没有儿女的它能给找儿女。北京城几万人里头，我们姑娘所以能吃得开，全仗它了！”姑娘们多少都知道那个扔彩球的故事，除了德清、妙鸾不懂以外，都哄堂大笑。特别是璞玉，拍着巴掌，看着琴默大笑。香菲看紫榭脸上白一块、青一块的，忙止住笑，嗔了一声画眉。

粹芳正想给琴默消消气，刚跟德清说了几句话，忽然五福跑进来说：“太太叫大爷，老爷的前马到！”众人连忙出去，都来到介寿堂。

璞玉赶忙换了衣帽，骑上马，飞也似的跑去。后面张裕、马柱追着，几个人来到九里松，迎面正好碰上高珍。他说：“老爷还远呢。我分道先出来时，老爷刚到桃花浦，想请从凤鸣州送出来知府、参将、司狱各位老爷回去。现在刚好从那儿起身。”

璞玉听了心里宽了一些，慢步到了兴隆岭上，才看到贲侯的车驾从远处过来。忙下马跪在路旁迎接请安。

贲侯点点头问了家里的事儿，一起到府前，迎接的人络绎不绝。贲侯一一回礼，鸣炮三声，进了府门。

从此，整天来客，回拜，祭祠堂，修祖坟，唱戏，贺喜，热闹不断，足足忙活了一个多月才稍稍安静了。

贲公住在介寿堂。一天午后，璞玉闲着没事儿，来到逸安堂。三个夫人把酒饭准备停当，正在等他。璞玉进来，和粹芳并排坐着，琴、卢坐在两旁。瑞红放箸，丁香斟酒。

粹芳笑道："这些日子大爷陪客，可累得够呛。今天我们姐妹三个准备了一点儿薄酒小菜，犒劳大爷。"

璞玉也笑道："聪明的夫人费心了。"

香菲笑道："如果领我们的情儿，就多喝几杯！"

璞玉看紫榭从那天以来，耷拉着脸，不跟香菲说话，对璞玉也不那么亲近，想趁这机会给她俩调解一下，说道："要叫我多喝几杯，必须有个酒令。谁说不上来，罚他喝五杯。"

粹芳道："行什么酒令？"

璞玉道："酒令还得主人出。这个酒令应该从你开始。"

粹芳也不推诿，说："那你们三人全都得听我的酒令。我这个令不用什么典故、诗词，就说普通话。第一句说，天上飞的一种鸟；第二句说，院子里开的一种花；第三句说，桌上放的一本书；第四句说，家里使唤的一个丫鬟的名字。每句字尾，都得合辙压韵。如果不压韵，就得罚他喝五杯。"

璞玉笑道："那你就先说，我听听。"

粹芳笑道："我出的酒令，我不带头儿不行吧！"说完喝了门前酒，清了清黄莺似的嗓子说：

天上飞的是小鸦，
院里开的是鲜花，
桌上放的是《世家》，
家里使的是齐玛。

璞玉听了，全都符合规定，点头同意。

依次轮到琴紫榭，她稍微思索一下，喝了门前酒道：

天上飞的是海青，

院里开的是桃林，

桌上放的是旧经，

家里使的是宝琳。

下面是香菲，喝了门前酒，一点也不加思索地说道：

天上飞的是鹦哥，

院里开的是香荷，

桌上放的是《新作》，

家里使的是陶乐。

粹芳听了香菲说的句尾都压韵，点了点头。

璞玉一连气儿地喝，已经差不多半醉了，并且尽听别人说，自己一点儿也没准备。忽然轮到自己，急得来不及想，喝了门前酒，大声念道：

天上飞的大老雕，

院里开的是石头！

粹芳笑道："错了！原来说的是花名，你怎么改成石头？"说完斟了三杯酒。

璞玉道："我的意思在后头，不像你们只看字面。如果我的意思错了，再罚我三杯，没有不依的。"

香菲道："那你就往下说吧！"

璞玉接着说：

桌上放的是火锅，

粹芳道："更不对了，记上十杯！"璞玉没等她说完道：

家里使的是铁杵。

众人大笑道："简直错得不沾边了。石头不是花名，火锅是什么书？也没有听说过叫什么铁杵的人。这十五杯得加三倍，应当罚四十五杯，快拿酒喝吧！”

璞玉笑道：“你们听我说，家里怎么就得专使唤女的？因为你们是妇女，才使唤女的。我是男人，就不兴使唤男的？小小子的名字讲究结实，不用说铁杵，钢杵又怎么的？”

粹芳笑得按住胸脯道：“那就算可以，可是石头、火锅总不行吧！”

璞玉笑道：“好文章必须讲解，不讲你们不懂。我这天上飞的大老雕，把你们的小鸦、海青、鹦哥都能吃了。我院子里的石头，把你们的鲜花、桃林、香荷都能‘开’了。我桌上放的火锅，把你们的《世家》、旧经、《新作》都能烧了。我家里使的铁杵，将你们的齐玛、宝琳、陶乐都能……”说到这句，香菲急忙用手捂住了璞玉的嘴，大笑道：“从你嘴里出不来好话。”

那时璞玉的酒早就过了量，把香菲从两腋下抱起来，摁倒在炕上。

福寿见璞玉醉了，忙叫端饭。璞玉把香菲胳肢得一个劲的笑，笑得说不出话来。闹了一阵子，才吃了她们准备下的榆钱汤，桃花粥。紫榭摆着冷冰冰的劲头儿，璞玉想气气她，握着香菲的手，拍扶着她的肩膀笑道：“你当了国老府的女婿，失了礼，才让人家看轻了。我今天是去凭花阁的日子，现下去绿竹斋，教给你怎么当女婿！”又向紫榭笑道：“你甭作对！对你的错误，先收拾你漂亮的丈夫！”说完，用手扶着福寿踉跄出去。

紫榭是妇女中有男子汉度量的人，听了那些带刺的话，就像没听见一样，和粹芳笑着璞玉的醉态。两人一同出了逸安堂。提灯笼的小丫鬟引路，粹芳回了海棠院，紫榭同妙鸾睡在凭花阁。

璞玉扶着香菲和福寿，到了绿竹斋葫芦门，站住脚向福寿问道："你看，竹梢子插了没有？"福寿听那话笑道："管他插没插，快进去吧！何必想那些！"

璞玉大笑，说我怕。画眉忙掀开里间的帘子。璞玉乘醉用两个指头在画眉的脸蛋上拧了个飞吻。进了屋，向画眉道："你还不把我撵出去，掀帘子干嘛？古时张珙说[⑩]：'若共他多情的小姐同鸳帐，怎舍得他叠被铺床。'今天我可不那样，不仅叫你叠被铺床，还叫你脱靴子。"说完歪坐在椅子上，把香菲抱坐在腿上，翘起脚。画眉笑着跪下给他脱了靴袜。

福寿端上一杯茶，璞玉接了，和香菲一块儿一口一口地喝着，又指着北边炕上的帐子，问香菲："那一年，你睡午觉时，冲着我翻脸逗闲气儿，现在你还翻脸不？"说着脱了衣服，同香菲一对儿进入罗帐里头去了。

画眉移灯，点香，关上门，撩下帘子，准备热茶水。福寿举手向画眉道喜，叫灵玉提灯笼，笑着回了逸安堂。画眉出去，关了葫芦门回来。

正是：

痴情重重难醒悟，

梦幻缥缈入天台。

却说璞玉近几天疲惫不堪，并且酩酊大醉。在梦里影影绰绰地来到一座深山，好像躺在一个大亭子的石头台阶上。抬头一看，亭子的匾额上写的是"喜红亭"三个字。璞玉惊奇地想：我记的是早年梦中也到过这个亭子，上面写的是"泣红亭"，现在怎么变了？或者是另外的一个亭子不成？起身一看，亭子周围的红栏杆依然如故，自己的身子还在栏杆里面。但不知从何处进来的。又看亭子的两根柱子上有金字的一副对联：

才子佳人结良缘，

慧男怨女走好运。

亭子里的石碑还是老样子。璞玉想。上次来到这里，稀里胡涂的连字画也没看，现在必得细看记住。到了碑下一看，不知道上次那些零星的字画到哪儿去了；却有斗大的四个字："随喜善缘"[11]。话虽通俗，但寓意深刻。愈看，红字放着金光，好像把璞玉的浑身照得通亮，五脏六腑也像照透了似的。正在赏心悦目，忽然天空祥云缭绕，鸾凤翔舞，叮叮当当，高音震耳。璞玉惊醒一看是桌上的自鸣钟正在打点。

正是：

满目花鸟春富贵，
声色豪华本是空。
光阴飞驰时钟响，
《一层楼》里醒迷衷。

尾声：

茫茫三年事，
午梦荒唐语。
若考其中实，
兔生犄角龟生羽。

①集锦阁子——清代贵官府里，五间正房，通间，在东头或西头，用硬木做成隔扇，按着主人收藏古玩钟鼎玉器的不同大小，做成大小宽窄高低不同的硬木雕花的阁子，这阁子叫集锦阁子。它是一个大的古玩陈列架，又是一个艺术品的墙壁。集锦阁子里间，一般是主人的卧榻，或作为接待贵宾的临时住处。

②神丝被——见《杜阳杂编》："同昌公主有神丝绣被，绣三千鸳鸯，仍间以奇花异卉。"

③柟榴枕——见《吴志·张纮传注》："纮见柟榴枕，爱其文，为作赋。"

④锦步障——见《石崇传》:“王恺作紫丝布障四十里，崇作锦布障五十里以敌之。”

⑤紫罗席——见《汉武帝内传》:“七月七日修除宫掖，设坐大殿，以紫罗荐地。”

⑥倒下纠缠——蒙文双关语，另一义是躺下交尾。

⑦柯亭竹笛——见汉。蔡邕《长笛赋序》:“柯亭之馆，以竹为椽，仰而盼之，曰良竹也。取以为笛，奇声独绝。”

⑧扶桑木_神话中的树名。《淮南子》:“日出于汤谷，浴于咸池，拂于扶桑。”李贺:《秦王饮酒》涛:“羲和敲日玻璃声，劫灰飞尽古今平。”说神话中太阳的御者羲和用扶桑木敲着太阳发出清脆的声音。

⑨《广陵散》——见《晋书·嵇康传》:“康将刑东市……顾视日影，索琴弹之，日:‘昔袁孝尼尝从吾学《广陵散》(琴曲名)，吾每靳固之(不肯尽情教授);《广陵散》于今绝矣!,”

⑩张珙说——这段话，见王实甫《西厢记》第一本第二折。这是张生在普救寺里，看见红娘找法本长老问做佛事时说的。

⑪随喜善缘——佛教用语。意思是见人行善，随之而生欢喜之心，自己也行善，结好的因缘。

尹湛纳希全集·泣红亭

作　　者　尹湛纳希
译　　者　曹都毕力格　陈定宇
责任编辑　那顺
封面设计　徐敬东
出版发行　内蒙古人民出版社
地　　址　呼和浩特市新城区新华大街祥泰大厦
印　　刷　内蒙古爱信达教育印务有限责任公司
开　　本　880×1230　1/32
印　　张　7.75
字　　数　168千
版　　次　2009年11月第1版
印　　次　2010年6月第1次印刷　2011年1月第2次印刷
书　　号　ISBN 978-7-204-10510-6/I·2233
定　　价　29.00元(全集共5卷　280.00元)

如出现印装质量问题，请与我社联系。联系电话：(0471)4971562　4971659